現代ミステリとは何か

二〇一〇年代の探偵作家たち

限界研［編］
蔓葉信博［編著］
孔田多紀
片上平二郎
坂嶋竜
詩舞澤沙衣
杉田俊介
竹本竜都
藤井義允
宮本道人
琳［著］

南雲堂

現代ミステリとは何か◉目次

［装画］西島大介
［装丁］奥定泰之

二〇一〇年代ミステリの小潮流、あるいは現代ミステリの方程式

蔓葉信博

1．ミステリと本格ミステリ

日本において今ほどミステリが世にあふれている時代はないのではないか。大げさに見えるかもしれないこの発言だが、二〇二一年を振り返りつつ根拠を説明していこう。直木賞上半期の受賞作のひとつは非合法の臓器ビジネスを主題とした犯罪小説の佐藤究『テスカトリポカ』であり、下半期受賞作のひとつは戦国時代を舞台に黒田官兵衛が探偵役をつとめる米澤穂信『黒牢城』であった。

劇場映画では「名探偵コナン　緋色の弾丸」はシリーズ二十四作目でありながらこれまでと変わらぬ大ヒット、東野圭吾の同名小説を原作とした「マスカレード・ナイト」もシリーズ三作目

で着実な人気を維持しており、「映画クレヨンしんちゃん　謎メキ！花の天カス学園」も大人気漫画を原作とする作品で、今回はミステリ仕立ての内容でこちらも人気を博した。

テレビドラマでは、犯人と殺人鬼の人格が入れ替わってしまう「天国と地獄 ～サイコな2人～」（TBS系列）、裁判官が捜査するという異色の「イチケイのカラス」（フジテレビ系列）、女性警察官コンビによるドタバタ警察ミステリ「ハコヅメ～たたかう！交番女子～」（日本テレビ系列）、秋元康が原案・企画したサスペンスドラマ「真犯人フラグ」（日本テレビ系列）など、オリジナルものも原作ありのドラマもあれど、シーズンごとに良質なミステリドラマは毎回放送されている。

二〇二一年だけでは心許ないという向きがあるかもしれないので、二〇二二年についても書ける限り述べてみたい。まず、月曜日二十一時のフジテレビ系列テレビドラマ、いわゆる「月九」で同タイトルのミステリ漫画を原作とする「ミステリと言う勿れ」が放送され、次のシーズンでは「元彼の遺言状」、さらにその次は「競争の番人」と異例の三連続ミステリドラマ縛りが続いている。「元彼の遺言状」「競争の番人」は新川帆立による同名ミステリ小説が原作である。「月九」でミステリドラマが連続していることは、どちらかといえばドラマ制作側の内部的な力学によるところが大きいとはいえ、ミステリの人気もそこにはあったと思われる。ほかにも多重誘拐をテーマにした「マイファミリー」（TBS系列）、坂元裕二原作のオリジナルドラマ「初恋の悪魔」（日本テレビ系列）、相沢沙呼原作の「霊媒探偵・城塚翡翠」（日本テレビ系列）といった意欲作が続いている。

映画では「名探偵コナン ハロウィンの花嫁」や同名連続ドラマの劇場版「コンフィデンスマンJP 英雄編」同名小説原作の「流浪の月」ほかいくつものミステリ作品が上映され、小説では二〇二二年上半期の直木賞候補にノミネートした呉勝浩『爆弾』や下半期候補となった雫井脩介『クロコダイル・ティアーズ』は受賞を惜しくも逃したが、二〇二二年の本屋大賞は、前年に発売され各誌にて絶賛された逢坂冬馬『同志少女よ、敵を撃て』が獲得する。第二次世界大戦中のソ連を舞台に、狙撃手となった少女の物語だ。

紙幅の都合でこれ以上の作品名への言及は避けるが、ほかにも漫画やゲーム、舞台などでミステリ形式の作品は数多く作られている。このようにミステリという形式はいまも第一線のエンターテインメントとしての役目を担っているはずだ。

しかし、こうしたジャンル別の見方自体がミステリという領域の磁力に囚われたものではないか、という意見もありえるだろうし、筆者もいくばくかはその意見に同意する。過去と質的・量的な比較ができない以上、筆者の主観以上のものではない。またミステリがエンターテインメントジャンルの一翼ではあるものの、他のジャンルと比べ特出するほどミステリジャンルが注目を浴びているということではない。広い意味ではサイエンスフィクションは映画界の主流であり、ホラーやファンタジーも根強い人気がある。そもそもこうしたフィクションジャンルの区分ではなく、動画共有系Ｗｅｂサイトでのアマチュア歌手である「歌い手」やバーチャルユーチューバー（Vチューバー）の躍進、ティックトックのダンス動画・昭和歌謡動画の流行など、新しいエンタメジャンルの隆盛は見逃せない。

大衆は新奇なものを欲する一方で、定番を簡単に捨て去ることはない。むしろミステリは定番のひとつという地位を確立したという意見もあろう。しかし、その見解にただ甘んじるべきではないのではないか。ジャンル内の新陳代謝は常に必要であり、批判意識のない模倣は頽落《たいらく》し、やがて自滅するものだ。そうならないために先行作品の模倣とともに新しい創造を行っていく。個々の創作者が明示的な批判の意図がなくともジャンル総体としてはそのように歩みを進めていくものだ。

そうした運動を笠井潔は「模倣における逸脱」[*1]といい、千街晶之は「伝言ゲーム」[*2]と呼んでいた。筆者は別のところで「現代ミステリの方程式」と名付け、簡単な理論を提示している。[*3]そこでその理論について簡単に説明するつもりであるのだが、その説明に必要と思われる前提について、もう少し解説しておきたい。

ミステリとは「グレアムズ・マガジン」一八四一年四月号に掲載されたエドガー・アラン・ポー「モルグ街の殺人」から始まったという説が一般的である。モルグ街にあるアパートメントで惨殺された母娘について、個人的な調査をはじめたオーギュスト・デュパンと語り手の「私」が密室殺人の真相と真犯人を突き止めるというのが大まかなあらすじである。この作品で密室で殺された不可解な屍体、警察に所属しない素人名探偵、手がかりとそれに基づく論理的な推理、意外な真犯人などといった本格ミステリの要素がだいたい揃うことになる。ただし意外な真犯人や不可解な事件といった個別の物語的な要素は、ゴシック小説や悪漢小説などにもあり、ほかについてもそれ以前の作品に見られるという説もある。とはいえ、そうした要素を論理的な構成に基づいて統合し、読者も犯人をフェアに推理できるような娯楽小説として確立したということ、それが本格ミステリの誕生の主旨である。

そのポーからはじまり、アーサー・コナン・ドイルやS・S・ヴァン＝ダインへと続き、それ以降の作家たちも本格ミステリの作品を矢継ぎ早に生み出すことで、ジャンル内でルールの整理が行われ、それと並行して本格ミステリとは少しずつ異なるミステリに注目が集まることになる。怪盗を主人公にしたものや、犯人側の視点で物語が進む倒叙もの、捜査する公の組織の人間が主人公となる警察ミステリ、そして本格ミステリ以前からありはした犯罪小説や冒険小説も本格ミステリの要素を取り入れるなどし、ジャンル内外の発展を続けていった。こうしたジャンル内の新陳代謝の結果として、ミステリとは本格ミステリや怪盗もの、倒叙ものなどといったサブジャンルを抱える大ジャンルとなったのである。

現代からの観点でいえば、ミステリでは必ずしも先程の「モルグ街の殺人」で挙げたような本格ミステリの要素を満たしている必要はない。名探偵や隠された犯罪計画などミステリらしい道具立てが揃っていればそれはミステリと呼んでさしあたっては問題ないのである。冒頭で例示した二〇二一年のミステリ作品も本格ミステリであったり、警察ものであったり、はたまた既存のサブジャンル区分では説明のしにくいものもある。そういった連綿と続く混沌としているようで秩序だっている伸び縮みするジャンルがミステリなのである。

ミステリという用語がサブジャンルを包括する大ジャンルだと書いたが、それと同じことを探偵小説という用語でも説明できる。探偵小説という用語は、一八八九年に刊行された黒岩涙香『無惨』の序に、「日本探偵小説の嚆矢とは此無惨を云うなり」として登場している。一八八七年にはポーの「ルーモルグの人殺し」(「モルグ街の殺人」・饗庭篁村訳)が読売新聞に掲載され、類似した翻案小説の連載が続く。そうした翻案小説のなかで探偵小説という名が生まれたと思われる。探偵小説は当時、謎解き主体の本格ミステリではあったものの、海外と同様に幻想怪奇譚やSF作品、ファルスやコントのたぐいまで含まれるようになる。たとえば江戸川乱歩「押絵と旅する男」は幻想小説で、「虫」はエログロ風の犯罪小説であるが、これらも探偵小説としてくくられていた。そのため探偵小説を謎解きを主体とする本格ものとそれ以外の変格ものとを区分する著名な探偵小説芸術論争が当時勃発したわけである。近年の変格探偵小説再評価の流れも、そもそもの探偵小説の可能性を引き出すためのものと考えていいはずだ。[*4] あらためて考えてみれば、本格ミステリの始祖として紹介したポーであったが、彼は「モルグ街の殺人」を生み出すかたわら「アッシャー家の崩壊」といった怪奇譚、「ハンス・プファールの無類の冒険」といったSF冒険譚などをものしている。探偵小説のとなりには謎解きに限らないさまざまな表現を孕む種子もあったと見ることもできよう。

現代ミステリはより細分化し続けているが、ミステリの発展史的にも起源からもそうした細分化の傾向はあったのだ。ちなみにミステリにおける起こりから現在までを刻むという意図も込め、本書の副題には探偵作家という言葉を添えている。これまでミステリについて歴史的な推移を踏まえて記載したため、定義をあらためて明らかにしておこう。

本格ミステリとは、作中に配置された手がかりをもとに、作者の提示した謎を論理的な推理に基づいて解き明かす物語のことである。この本格ミステリの定義には論者により幅はあるものの、多くは上記の定義の枠内に入ると思われる。[*5]

一方、ミステリの定義とは殺人、盗難などの犯罪、宝探しや失踪事件、名探偵や犯罪者など幅広くも具体的なミステリ的モチーフから、隠された真相、どんでん返し、復讐譚、日常の謎などといった抽象的・形式的なミステリ的モチーフまで、それらミステリジャンルの手法で読者を楽しませる物語の総称といったところであろうか。こちらについては、すでに述べたようにサブジャンル自体が広がり、かつジャンルの幅を広げる作品が生まれ続けているため、論者ごとに切り口の違う他の定義もありえると思われる。とはいえ、この定義で本格ミステリとの違いは見えてくるだろう。

2. 新本格ミステリと現代ミステリ

では、巷でしばしば言及される「新本格ミステリ」とは何であるか。まずは歴史的な区分としての新本格ミステリについて説明しよう。これは一九八七年の綾辻行人『十角館の殺人』からはじまる本格ミステリの復興ムーヴメントであった。[*6] 綾辻のほかに法月綸太郎、我孫子武丸といった京都大学推理小説研究会出身の作品が島田荘司推薦のもと、講談社ノベルスで刊行され、偶発的ながら同時期に折原一や有栖川有栖といった本格ミステリの新人作家が東京創元社からも続いたことで、総体としてムーヴメントとなっていった。この本格ミステリのムーヴメントは同世代的な共感もあってか若い読者を中心に人気を博し、また新しい書き手が続々と誕生することにより一過性のムーヴメントは長期的なブームへと変化していった。

一九九四年創刊された文芸誌「メフィスト」および同誌主催のメフィスト賞の支え、そして漫画・ゲームなどの他メディアとの相互作用もあり、新本格ブームは小説ジャンルを越えた隆盛を築くも、「新本格」ではなく「メフィスト賞」という名称で評されることが多くなり、またそのメフィスト賞新人作家と既存作家・評論家などとに見過ごせない対立が生じるなどし、その結果として二〇〇二年で終わりを迎えた。

次に作品の分類としての新本格ミステリについて論じよう。新本格ミステリとは「古典的な本格コード（形式）」と「現代的なミステリコード」を掛け合わせて生み出されたものである。たとえば『十角館の殺人』であれば「孤島を舞台にした連続殺人」といった古典的な本格コードに、大学ミステリサークルの合宿といった青春小説的趣向や犯人が自分の犯行を認めた幻想的エピソードなどが現代的なミステリコードを掛け合わせている。今は、青春小説で本格ミステリという作品は多いが当時は珍しい傾向だった。また「孤島を舞台にした連続殺人」という古典的な本格コード自体も作中では現代的に改善されている。極端に単純化した図式ではあるが、他の作品でも古典的な本格コードの過剰化や純文学・ゲームといった他ジャンルのコードの援用などさまざまなかたちで古典的な本格ミステリを現代的なミステリとして復興し、その成果をさらに再帰的に取り込んでいった。新本格ミステリのこうしたコードの掛け合わせの法則が「現代ミステリの方程式」である。[*7]

現代ミステリの方程式におけるコードの掛け合わせで注意を促したいのは、その掛け合わせの比率についてだ。古典的な本格コードと現代的なミステリコードを掛け合わせて「現代的な本格ミステリコード」が生まれる。そのあと、さらに現代的なミステリコードを掛け合わせていく工程のなかでは、古典的な本格コードの薄い作品もなかには生じるということである。そうさせないためには、薄まらないほどの「現代的な本格コード」が必要であり、そのための試行錯誤が欠かせないはずだ。新本格ムーヴメントのときも、新本格ブームのときもそれはうまくいっていた。前者は端的には「叙述トリックの先鋭化」であり、後者は「本格ミステリのキャラクター小説化」であった。しかし、キャラクター小説は薬でもあったが毒でもあったようだ。

新本格ミステリのブームが二〇〇二年に終わり、二〇〇三年に文芸誌「メフィスト」の兄弟誌として「ファウスト」が創刊される。一部の本格作家や評論家から批判を集めた舞城王太郎、佐藤友哉、西尾維新の「脱格系」[*8]ミステリを中心に奈須きのこなど有名ゲームシナリオライターの作品も掲載するようになり、そうして生まれた作品群は「ファウスト系」と称されるようになる。伝奇SF、新本格ミステリ、ファンタジーなどのジャンル小説に思春期のこじれた自意識という核を埋め込み、流麗なイラストとともに物語としてまとめる傾向は「現代ミステリの方程式」に通じるものがあった。このファウスト系は、同時期にはじまった「セカイ系」ブーム[*9]と呼応しながら若い読者から熱い支持を獲得した。二〇〇六年の海外展開以降で雑誌「ファウスト」は休止状態になるも、同年に新設された「講談社BOX」レーベルで同誌作家陣の作品を刊行する。また「講談社BOX」レーベルの雑誌として二〇〇八年から「パンドラ」が創刊され、「ファウスト」誌面の一部を引き継ぎはしたが両誌ともにほどなく休刊する。

一方で二〇〇二年からは横山秀夫『半落ち』[*10]にはじまる警察小説ブーム、西尾維新「戯言」シリーズなどを中心としたライトノベルブーム、同年より創刊された早川書房「ハヤカワSFシリーズ Jコレクション」による若い読者向けのSF作品の刊行が続くようになる。特に「Jコレクション」から二〇〇七年に発売された伊藤計劃『虐殺器官』は多くの読者を獲得した。警察小説にもライトノベルにも本格ミステリ的な作品はあり、『虐殺器官』もまた肥大化した自意識が世界的な犯罪計画に繋がるミステリではあったのだが、それらを本格ジャンルの潮流としてまとめることはきびしかった。

そうした時代の問題意識を踏まえ、限界研では二〇〇八年には西尾維新や辻村深月などといった新鋭ミステリ作家論を中心とした『探偵小説のクリティカル・ターン』を、続いて二〇一二年には貧困問題やITテクノロジーなどのテーマ論を中心とした『21世紀探偵小説』を刊行している。その『21世紀探偵小説』では、「ポスト新本格と論理の崩壊」という副題を添えており、崩壊したかのようなミステリにおける論理の有様に着目したのは、今から考えれば現在のポスト・トゥルースに通じる何かを感じたからであろう。こうした問題意識がミステリ・シーンへ影響したかは定かではないが、二〇一〇年代では新しいミステリの流れが生まれてきている。

ひとつは二〇一〇年に刊行された東川篤哉『謎解きはディナーのあとで』を象徴とするライトミステリの隆盛である。「ライト文芸」「キャラクター文芸」といった新しくラベリングされた小説、そして一般から小説の投稿を受け付けるWebサービスからはじまった「ネット小説」とも相まって、登場人物同士の交流や軽妙な文体、短編連作の読みやすい形式、著名イラストレーターによるキャラクターイラスト重視の装幀など、さまざまな意味でライトな作風のミステリが一世を風靡する。それがライトミステリだ。『謎解きはディナーのあとで』のような単行本によるシリーズだけでなく、「万能鑑定士Q」シリーズ、「ビブリア古書堂」シリーズなどといった文庫発のシリーズ作品もライトさを醸し出す一因として挙げていいだろう。これらの作品は間口の広さから相次いでテレビドラマ化、映画化され、ブームを支え続けていた。[*11] ここで注意を促したいのはライトなミステリが、ごく一般的な本格ミステリより劣っているわけではないということだ。甘口が好きな人もいれば辛口が好きな人もいる、ぐらいなものである。むしろ二〇〇〇年代に重厚で嚙みごたえのある本格作品が一部ファンには評価される一方で、一般的な読者が根付かなかったことを思えば、現代ミステリの生存戦略の調整がうまくいっていなかったといってもよいぐらいではないか。その後のライトなミステリの隆盛を思うに、当時のマニアではない一般的な読者は軽妙な読み物としてのミステリを欲していたのであろう。個人的には二〇〇六年からはじまった『容疑者Xの献身』論争もライトミステリ（筆者は当時はスマートなミステリと呼んでいた記憶がある）という観点をおざなりにした本格論点の議論が一般読者には理解されなかった向きもあったと思われる。

もうひとつの小潮流は、二〇一〇年に刊行された米澤穂信『折れた竜骨』を象徴とする特殊設定ミステリ、異世界本格の作品の隆盛である。それ以前から山口雅也や西澤保彦などホラーやSFの仕組みを謎解きに援用する本格ミステリは刊行されていたが、この『折れた竜骨』の巻末あとがきで語られた特殊設定ミステリという考え方が浸透し、[*12] 同傾向の本格作品をそうしてラベリングしていく。そして二〇一七年の『屍人荘の殺人』で並行していたライトミステリの勢いを飲み込むかたちで、一大ブームと花開くことになる。以降「ライトミステリ」という惹句が誌面で大きく取り上げられることはほぼなくなってしまったわけだが、ライトなテイスト自体は特殊設定ミステリのさまざまな仕掛けを謎解きや物語と違和感なく連動させるための緩和剤として今も活きていること、そしてラベリングされないだけで優れたライトミステリが今も刊行され続けていることは指摘しておきたい。

三つ目の傾向は、二〇一一年に刊行された城平京『虚構推理』に象徴される「異能バトルミステリ」というような新ジャンルである。それ以前から、たとえば漫画「ジョジョの奇妙な冒険」シリーズのように超常的なバトルアクション漫画のなかで敵対するものの能力を推理したり、策の読み合いが鋭く描かれる作品や、漫画「カイジ」シリーズや「LIAR GAME」のようにイカサマや駆け引きの知的バトルを主眼にするギャンブル作品があった。とくに「ジョジョ」シリーズは、「ブギーポップ」シリーズや「戯言」シリーズというプレ「異能バトルミステリ」に多大な影響を与えている。

そこに新しいひねりが加わる。二〇〇三年から二〇〇六年まで連載していた漫画「DEATH NOTE」や二〇〇四年の映画「SAW」、二〇〇七年の米澤穂信『インシテミル』、二〇〇七年の歌野晶午『密室殺人ゲーム王手飛車取り』、そして二〇一〇年発売のゲーム「ダンガンロンパ 希望の学園と絶望の高校生」など、現在進行系の事件を推理することが一種のゲームないし知的バトルとして描かれる作品が現れるようになる。これには二〇〇〇年からはじまった富士見ミステリー文庫、二〇〇一年からのスニーカー・ミステリ倶楽部といったミステリ専門のライトノベルレーベルの影響も見逃せない。少年少女向けにライトノベルの領域でミステリを試みる作品は玉石混交ではあったが、可能性の幅を広げたことは間違いがない。上記のような試行錯誤の結果、格闘エンタメやギャンブルの一部としての知的バトルという構造関係から、ミステリと知的バトルが対等かつ有機的に結合していったのである。さらには舞城王太郎『ディスコ探偵水曜日』（二〇〇八年）に代表される「ファウスト系」の作品群もこれらの可能性の幅を広げる役目を果たしていたといっていい。その小潮流は断絶したかに見えて、後続にバトンタッチしているのだ。

その知的バトルのミステリ化で、超常的な存在と文字通り戦うこととなる作品が二〇一一年に刊行された『虚構推理』であった。『虚構推理』は好評をもって迎えられ、のちにシリーズ化する。同年に刊行された山形石雄『六花の勇者』もファンタジー世界の密室殺人ものであり、かつその事件自体が人に対する魔族の策略という規模の大きなバトルを描いていた。ほかにも異能バトルミステリとして二〇一二年の遠藤浅蜊「魔法少女育成計画」シリーズや鳳乃一真「龍ヶ嬢七々々の埋蔵金」シリーズ、また遡って二〇〇九年から刊行されている河野裕「サクラダリセット」シリーズなどと増えていく。このように特殊設定ミステリと並行して書かれていた異能バトルミステリであるが、このひとつの頂点が二〇一三年に刊行された森川智喜『スノーホワイト名探偵三途川理と少女の鏡は千の目を持つ』の本格ミステリ大賞受賞である。ここで完全にサブジャンルとして確立したといっていいだろう。漫画やゲームでも知的バトルの流行が続いていることもあり、ミステリ側との影響関係は現在も続く。二〇一四年のうれま庄司「マジカルデスゲーム」連作、二〇一六年の朝霧カフカ『文豪ストレイドッグス外伝　綾辻行人VS.京極夏彦』、二〇一九年の浅倉秋成『教室が、ひとりになるまで』、二〇二一年の似鳥鶏『推理大戦』、二〇二二年の伊吹亜門『京都陰陽寮謎解き滅妖帖』などと現在まで異能バトルミステリの系譜は続いている。

この異能バトルミステリが「脱格派」のような一部ミステリ作家などからの強い反発を招かなかったのは、逆説的だが本格ミステリのジャンル内的圧力が弱体化したこともあるが、ライトミステリの隆盛が苗床となったからだろう。コアなファンから見れば複合ジャンルを融合することの無理や物語としてのバランスの悪さも、ライトミステリだからこそゆるく許されてきたのだ。そうしたなかで実際は質的向上が促され、現在の状況へと導いたと言えるだろう。

最後の小潮流として、二〇一三年の葉真中顕『ロスト・ケア』を象徴的作品とするような新社会派ミステリの動向が挙げられる。そもそも社会派ミステリというジャンルが日本ミステリ史において知られるようになったのは、一九五八年に刊行された松本清張の『点と線』からである。『点と線』のヒットにより、腐敗した企業や社会の暗部をテーマとしたミステリが生まれていくも、社会派ブームはほどなく終わりを迎えた。[*13]

しかし一過性のブームが終わったとはいえ、その後も社会派のミステリは連綿と続いていく。森村誠一『腐蝕の構造』（一九七二年）、長井彬『原子炉の蟹』（一九八一年）、宮部みゆき『火車』（一九九二年）、薬丸岳『天使のナイフ』（二〇〇五年）などその時代ごとの問題に向き合う形で社会派ミステリは書き継がれ、そして多くの読者を獲得している。また、一般には社会派とみなされない本格ミステリや警察小説などでも、犯人の動機や事件の背景から社会派ミステリと同等の核を持つと考えるべき作品が数多くあることは指摘しておきたい。たとえば笠井潔は新本格初期の作品に社会派のモチーフを読み取っている。[*14]

そのように続いてきた社会派ミステリだが、二〇一三年の葉真中顕『ロスト・ケア』あたりからまとまりのあるひとつの隆盛として見られるようになる。同じく二〇一三年の中山七里『切り裂きジャックの告白』、二〇一四年の下村敦史『闇に香る嘘』、二〇一五年の呉勝浩『道徳の時間』、二〇一六年の塩田武士『罪の声』と力作の社会派ミステリの刊行が続く。それらの書き手は現在も意欲的に社会派のテーマを深掘りした作品を書いており、そうした作品を書評などで「新社会派」などという表現が見られるようになっていった。

この新社会派ミステリという小潮流は、私見だがひとつはライトミステリの軽さが一般に浸透することにより、より深く事件にかかわる貧困問題や差別などの社会的テーマを読みたい読者層が生まれ、また社会的テーマが必要とされるのに刊行されていないという作家陣の感触によって生まれたのではないだろうか。ライトミステリの隆盛の裏には二〇一一年の東日本大震災があったと思われる。当時、少なくない読者が陰惨な事件を扱うミステリに対してソフトながら距離を置く向きがあった。そうした読者に明るい気分のまま読み終えられ、ときにははげまされもするライトミステリは一服の清涼剤となりえたはずだ。それと同時に社会的な問題が身近にあることを気付かされた読者や作家が次のステップとして社会派ミステリというものを求めたのだ。二〇一〇年代の社会派ミステリもまたライトミステリを苗床として生まれたと考えているのである。

3. 現代ミステリを代表する探偵作家たち

ライトミステリ、特殊設定ミステリ、異能バトルミステリ、新社会派ミステリ、この四つの新潮流が二〇一〇年代を代表するものといえよう。もちろん既存ジャンルの警察小説やイヤミスなどのミステリ作品も根強い人気を維持しており、ジャンル内での緊張関係を保っているともいえる。しかし、いずれにしろこうした潮流の分析はあくまでも表層的なものでしかなく、作品の意義はそれぞれの作品に宿っているはずだ。そこで本書は時代を代表する新鋭作家たちを考えることで、より深く二〇一〇年代のミステリについて論じるものである。

一人目の作家は二〇〇九年に『丸太町ルヴォワール』でデビューした円居挽である。彼の作品について論じる琳「シャーロック・セミオシス——円居挽論」は、一方では都筑道夫「モダーン・ディテクティヴ・ストーリイ論」を援用しつつも、琳独自の理論である「虚構本格ミステリ論」[*15]で、円居作品におけるキャラクターの特異性を論じる。ここで語られているのは二〇〇〇年代に再発見されたキャラクターの「実存」による、既存の論理の否定と新しい論理の発見である。やや挑発的な論述ではあるが、それ以上に内容の挑発ぶりにたじろぐことなく議論に参加してほしい。

二人目の作家は二〇一〇年に『キャットフード 名探偵三途川理と注文の多い館の殺人』でデ

ビューした森川智喜である。孔田多紀《あなたたき》「燃ゆる闘魂――森川智喜論」では、特殊設定ミステリを論述のための見取り図とし、森川作品の世界をデビュー以前の習作まで含め細かく分析する。そこで明らかになるのは、ゲームとしての本格ミステリにおけるルールの更新についてである。そして本格ミステリのルールが異世界バトルミステリと有機的に繋がり、新しいエンターテインメントたらんとしていることを見事に示している。

三人目の作家は二〇一〇年に短編「オーブランの少女」が第七回ミステリーズ！新人賞の佳作を受賞したことで、デビューを果たした深緑野分である。藤井義允「想像としての「社会派」――深緑野分論」では、深緑作品の分析を通じ歴史ミステリにおける社会性について論じる。排外主義や性差別の問題がより深刻な時代だからこそ求められる作品があること、そうした困難に対するフィクションの役割を論じ、その上で深緑野分という作家の独自性に切り込む論考である。

四人目の作家は二〇一二年に『体育館の殺人』でデビューした青崎有吾である。蔓葉信博「推理と想像のエンターテインメント――青崎有吾論」では、本格ミステリにおける推理の構成を手がかりから愚直に紐解いていく。何を手がかりに真偽や善悪を判断すべきか。ポスト・トゥルースと呼ばれるようになった現代社会を生きるためのヒントを本格ミステリの手順から模索する。

五人目の作家は二〇一四年に『人間の顔は食べづらい』でデビューした白井智之である。宮本道人「特殊設定ミステリプロトタイピングの可能性――白井智之論」では、SFプロトタイピングという新時代の発想法を提示する。それはSFガジェットをアイデアの梃子とすることで、ビジネス上の新しい提案を生み出すものである。そこで白井作品における数々の特殊設定をふまえ、特殊設定ミステリプロトタイピングにアレンジすることで、これまで論じられなかった白井作品の新しい側面を照らし出すとともに、白井智之作品の社会性まで踏み込むという異色の評論になっている。

六人目の作家は二〇一五年に『恋と禁忌の述語論理《プレディケット》』でデビューした井上真偽である。杉田俊介「唯物論的な奇蹟としての推理――井上真偽論」では、井上作品におけるポスト・トゥルース性を取り出しながら、一方でそれに抗い、治療する術も模索する。現代のネット社会を覆う不確実性への諦観を払拭する新しい実存をそこに見出している。

七人目の作家は二〇一六年、中国にてデビューを果たした陸秋槎である。デビュー作『元年春《がんねんはる》之祭《のまつり》』は二〇一八年に邦訳されている。坂嶋竜「我們《ウオーメン》の時代――陸秋槎論」では、アジアにおけるミステリブームを概観しつつ、陸秋槎《りくしゅうさ》の独自性をひとつずつ削り出していく。ところが後半思わぬ展開を見せることになる。こうした意外性も評論の醍醐味といえはしまいか。

八人目の作家は二〇一七年に『キネマ探偵カレイドミステリー』でデビューを果たした斜線堂有紀である。詩舞澤沙衣「作家だって一生推してろ――斜線堂有紀論」では、多彩な作品の表現形式を縦軸に、現代作家が活用するデジタルツールやマーケティング施策の分析を横軸に斜線堂作品の新しさを論じる。それらが斜線堂有紀という作家の強かな生存戦略であることを具体的に明らかにするものである。

九人目の作家は二〇一七年、『名探偵は嘘をつかない』でデビューした阿津川辰海である。片上平二郎「あらかじめ壊された探偵たちへ――阿津川辰海論」では、悩める探偵というスタンスから、探偵小説自体の軋轢を見出していく。それは時間というテーマとして深掘りされ、阿津川辰海作品にフィードバックされることになる。

十人目の作家は二〇一七年に『屍人荘の殺人』で鮮烈なデビューを果たした今村昌弘である。琳「連帯と推理――今村昌弘論」では、『屍人荘の殺人』の評論家たちの言葉への違和感から見過ごされていた今村作品の特徴を指摘していくとともに、そこから独自の文明論を展開する。

最後は補論として、竹本竜都のゲーム論を掲載する。「謎を分割せよ――「本格推理ゲーム」とSOMI論」では、二〇一〇年代の国産ミステリゲームを踏まえた上で、韓国インディーズゲームの独自性を論述していく。しかしながら、それは他国の事例と考えるのではなく、ミステリのさらなる可能性を示唆するものと考えるべきだろう。

4. 現代ミステリと社会との関係

二〇〇〇年代は、イスラム過激派の米国同時多発テロに対する軍事作戦およびイラク戦争勃発、先進国のグローバル経済化と表裏一体の貧困問題と、国際政治的にも経済的にも困難を伴う時代であった。日本にしても、イラクの復興支援における自衛隊派遣、沖縄米軍基地問題、リーマンショックによるさらなる格差拡大など問題含みであった。郵政民営化を旗印に進めてきた改革も功を奏したとはいえないどころか、数々の閣僚の不祥事が重なり、ついには政権交代を招いた。経済的にはiPhoneなどスマートフォンの登場、アマゾンや2ちゃんねる、YouTubeを代表とする各種インターネットサービス、SuicaなどICカードといったデジタル文化が一般に浸透していった時代でもある。

さまざまな課題を残しつつも、新たなテクノロジーのさらなる発展が期待された二〇一〇年代であったが、二〇一一年の東日本大震災と福島第一原発事故というさらなる問題に直面した民主党政権はその座を自公政権へ引き渡す。安倍首相による新しい政権は、アベノミクスと呼ばれることになる大規模な金融・財政政策を実施し大企業ベースの事業拡大を推進するも、一方で消費税を八％、そして一〇％と段階的に引き上げ、非正規雇用労働者への保護はおざなりとなり、格差はさらに広まることとなった。

テクノロジーについても、スマートフォンが日常的なツールとなり、ツイッター、フェイスブックなどソーシャル・ネットワーキング・サービスが第五のメディアとなっていった。2ちゃんねるが改称された5ちゃんねるとともに、それらはフェイクニュースやデマの温床となり、その利便性とうらはらにさまざまな問題を拡散させている。

これまで記した日本のミステリの外観ではこうした時代ごとの諸問題について触れられなかっ

たが、深緑野分論や青崎有吾論、井上真偽論などで批判の矛先を向けている。また当研究会所属の藤田直哉は『娯楽としての炎上　ポスト・トゥルース時代のミステリ』として、二〇一〇年代の最大トピックというべきポスト・トゥルース状況について、鋭く大胆に論じていた。

すでに述べたようにミステリは新しい展開を迎えている。ただ、それを単純に言祝ぐつもりはない。ミステリに限らず、さまざまな時代状況に応じて作品は生まれることもあれば、またジャンル内の生存戦略としてこれまでにない作品となる場合もある。いいかえれば、それぞれの作家の課題、ないしは評論家からの問題提起としてそれぞれの論考が提出されている。

しばしば誤解を招くのだが、ミステリなどエンターテインメント作品を哲学的・社会学的に論評することは、ジャンル外のものさしで作品を測ることであり、本来のジャンル的評価とは異なるという意見がある。一概に否定するものではないが、評論家側の本音で語れば、その作品を読むことで哲学的なテーマや、社会の諸問題に接し、深く考えることができると伝えたいがためのものであることがほとんどのはずだ。ミステリというエンタメ作品を、より高尚な哲学や社会学で論じるということでなく、むしろ小難しくわかりにくい諸問題のポイントを具体的かつ優れて理解しやすいかたちでミステリがかたちどっているからこそ、それを説明する補助的道具として哲学や社会学の概念が借りられているだけである。具体的に説明しよう。

あらためてポーの「モルグ街の殺人」を思い起こしてほしい。この小説は「分析」という知的行為の比喩としていくつかの物語が語られる。ひとつめの物語はパレ・ロワイヤルを歩く語り手の「私」の思索の道筋を、デュパンが観察に基づく推理で当ててしまうというものだ。その推理は当て推量の域を出ない砂上の楼閣のようなものに見える。このパターンを模倣して、コナン・ドイルはホームズに初対面であるワトソンの人となりを観察に基づく推理で当ててしまうというエピソードを創作している。ドイルの場合はより経験科学に基づく確からしい根拠でもって説明されるにしろ、やっていること自体はかわらない。普通は歩いている人の思考を友人だからといって当てられないし、初対面の人となりを身なりなどで当てられるわけがない。ただし、ここではそういうことを言いたいのではない。観察による「鬼面人を驚かす」的な推理の妖しさの一方で、魔法の如き観察というものが実は普通の人でも行うことのできる知的な営みだということだ。

今の時代、多くの場面で思慮深い観察が求められる。間違っても安易に推理を披露するべきではないし、また他者の安易な観察の結果を鵜呑みにすることも避けるべき時代だ。観察というものの能力と怖さを「モルグ街の殺人」の後半の物語でも理解できよう。ある意味ではこれほどポスト・トゥルース的な「鬼面人を驚かす」もなかなか存在しない。

このように物語のエピソードひとつを取り出しても私たちは自分たちの生活や思考について批判的に考え直すことができる。本書はそうした日々の生活、これからの時代を見通すための一助となるべく編まれたものである。手に取っていただいた読者にもそう思っていただければ幸いである。

＊1　笠井潔『模倣における逸脱』彩流社、一九九六年

＊2　千街晶之「終わらない伝言ゲーム　ゴシック・ミステリの系譜」「創元推理10」東京創元社、一九九五年所収

＊3　蔓葉信博「『新本格』ガイドライン、あるいは現代ミステリの方程式」　限界研編『21世紀探偵小説　ポスト新本格と論理の崩壊』南雲堂、二〇一二年所収

＊4　二〇一〇年には谷口基『戦前戦後異端文学論』が第十回本格ミステリ大賞・評論・研究部門を受賞し、二〇一四年には同じく谷口基『変格探偵小説入門』が第六十七回日本推理作家協会賞・評論その他の部門を受賞している。また二〇二〇年には竹本健治、倉野憲比古によって変格ミステリ作家クラブが発足、二〇二一年には竹本健治選『変格ミステリ傑作選【戦前篇】』、二〇二二年には竹本健治選『変格ミステリ傑作選【戦後篇Ⅰ】』が刊行されているなどしている。ただし、竹本健治は『戦前篇』のあとがきで「考証的にはどうあれ、今この現在、僕は「変格」にあまり厳密な定義は必要ないと思っている。ユニットの名称に「変格探偵小説」ではなく「変格ミステリ」を使ったのもその意味あいをこめてだった」と記していることには注意されたい。

＊5　ＭＡＱ氏制作のテキストサイト「JunkLand」に掲載の「一千億の理想郷 本格ミステリ定義集成」を参照のこと。ＵＲＬは以下を参照。
http://www.cc.rim.or.jp/~yanai/utopia/top.html

＊6 江戸川乱歩『幻影城』（一九五一年）に収録された「イギリス新本格派の諸作」で、マイクル・イネスやニコラス・ブレイクなど一九四〇年前後の英国ミステリ作家を「新本格派ミステリー作家」と記していることや、松本清張が責任監修・解説を担当した叢書が『新本格推理小説全集』（一九六六年～一九六七年）と題されていたことなどにも留意されたい。すでに何度も本格という言葉は新たにされているのである。

＊7 詳しくは限界研編『21世紀探偵小説 ポスト新本格と論理の崩壊』（二〇一二年）に収録された拙論「『新本格』ガイドライン、あるいは現代ミステリの方程式」を参照のこと。

＊8 詳しくは笠井潔『探偵小説は「セカイ」と遭遇した』（二〇〇八年）に収録された「本格ミステリに地殻変動は起きているか?」を参照のこと。

＊9 詳しくは前島賢『セカイ系とは何か』（二〇一〇年）を参照のこと。

＊10 詳しくは限界小説研究会編『探偵小説のクリティカル・ターン』（二〇〇八年）に収録された拙論「ライトノベルミステリの輪郭」および、石井ぜんじ・太田祥暉・松浦恵介『ライトノベルの新潮流』（二〇二一年）を参照のこと。

＊11 詳しくはミステリ誌「本格ミステリー・ワールド２０１５」（二〇一四年）に掲載された拙論「ライトミステリーの輪郭」、「本格ミステリー・ワールド２０１７」（二〇一六年）に掲載された拙論「ラ

イトミステリーの輪郭2」を参照されたし。

＊12 「特殊設定ミステリ」という考え方自体は、西澤保彦『人格転移の殺人』講談社ノベルス版（一九九六年）に収録された大森望による解説で、「特殊ルールでしか実現できない本格ミステリ」として西澤保彦による本格ミステリの傾向を説明していることから始まったと考えられる。注目すべきは北村薫『スキップ』、宮部みゆき『龍は眠る』、大沢在昌『天使の牙』といったミステリ作家たちが書いたSF仕立ての小説と、西澤保彦の特殊ルールによる本格ミステリの違いを強調していることだ。「特殊設定ミステリ」が本格ミステリのサブジャンル総体を記すようになった商業誌の初出は、「本の雑誌」二〇〇五年八月号に掲載された大森望の「新刊めったくたガイド」で、シオドア・スタージョン『ヴィーナス・プラスX』について「これなら、最近の国産特殊設定ミステリ（森博嗣『女王の百年密室』や、石持浅海『BG、あるいは死せるカイニス』）に近い感覚で読める」と評していることが最初と考えられている。

＊13 社会派ミステリと現代ミステリの関連性については、探偵小説研究会編「CRITICA 12号」（二〇一七年）に掲載された横井司「社会派推理小説の「社会」をめぐって」がコンパクトでわかりやすい。

＊14 笠井潔『探偵小説論II 虚空の螺旋』東京創元社、一九九八年

＊15 琳「ガウス平面の殺人——虚構本格ミステリと後期クイーン的問題——」「メフィスト 2019 Vol.3」講談社、二〇一九年所収

シャーロック・セミオシス

――円居挽論

琳

『本格王２０２０』（二〇二〇年）の解説で円居挽は、その年のミステリ作品を次のように評し締めくくっている。

今回は選に漏れた作品も含めて、全般的にネタの使い方の上手さが光るものが多い印象だった。社会のあり方が大きく変化していく中、所謂「古い酒を新しい革袋に入れる」式の創作メソッドもまだまだ掘り下げる余地があるように思えた。

また、その一方で新手に挑むような作品も待ち望まれているような気がする。（三五七頁）

「古い酒を新しい革袋に入れる」とは、都筑道夫『黄色い部屋はいかに改装されたか？』（一九七五年）にある例えで、現代的な社会情勢や流行を扱いながら、しかし内容《ネタ》は古風なトリックやプロットのミステリを、もっぱら批判的に論じたものである。反対に「新しい酒を古い革袋に入れる」とは、古式床しい本格ミステリの枠組みのなかで、核たるロジックやプロットを時代の常識に合致するようアップデートしたミステリを指す。都筑はマタイ福音書の格言を逆説的に言い換え、これを「モダーン・ディテクティヴ・ストーリイ」と賞賛するわけだが、彼を引用する円居の「新手」もやはり、この「新しい酒を古い革袋に入れる」式の創作メソッドを言いたいのだと思う。

実際のところ、かく言う円居こそがこの「新手」に挑み続ける作家のひとりなのだ。単行本デビュー作『丸太町ルヴォワール』（二〇〇九年）に始まるルヴォワール・シリーズを筆頭に、その後の『シャーロック・ノート』（二〇一五年）や『キングレオの冒険』（二〇一五年）、FGOミステリなど、これまで彼はまんが・アニメ的な世界観の本格ミステリを次々と世に問うてきた。[*1]これらがもし、現代的なまんが・アニメ的意匠をまとったキャラクター探偵を登場させながら、しかし結局のところ我々生身の人間の常識に合致する世界観に着地させられるライトノベル・ミステリだったら、それは「古い酒を新しい革袋に入れる」式の創作メソッドに過ぎなかったろう。ところが円居はまんが・アニメ的リアリズムを突き詰めることで、古式床しい本格ミステリをキャラクターの常識に合致する形式にアップデートしてしまうのだ。これこそが「新しい酒を古い革袋に入れる」式の創作メソッドであって、筆者に言わせれば、円居もまた西尾維新や井上真偽と同じく、清涼院流水の系譜に連なる虚構本格ミステリ作家なのである。

虚構本格ミステリとは、「ガウス平面の殺人」（二〇一九年）で筆者が提唱した概念で、探偵の世界観がまんが・アニメ的であるからこそ、時として現実を生きる我々の常識から乖離した解決に導かれる作品を指して言っている。例えば清涼院の『ジョーカー』（一九九七年）の解決は、読者にとって挑発的としか言いようのないものだろう。しかしそれはキャラクターである探偵の常識に寄せた解決であって、むしろ探偵にとってリアルだからこそ、現実を生きる我々に挑発的に映るのだ。[*2]キャラクター小説において、「人物が描けていない」のはむしろ作中人物に人間的常識を語らせる「古い酒を新しい革袋に入れる」式の作品であって、虚構本格ミステリはこうしたライトノベル・ミステリとは一線を画している。そして「私が直系なのはまぎれもない事実だ」と清涼院の後継者を自任し、「清涼院作品をどうアップデートしたらミステリ研に受け入れられるか、常にそのことを考えていた」と公言する円居の望む「新手」もやはり、この虚構本格ミステリと同義である筈なのだ。

実際に彼は『丸太町ルヴォワール』で「誰が誰であってもよい——皆同じ」とまさに『ジョーカー』をなぞるようにして、ルージュや主要人物の「中の人」を入れ替えてみせた。それはあたかもキャラクターが複数の「小さな物語」を二次創作的に生きるようで、こうした世界観は、作中人物がまんが・アニメ的存在だからこそ必然性を帯びて感じられるのだと思う。

ところがこれまで、円居を清涼院の系譜に位置づけ「新しい酒」と論じる批評家などいなかった。代わりにルヴォワール・シリーズは、米澤穂信『インシテミル』（二〇〇七年）に始まる、空気やポスト・トゥルースの問題系のバリエーション——「真実はいつもひとつ」なる信条をもって抗うべき「悪しき相対主義」の如く論じられてきたのだ。これは例えば、井上貴翔の「〈拡散〉と〈集中〉をこえて」（二〇一八年）に詳しいので、彼らがそのように考える根拠を見ていきたい。

二〇〇〇年代以降の〈日常の謎〉では、推理が「場の「空気」を乱す「上から目線」の行為であると把握される恐れがある」ため、探偵役が推理すること自体を避ける傾向がある。真実を指摘する推理という行為は、それによって学校やクラス、その内部でのグループといった共同体の秩序や「空気」を大きく組み変えてしまうがために、「KY」な（空気が読めない）行為として批判され、忌避されていく。すなわち、「空気」は推理に優先する。（一三〇頁）

ここで井上は、真実に辿りつく推理と比して、空気を「思考を伴わない」ものと批判している。彼によれば『インシテミル』は、「まさにこうした事態を描いた」先駆的作品に他ならない。そのうえで井上は『丸太町ルヴォワール』を「重要視され、前景化されるのは、もはや「真実」ではなく「推理」それ自体」と書き、あるいは『虚構推理』（二〇一一年）を「「空気」が推理、ひいては「真実」を決定するという問題系のラディカルな捉えなおし」と評し、「「空気」は推理に優先する」という先の命題を反復するのだ。

こうした論理展開は近年のミステリ評論の典型といってよい。しかし筆者には、何故こうした論法が多くの批評家に支持されるのかよくわからない。例えば空気が思考を伴わなければ、それはどうやって推理に優先させられるだろう。むしろ筆者には〈日常の謎〉の探偵役が、「上から目線」の行為に優先する為に、空気を推理しているように見える。そうなら空気に対して彼らが行う推理と、「上から目線」の推理とは、どのように違っているのか。筆者にとって重要と感じられるこの問いを、多くの批評家は切りすててしまうのだ。

あるいは井上は、一方では推理が「「空気」を乱す」と書きながら、他方では「「空気」が推理、ひいては「真実」を決定する」とも書いている。そうなら結局のところ、推理は空気を乱すのか、それとも空気に律されるのか、どちらだろうか。いったい『インシテミル』の「筋道だった論理や整然とした説明などでは」ない思考放棄と、『丸太町ルヴォワール』や『虚構推理』で描かれた探偵の精緻な思考とを、同じ〝空気〟とおしなべて論じられるものだろうか。筆者にはそれらが、相容れないものにしか見えないのだ。

　こうした混乱の起源は、筆者の考えでは、やはり空気やポスト・トゥルースを論じる批評家が、『丸太町ルヴォワール』と『インシテミル』を同列の系譜と見做した点にある。そうする事で彼らは、両者の決定的な隔たりを見落としているのだと思う。この自覚なくして空気の問題を論じる事など不可能とすら思える『インシテミル』と『丸太町ルヴォワール』との決定的な隔たりとは、身勝手な島宇宙に〝淫してみる《インシテミル》〟自閉的（ポストモダン的）世界観と、まんが・アニメ的存在に〝また逢いましょう《オ・ルヴォワール》〟と語りかける実在論的世界観との、リアリズムの隔たりなのである。

　例えば井上の空気論が前提する『謎好き乙女と奪われた青春』（二〇一五年）のような学園ミステリでは、確かに空気が真実と対比的に用いられていた。しかし、そこに描かれた空気は『インシテミル』の身勝手な思考放棄とは手触りが違っている。ここで形成された空気は、おそらくキャラや世界観に関する文化規約であって、むしろ無矛盾な形式体系と見做せるほどに、精緻で実在的な構築物ではなかったろうか。斎藤環『キャラクター精神分析』（二〇一四年）を見て欲しい。

ある調査によれば、教室には生徒の人数分だけのキャラが存在し、それらは微妙に差異化されながら、「キャラがかぶらないように」調整がなされているという。具体的には「いじられキャラ」「おたくキャラ」「天然キャラ」などが知られている。どんなキャラと認識されるかで、その子の教室空間内での位置づけが決定する。（一二三頁）

『謎好き乙女と奪われた青春』では、スクールカースト下位の主人公が、上位の彼女との身分差恋愛によってクラス内にストレスを生じさせてしまう。主人公が自らのキャラに矛盾する（空気を乱す）行動をとったが故に、こうした命題をハブろうとする（無矛盾性を回復しようとする）動因がクラス内に生じたのだ。こうしたメカニズムは『キャラクター精神分析』でも論じられている。

（『平成マシンガンズ』の）主人公朋美は、ふとしたことから親しくしていたグループの仲間にいきなりハブられる（無視される）。自分の家庭の知られたくない事情を尋ねられ、普段から演じていた「地味っ子」キャラとは違うリアクションを返してしまったことが原因である。目には見えないスクールカーストが厳然として支配する教室空間では、自分に割り振られた「キャラ」を、徹底して演じきらなければならない。（三一頁）

これらの作品において、作中人物はあたかも生身の人間をまんが・アニメ的キャラで覆ったアバターのように振る舞い、彼らが形成する空気もこのキャラ設定に従っている。「地味っ子キャラ」ならば強い感情を表に出さないに違いない。「陰キャ」ならば身分差恋愛を行う筈がない。自然主義者が真実を導くうえで実世界を公理と前提したように、「ＫＹ」な命題を外部化し無矛盾な形式体系として閉じていくこの空気こそ、文化規約で塗り固められた「セカイ」の住人が推理の出発点に位置づけた公理ではなかったろうか。

ここで、「人間を外側から吟味する」シャーロック・ホームズの探偵科学を批判し、「人間を内側から見ようとする」ブラウン神父の推理法を思い出して欲しい。「犯人のキャラクターを理解することが謎の解明とほぼ等し」い彼の神秘的な推理法は、物証《エビデンス》を公理として真実を目指す自然主義者からは形而上的などと批判されていた。ところが文化規約が自然法則の如くキャラを規定し、これに矛盾する命題が「ハブられ」ていく「セカイ」において、ブラウン神父の推理法はむしろ論理的な推論と見做せないだろうか。キャラクターを「内側から見ようとする」彼の推理法は、空気が厳格な公理と位置づけられた「セカイ」においては、いまや「外側から吟味する」水準にまで達していないだろうか。

日常の謎を扱う学園作品において探偵は、思考を伴わない空気を推理に優先させてなどいない。むしろ彼らは推理を行っている。ただ彼らは推理の出発点となる手掛かりを、自然摂理に支配された実「世界」だけではなく、文化規約に支配された虚構「セカイ」にまで求めているのだ。だからこそ両者は対立してしまう。自然主義とまんが・アニメと、異なる常識を公理に据えた探偵の推理は、それが論理的であるからこそ、異なる命題を導き拮抗するのだ。『謎好き乙女と奪われた青春』のような自然主義小説では、逆立する推理の不協和こそが作品の主題となってくるだろうし、『丸太町ルヴォワール』や『虚構推理』のようなキャラクター小説では、真実を目指す自然主義的世界観からの跳躍こそをラディカルに前景化し描こうとする。

かつて『野ブタ。をプロデュース』(二〇〇四年)で桐谷修二は「野ブタ」の教室内の格付けを改善した。彼は教室内の空気を、「野ブタ」のキャラ設定の綻びを精査する事でもなく、あるいは真実を明らかにする事でもなく、新たなキャラを創作しこれを「野ブタ」に上書きする事によって置換したのだ。無矛盾なキャラ解釈が並存し分岐させられた並行世界は、キャラの強度に応じメンバーに取捨選択されていく。これも虚構「セカイ」独特の常識であって、『虚構推理』や『丸太町ルヴォワール』のキャラクター探偵たちもまた、こうした常識に倣いキャラや世界観の解釈闘争を繰り広げていく。鋼人七瀬の存在する「セカイ」を前提し推論された大衆の空気は思考放棄などでは決してなく、むしろ無矛盾な文化規約を隅々にまで塗りこめた「意味の場」と呼ぶべき堅牢な構築物だった。だからこそ探偵役である岩永琴子は、七瀬かりんという操りの主体(より立ったキャラ)を創作し、彼女を核とする可能世界を鋼人七瀬に上書きして殺害しようと(キャラ替えしようと)目論んだのだ。

これまでキャラクターの生死を生身の人間のそれと同期させる死生観は、驚くほど疑われず広まってきた。例えば大塚英志は『キャラクター小説の作り方』で、まんが・アニメ的リアリズムの課題を「キャラクターに血を流させることの意味を小説がいかに回復できるのか」と書いているし、これを批判し「ゲーム的リアリズム」を提唱した東浩紀も、その課題を依然として「キャラクターに血を流させることを通じて、プレイヤーにいかに血を流させるか」と考えていた。しかしそうした表現は、大塚が「まんが表現が自然主義の夢を見てしまった矛盾」と書き、笠井潔が「パズル・チップと化した人間を再生する魔術」と呼んだ通り、どちらかと言えば倒錯した表現であって、生身の人間の死生観をキャラクターに押し付けたい作者の恣意ではなかったろうか。

シャーロック・ホームズを思い出して欲しい。よく知られている通り、彼は一度死んでいる。作者ドイルがホームズ譚を終わらせるべくライヘンバッハの滝に投げ込んだ為に、彼は一度死んでいるのだ。ところがその後、ドイルは考えを改める。一度は葬り去ったホームズを、新たな物語で上書きすることで、作品世界に再度召喚してしまうのである。

その後、事態はさらに混沌としていく。復活劇を演じたホームズは作者から離れ、多くのマニアに憑依しキャラとして強化され受け継がれていくのだ。ある時は原作の世界観を補強するパスティーシュが創られ、ある時は現代ロンドンの若者に姿を変え、別の時には性別まで変えられ、アニメ化されゲーム化され、いまやホームズはドイル作品から独立し、様々な創作物に遍在するキャラとして大衆の記憶に〝生き永らえて〟いる。

こうした事態は死生を巡るキャラクターと人間との差異を浮き彫りにするものである。キャラクターがある物語の中で殺されようとも、それはひとつの可能性に過ぎない。二次創作やループもの、異世界転生ものといったメタフィクショナルな物語作者が繰り返し描いたように、たとえひとつの「小さな物語」で死が描かれようとも、別の物語で彼らは簡単に再生されてしまうのだ。元来キャラクターとはそうした存在であって、だからこそ作者は複数の可能世界に放り込み反復する事で、彼らの「固有名」を強化させようと腐心してきたのだ。

東はこうした特質を「メタ物語性」と呼び、「メタ物語的な読解の可能性が開かれること」こそが「キャラクターが立つ」と言い表される事態の本質と論じた。実は近年、オブジェクト指向存在論を創始し思弁実在論の流行を決定づけたグレアム・ハーマンが、ポストモダニストである東と近い事を書いている。例えばラヴクラフトを論じた「現象学のホラーについて」（二〇一八年、ユリイカ二月号所収）を見て欲しい。

キャラクターとは、もっとも広い意味での対象である。わたしたちは、著作のなかの特殊な事件をとおしてのみキャラクターを知るにいたるのだが、これらの出来事はたんにキャラクターの荒れ狂う内的な生を暗示しているにすぎない。この内的な生は、キャラクターが住まう著作をほとんど超え出ているのであって、そこには作者がけっして書くことのなかった続篇が十分に蓄えられている（…）。もし事物が定義に還元されるとすれば、事物は、その特性がわたしたちの知っているものからわずかでも変わった場合、べつの事物になってしまうだろう。おおよその目安として、つぎのようにいう事ができる。もしキャラクターがさまざまな解釈を生みだすことがないならば（…）、そのとき、わたしたちはまったくもって実在的なものをあつかってはいないのである。

かつて東は『動物化するポストモダン』（二〇〇一年）に、キャラクター（事物）を萌え要素（定義）に還元し得る、オリジナルとコピーとの区別がつかない「シミュラークル」と書いた。当時の彼は、消費者の欲望を充足させるべくおびただしい記号を移植された挙句、飽いて捨てられるだけの空虚な存在にこそポストモダン的価値を見出していたのだ。しかし代替可能な記号で塗り固められるほどキャラクターの「固有名」は埋没していくものであって、これはまさしくキャラクターにとっての「無意味な死」と呼ぶべき事態ではなかったろうか。

むろんこうした世界観は、九〇年代の自閉的（ポストモダン的）な消費行為をうまく言い表していたのかもしれない。ところが年月が経ち『ゲーム的リアリズムの誕生』（二〇〇七年）に至ると、東はデータベースの単位をキャラクターに言い換えていく。ここで彼はキャラクターを、オリジナルとコピーとの区別がつかない記号の総和としてではなく、ほとんどハーマンと同じように、リアリティと尊厳をもった〝他者〟と言い換えていくのだ。

今日の現代実在論の流行と歩調を合わせるようにして、旅（言葉の外）に出て他者（実在的なもの）に触れよと促し始めた東の姿を見ていると、筆者にはデータベース消費論をめぐる彼の言い換えが、文化の移ろいを前にポストモダニストが強いられた生存戦略だったように思えてならない。実際のところ、虚構本格ミステリや「セカイ系」など、当時メタフィクショナルなキャラクターの自意識を描いた先駆的作品が筆者には、キャラクターをポストモダンのタコつぼ――記号化され愛玩動物の如く消費されるだけの「無意味の荒野」から解放し、言葉の外に開かれた〝他者〟に昇華させる為にこそ描かれたように思えてならないのだ。

そして円居もまた『丸太町ルヴォワール』で、キャラクターを「実在的なもの」に高めるようにして、彼らの「メタ物語的な読解の可能性」を作品内部に開いていく。井上は本書を「重要視され、前景化されるのは、もはや「真実」ではなく「推理」それ自体」と書いた。しかし本書で重要視され、前景化されているのは推理それ自体ではない。『虚構推理』がそうであったように、『丸太町ルヴォワール』で真実にとって代わられているのは彼らのキャラ立ちなのだ。解説に麻耶雄嵩が、「最終的なルージュの正体も、ミステリー的な意外性よりも、物語の収まりを優先した格好」と書いた通り、双龍会における勝利の栄誉は、より立ったキャラ解釈（＝ミステリー的な意外性）にこそ与えられている。まんが・アニメ的なキャラクターにとって双龍会は、千年の都に「映える」伝説となり「ささやかな永遠を生き」る為の、つまりは言葉の外に開かれた〝他者〟に昇華させる為の、「尊厳を目指した生死を賭しての闘争」の舞台装置だったのではなかろうか。

ルヴォワール・シリーズで円居が描いたキャラクター固有のリアリズムは、キングレオ・シリーズでいっそう深められていく。同シリーズには歴代の名探偵がキャラとしてエントリーする「日本探偵公社」――これはむろん清涼院のＪＤＣを下敷きにしたものである――が組織され、あるいは城坂論語を筆頭に、他の円居作品のキャラ達までも本書の「セカイ」を可能世界的に生きてしまう。さらにはそこで起こる事件もホームズ譚を筆頭に過去の名作を下敷きにし、それが下敷きにされている事が作中人物に自覚されてすらいる。そのうえで、このメタ物語それ自体が、ワトソン役の天親大河によって執筆された作中作なのだ。ここはまさしく、まんが・アニメやミステリ的な文化規約で塗り固められた虚構「セカイ」なのである。

キングレオ・シリーズの登場人物は空気に強く縛られている。日頃から大河に言動を先読みされ論語に解釈違いを忌避される主人公天親獅子丸の強度は言うに及ばず、脇を固める大河や鳥辺野有までも、他者からキャラを解釈され、自身も規範に逸脱しない行動を取らされている。例えば大河は、自らのキャラを次のように定めるのである。

僕が探偵をやったところで一流にはなれない、かな。身近に一流の探偵の獅子丸がいるのに僕なんかが探偵をやる意味はないって悟ったんだ（二二一頁）

他者を格付けし、自身もその価値判断に身の丈を当てはめ生きる人生観。キングレオ・シリーズの登場人物は決してキャラ設定に抗う事なく、むしろ自らを従わせようとする。だからこそ大河も獅子丸も、互いの行為や言動を、手に取るように推理し先読みする事ができてしまう。どこかブラウン神父を彷彿とさせるこうした推理法が、しかしキャラを立て空気に従う本書においては、もはや論理的といえる水準にまで昇華され用いられるのである。

『キングレオの回想』に至り、そうした形而上的探偵行為は、作品をとりまく「セカイ」をも変容させていく。それは本書の巻頭を飾る「大宮の醜聞」に既に現れ始めているのだ。

「あの女が白地手形に手をつけてくれればいいと心から思っていた。たとえ億の金を失うことになろうと、それであの女はオレたちとの思い出を金に換えてしまえるようなろくでなしに成り下がる」

要は獅子丸の中で格付けしておきたかったわけだ。それも密香の方から下に落ちるような形で。(…)

「いや、財産をなげうってまですることじゃないだろ?」

「オレにだって存在そのものが気にくわない人間ぐらいいる。例えばあの女と論語がそうだ。あいつらを同時にねじ伏せられるなら全財産を捨てても惜しくなかった」(三九頁)

ここで獅子丸は「存在そのもの」と「格付け」とを同列に扱っている。キャラを破壊する為に私財をなげうつ探偵。そうされる事が生死と等価に扱われる世界観。一般文芸であれば人倫の業で片付くだろう瑕疵は、しかし『虚構推理』の殺人劇と同じく、まんが・アニメ的な文化規約が「セカイ」を統べるキングレオ譚において、文字通り彼らの生死を分かつ〝殺人行為〟になっているのだ。

その後密香は、他者の記憶に自らを生き永らえさせようと一連の事件を起こしたと語り、彼女の意志を汲んだ大河も、キングレオ譚に彼女を登場させ、読者の記憶に残そうと決意する。さらには獅子丸も「オレたちはこのまま古典になって、ささやかな永遠を生きようじゃないか」と語り、本編は幕を閉じるのである。自然主義者にはとうてい理解し得ない一連の会話の意味は、しかし人間とキャラクターとの死生観の差異を自覚してしまった本稿の読者ならば、いまや容易に理解し得る筈のものであろう。

キャラクターのこうした「尊厳を目指した生死を賭しての闘争」は、続く『双鴉橋』でさらに激化していく。本編ではキングレオのキャラ解釈やプロットの優劣をめぐるミステリ作家の論戦が、まるで真実を目指す名探偵の推理合戦の如く行われてしまうのである。

「解釈違いっていうんですか？　ああいうの許せないんですよね。大河さんが書いているなら

まだしも、変な人が書いて『キングレオはこんなこと言わない！』って怒りたくありませんから」（九二頁）

「今となっては提出されたいずれのプロットもキングレオのキャラ解釈に関しては満足いくものはありませんでした」（一一五頁）

キングレオのキャラ設定に従う「セカイ」とそこから導かれる「小さな物語」を競う本編の推理合戦は、やはりキャラの強度を問う『丸太町ルヴォワール』のそれを、いっそう彼らの自意識に合致するロジックに洗練し描いたものである。本編の推理合戦はもはや、古典力学から相対論、場の量子論へと公理体系をバージョンアップし世界観を改装する、自然科学的営みを彷彿とするほどに、空気を改装し〝公式〟に漸近していく。こうした探偵の推理が、キングレオのリアリティを高め彼を読者の記憶の中に生き永らえさせる事は明らかであって、本編は「探偵の、精緻きわまりない推理という第二の光輪」が、キャラクターを「無意味の荒野」から解き放つ、笠井のいう「探偵小説」としか言いようのない物語なのだ。

一方でキャラの解釈闘争は、やはり自然科学がそうであるように、原理上は際限なく続く筈のものである。これを承知のうえで、大河は次のように、読者に挑戦するのだ。

ああ、皆さん。もしも後からでもこれ以上のプロットを思いついたら、その時は即合格にしますよ（一一九頁）

『キングレオの回想』と同時期に創られた『惑う鳴鳳荘の考察』（二〇一九年）において、円居はプロットの解釈闘争を挑戦形式にまで昇華し、おそらくはミステリ・マニアではないだろうＦＧＯプレイヤーに向け無慈悲にも差し出してしまうのだが、本稿を通過した読者にとって、作者が挑戦状に込めた意図はもはや明らかだろう。実本格形式は真実が作品世界を支えていた。そこで挑戦状とは、作品世界のリアリティを誓約する宣誓状と言えるものだった。他方、虚構本格形式はキャラクターが「セカイ」を支えている。そして「セカイ」＝プロットを支える筈のキャラクター自身が、新たな解釈に開かれている。そのうえで大河は、そして円居は、読者に向け挑戦状を掲げるのだ。それは真実の探求の果てに、世界をスピノザの神（実在的なもの）にまで昇華し表象する自然科学者をなぞるように、[*3] キャラクターを小さな物語から解き放ち「メタ物語」的な存在者へと昇華させる臨界点において、探偵＝作者が、その超越的なものへの恭順を言明する、宣誓状に他ならないのである。

かつてポストモダン思想が隆盛を極めていた時代に、虚構にすぎないキャラクターは消費者の欲望に奉仕すべく、使い古された文化規約をデータベースからかき集め身にまとわせられ、愛玩動物の如き生を強いられてきた。それに対し、こうした「無意味な死」に寄り添い、彼らの尊厳を取り戻す「メタ物語的」な解釈闘争――現代ミステリとは、やはりポストモダンの瓦礫から言葉の外部（実在的なもの）を取り戻す現代実在論とも深く共鳴する時代精神であって、キャラクターとその消費者との断絶を乗り越える、連帯のまなざしなのだと筆者には思える。

　こうした倫理観は近年の〝擬人化〟の流行にも顔を覗かせている。かつて消費社会の資本（記号）としか見られていなかった「物自体」がいまや、キャラクターという「新しい革袋」に収まる事によって、我々消費者に共感的に（実在的なものとして）扱われ始めているのだ。どこか「失われし大地との絆を結」ぶ人新世の議論を思い起こさせる、こうしたキャラクターをめぐる常識の移ろいにもまた、円居の望む「新手に挑むような作品」へのさらなる回路が開かれているのかもしれない。

＊1　Fate/Grand Order（FGO）はTYPE-MOONによるゲーム作品。円居は二〇一八年から二〇一九年にかけて、当ゲームの配信イベントのシナリオ原作を担当している。このノベライズが『虚月館殺人事件』、『鳴鳳荘殺人事件』。

＊2　反対に、自然主義的世界観をもった探偵が、やはり自然主義的世界観をもつ読者の常識に寄せ解決させるタイプのミステリ（要するに旧来の本格ミステリ）を、筆者は虚構本格ミステリと対比させる意

味で実本格ミステリと呼んでいる。実本格ミステリ／虚構本格ミステリについては、拙論「ガウス平面の殺人」で詳しく論じているので、興味のある読者は参照願いたい。

＊3　例えばアインシュタインの「私は、人類の運命と行いについて気にする神ではなく、世界の秩序ある調和として現れる、スピノザの神を信じます」という言葉がよく知られている。

主要参考文献

円居挽　ルヴォワール・シリーズ　講談社文庫
円居挽　キングレオ・シリーズ　文春文庫
東浩紀『動物化するポストモダン　オタクから見た日本社会』講談社現代新書、二〇〇一年
東浩紀『ゲーム的リアリズムの誕生　動物化するポストモダン2』講談社現代新書、二〇〇七年
城平京『虚構推理　鋼人七瀬』講談社ノベルス、二〇一一年
都筑道夫『黄色い部屋はいかに改装されたか？増補版』フリースタイル、二〇一二年
斎藤環『キャラクター精神分析』ちくま文庫、二〇一四年
押野武志他編『日本探偵小説を知る　一五〇年の愉楽』北海道大学出版会、二〇一八年
円居挽『FGOミステリー　惑う鳴鳳荘の考察　鳴鳳荘殺人事件』星海社、二〇一九年
グレアム・ハーマン「現象学のホラーについて　ラヴクラフトとフッサール」『ユリイカ　二月

号　第五〇巻第二号　（通巻七一七号）』、二〇一八年
琳「ガウス平面の殺人——虚構本格ミステリと後期クイーン的問題——」『メフィスト2019 vol.3』、二〇一九年
琳「本格ミステリの原罪——井上真偽論」『メフィスト2020　vol.1』、二〇二〇年

燃ゆる闘魂

——森川智喜論

孔田多紀

「重要なのは、遊びのルールは決して破ってはいけないものではないという点だ。(…)遊びが持つ変形の力は、〔世界を標的にするだけでなく〕ルールを標的にすることもある。」

(ミゲル・シカール『プレイ・マターズ』)


「やめろ……。お前ら、目の前の男を何だと思っているんだ……。名探偵だぞ、名探偵……。推理小説界の英雄なんだ……。それを地獄にだなんて……」

(森川智喜「不思議の夜のアリス」)

〈特殊設定ミステリ〉私見

近年、「特殊設定ミステリ」という言葉を見かける機会が、急に増えました。が、なんとなく盛り上がっているような、いないような、微妙な印象を受けます。二〇二一年には二つの小説誌で「特殊設定ミステリ」特集が大きく組まれ、それらを見ると、〈「特殊設定ミステリ」とは何か?〉という定義に関する議論として、「作家たちの犯行の記録——特殊設定ミステリ試論」（大滝瓶太）、「特殊設定ミステリ座談会」（相沢沙呼、青崎有吾、今村昌弘、斜線堂有紀、似鳥鶏、若林踏）を読むことができます。両者に共通するのは、〈「特殊設定ミステリ」とはこういうもの〉とあまり狭く定めないほうが良い、というトーンです。熱狂的に原理論を押し進める人もいなければ、激烈に叩く人もいない。慌てず騒がず、自然に育てていこう。そんな感じ。そして、私も基本的にそれに同調しています。[*1]

そうした「特殊設定ミステリ」の観点から、二〇一〇年代におけるそのフロントランナーともいうべき森川智喜の諸作を読み、彼の新規性の秘密を覗いてみようというのが、本稿の趣旨です。が、本論に入る前に、まず前述の議論で提出されている「特殊設定ミステリ」の特徴に関する部分を抜き出してみましょう。

大滝は、「本格ミステリの三つの要素」として、「系（小説の舞台となる空間）の設定／謎の設定／事件の解決」を挙げ、その三つの観点から、「特殊設定ミステリ」性の見られる作品を論じています。

いっぽう座談会では、今村が「特殊設定ミステリ」の三つのパターン（①世界＝現実的／人物＝特殊的　②世界＝特殊的／人物＝現実的　③世界＝特殊的／人物＝特殊的）を挙げています。そしてそれを受け、世界／人物の「特殊性」が「謎解き」に不可欠の要素として組み込まれた作品が、いわゆる「特殊設定ミステリ」と呼ばれるのではないか？　と似鳥が議論を展開し、各参加者が話題を広げる。

さて私の関心は、おそらくは現在広まりつつある、こうした〈「特殊設定ミステリ」とは何か？〉という把握よりも、もう少し広い範囲を対象にしています。すなわち、大滝および座談会にとっての「特殊設定」とは、読者にとって非現実的な、従来は「ＳＦ」だとか「ファンタジー」などと呼ばれる作品群に登場してきたであろう要素を意味している。[*2] しかし、私が注目したいのは、〈「設定」が読者にとって「非現実的」か否か〉よりも、〈「特殊」な「設定」が「謎解き」に不可欠の要素として組み込まれているか否か〉、という部分です。

「特殊」という語は辞書的には、「1　性質・内容などが、他と著しく異なること　2　機能・用途・目的などが限られること。専門・専用であること　3　限られた範囲のものにしかあてはまらないこと」を意味します（「デジタル大辞泉」）。つまり、必ずしも「非現実」性を意味するわけではない。

衆目のところ、「特殊設定ミステリ」というフレーズを二〇一〇年代に一躍広めることになったのは、米澤穂信『折れた竜骨』（二〇一〇年）およびその「あとがき」だとされています。同作の「特殊設定」性を挙げるならば、「時代」「場所」「物理法則」という三要素でしょうか。魔法（物理法則）が存在する十二世紀（時代）イングランドの架空の島（場所）、といういわゆる中世ファンタジー的世界を舞台に本格ミステリを目指した同作の「特殊設定」性は、二十一世紀の日本語読者にとっては明らかでしょう。

先に挙げた「特殊」の語釈の一つに、「限られた範囲のものにしかあてはまらない」がありました。『折れた竜骨』ではまさに、この限られた設定でしかありえない条件が、「謎解き」に組み込まれている。しかし、「限られた設定でしかありえない条件が、『謎解き』に組み込まれている」という部分だけを抜き出すならば、その性質を持つミステリは、「設定」が「非現実」的か否かとは無関係に、いま「特殊設定ミステリ」と呼ばれつつある作品群よりもさらに多く、書かれてきた。

たとえば、梓崎優の『叫びと祈り』（二〇一〇年）や『リバーサイド・チルドレン』（二〇一三年）は、時代は現代ですが、場所は日本国外で、その土地ならではの条件が「謎解き」に関わってきます。文化人類学的アプローチといってもいい。

あるいは逆に、伊吹亜門『刀と傘』（二〇一八年）なら、場所は日本ですが、時は明治維新前後で、その時代ならではの条件が「謎解き」に関わってくる。これは時代小説的なアプローチ。

要するに、「限られた設定でしかありえない条件が、『謎解き』に組み込まれている」という性質を持つ本格ミステリは、その「設定」が「非現実」的なものに限らない。場合によっては、「館もの」や「お仕事もの」などもそこに含まれうるでしょう（「設定」が特に「謎解き」に奉仕しない作品も勿論あるので、そのすべてが、とはいえませんが）。

いわゆる「特殊設定ミステリ」の「非現実」性を括弧にくくるならば、それは過去と断絶したものでも、突然変異的なものでもない。「時代」「場所」「物理法則」といった限られた「設定」から抽出される条件（ルール）を「謎解き」に組み込んだ本格ミステリとして、過去の作品群と連続性をもって捉えられうる。つまり、書き手にはその「設定」を、想定読者（日本語小説ならたいていの場合はおそらく現代の日本の読者）のいる次元のそれとは異なるものにするかどうか、という選択肢、その一つにまた、「非現実」性という選択肢がある。ジャンル小説のそうした構造が、近年急に意識化、ないし開拓されてきた、ということではないでしょうか？

「謎解き」から「問題解決」へ

ではその「連続性」という観点が、森川作品の読解にどう役立つのか。

エッセイやインタビューなどで何度となく、森川智喜はシャーロック・ホームズものの愛読者であることを公言しています。ホームズものこそが「世界でいちばん好きな探偵小説」（「RED HEAD CALENDAR」注より）という、いってみれば古典的な嗜好と、「これはミステリなのか？」と時に疑ってしまうほど「特殊設定ミステリ」ど真ん中、な実作の新規性との乖離。そのあいだを架橋するものとして、先の「連続性」を据えてみるとどうでしょうか。

たとえば、日本シャーロック・ホームズ・クラブでの報告を基にした評論「《マザリンの宝石》を書いたのはXXXだった」（二〇一二年）。これはホームズものの同名短篇が、なぜワトソンの一人称ではなく三人称なのか、という「謎」を設定し、その真の語り手を推理します。

ある雑誌のホームズ特集に寄せられた評論「RED HEAD CALENDAR あるいは、残る一つの大問題」（二〇一四年）では、「赤毛組合」の日付設定の不一致という些細な「謎」から、なんと「ホームズは宇宙人だった」という「真の設定」を導く。

二つの評論の前提となるのは、「〈シャーロック・ホームズ〉シリーズとはワトソンの手による一連のノンフィクション」である、という「設定」です。どうやら、「森川智喜」という書き手の属する世界には、コナン・ドイルという人物は存在しないらしい。つまり、前述のような揺れや矛盾について、「作者の気まぐれ」だとか、「単なるケアレスミス」だとかいった「現実」的な可能性を排し、「ホームズものの真の作者＝ワトソン≠ドイル」という（われわれ読者にしてみれば「特殊」な、「非現実」的な）「設定」をあえて真に受けることで、「ホームズは宇宙人だった」というような突飛な推理を導き出してしまうのです。*3

「特殊」な「設定」をあえて真に受けるということ。こうしたスタンスを理解する補助線となるのが、ホームズものと同じくその関心を森川が公言しているアナログゲームへの志向です。村上貴史によるインタビューでの発言を見ると。

「『Mr. Jack Pocket』などのゲームって、将棋や麻雀のような伝統的なゲームとは違って、デザイナーがはっきりしているんです。なので、ディティールを鑑賞しやすいんですよ。そのルールにデザイナーはどんな意図を込めたのかとか、あるいは、運の要素をどのレベルにするべきと判断したのか、とか。その鑑賞も愉しいんです（…）ディティールに意図を込めつつ、勝負の舞台をデザインする、というのは犯人当てにも共通するんですよね」

「ゲーム」の「ルール」と「デザイン」。この点については、先の「特殊設定ミステリ座談会」でも大いに語られていました。つまり、相沢沙呼によれば、漫画、アニメではずいぶん前から、「世界に課されたルールを熟知しながら問題を解決していく、という形式の物語」は「山ほど書かれていた」。あえていえば小説分野での流行は「他のジャンルから見ると周回遅れ」なのかもしれない。「能力バトル漫画やデスゲーム漫画の浸透は、本格ミステリが孕む『敷居の高さ』を下げてくれた役割もあったのかな、と感じます。自分たちの日常の延長線上にある、非日常的なルールを使うことで、『推理をすることって、こんなに楽しいことなんだ！』と思わせてくれる点が良かったのではないか」。
相沢のいう「敷居の高さ」という言葉を意訳すれば、本格ミステリの本流はやっぱり事件（特に殺人事件）を論理的にリアリズムで解決するもの……非現実な設定なんか出したらなんでもアリになっちゃうじゃん、というような志向、のことではないでしょうか。[*4]
同座談会ではこうした流行の立役者として、漫画『DEATH NOTE』のヒットが挙げられているのですが、確かに、「推理」に「非日常的なルールを使う」ことで「問題を解決していく」ものならば、それ以前、たとえば『ドラえもん』にせよ、『ジョジョの奇妙な冒険』にせよ、部分的にかなり濃厚に持つ作品も、小説以外に連綿と存在してきた。[*5]「推理」と「ルール」と「問題解決」。これらの要素を、そうしたゲーム・漫画・アニメと、本稿で取り上げているような小説としての本格ミステリジャンルに共通し、連続するものとして捉えるとどうなるでしょうか。
何かのっぴきならない「問題」があり、登場人物は「推理」によって「ルール」を利用し、それを「解決」しなければならない――そんな状況がイメージとして浮かんできます。しかし一方で「問題」というのは「謎」よりもかなり幅広い、状況依存的な概念です。いやそもそも、あらゆる物語は古今「問題」を「解決」する過程を描いてきた、いや究極的には、生きる人間は誰しも何らかの「問題」に迫られている、ともいえる。……云々と、そこまで広げるとかなり茫漠としてしまいますが、そのような「問題解決」という捉え方から、いかにして、あの、ミステリ的興趣を切り出すことができるか？
キーワードは、「バトル」です。

小説言語とゲーム性

森川智喜の既刊長篇（二〇二二年末現在十四作）を眺めてみると、「現実」的な設定を持つ作品も四篇、書かれています。ただ、著者の独自性が遺憾なく発揮されているのは、やはり「非現実」的な設定の十篇、中でも代表作『スノーホワイト』（二〇一三年）を含む「名探偵三途川《さんずのかわ》シリーズ」といっていいでしょう。

このシリーズの特徴は、一作ごとに異なる「非現実」設定が登場すること、そしてそれによって生じた「問題」をめぐり、悪役たる三途川理《ことわり》が、誰か（たいていは各篇の主人公あるいはライバル探偵・緋山燃《ひやまもゆる》）とその「ルール」に則り闘う、という構造を持つことです（設定が毎回異なる上、シリーズとしての時間的連続性はないので、読者はどの順番で読んでも良い）。

私見では、既刊六作のうち最も優れているのは、「白雪姫」に倣い「どんな質問にも答えてくれる鏡」という超現実コンピュータのような道具をめぐる『スノーホワイト』と、どれだけ身体をバラバラにされても生きている人造人間と少年探偵たちが闘う『踊る人形』（二〇一三年）。次いで、『不思議の国のアリス』に倣い生きたトランプ兵たちを用いて三途川理と「アンフェア女王」一派が決闘する『トランプソルジャーズ』（二〇一六年）です。

しかしまず取り上げたいのは、デビュー作『キャットフード』（二〇一〇年）。「特殊設定」という意味ではかなり摑みづらい側面もあるこの作品に、実はその後開花する独自性の萌芽がすでにある、と思うからです。

『キャットフード』の主たる「特殊設定」は、「化け猫」が実在する、という点です。作中世界の猫族には、何にでも化けられる特殊能力を持つ個体が一定の割合で生まれる。いっぽう、人間には秘密裏に、猫社会では貨幣経済がそれなりに発達しており、また食品として人肉が好まれていた。商才に富んだ化け猫の一匹であるプルートは、人肉ミンチ（キャットフード）を商品化して一山あてるべく、ある孤島に工場を設立し、人間の高校生グループを誘いこみます。しかし実はそのグループの中に一人、いや一匹、同じく化け猫のウィリーが人間に成りすましてまぎれこんでいた。猫社会の掟では、猫はいくら人間を殺して食べても良いが、同じ猫族を殺してはいけない。商機を狙うプルートたち食品会社一派はウィリーの説得にかかりますが、ウィリーは聞き入れず、人間たちを生きて（猫社会の秘密に気づかれることなく）孤島から本土へと返そうとする。かくして、化け猫同士のバトルが始まる……。

と、複雑な筋立てを簡単に紹介してみましたが、本作の奇妙さは、実際に読んでみないとまったく伝わらないと思います。このあらすじがわかりにくいのはおそらく、「特殊設定」として作中で効果を発揮するルールが、二系統あるからです。

A＝「化け猫」に関するルール／B＝「猫社会」に関するルール

このAとBは、似ているようで実は「特殊設定」としての性質が違います。

Aはいわば、「自然的なもの」。作中の猫たちにとっては、物理法則のように、勝手に破ることのできない事実に由来するルールです。

Bはいわば、「人工的なもの」。「猫は猫を殺してはいけない」といった法や、「キャットフードには価格がある」といった貨幣制度などの規範がこれにあたります。たとえば、「赤信号を無視してはいけない」といった法を、人間は物理的には無視することができる。しかしそうした違反行為が他者から罪と見做された場合、何らかの罰が下される。つまりBの場合、それを破るのは不可能ではないが、Bを保守しようとする何らかの措置を社会の側が備えているため、個人はそれをなるべく守って自己利益の最適化に努める。

『キャットフード』のあらすじがわかりにくいのは、このAとBという突飛な二つの設定に関する説明が、動的な短い物語展開の中に溶け込んでいるため、ではないでしょうか。

たとえばA。変身能力を持つ「化け猫」は、飛行機のように巨大なものは無理、といった制限をあるていど持つものの、およそ何にでも擬態できる。人間以外、たとえば島を脱出するボートにも、ボートを動かす鍵にも、ボートに乗る人間が着る服にも、何にだって化けられる（この驚くべき可変性には初読時、「これほど自由度の高い設定で、いったいどうやって決着をつけるのだろう？」と唖然としてしまいました）。

あるいはB。法や貨幣制度を個人に守らせるには、暴力装置や権威を備えた何らかの存在が不可欠です。しかし、猫社会に警察や中央銀行といった組織があるのだろうか？ その点、記述はあいまいです。また、作中のような孤島の場合、いくら「猫は猫を殺してはいけない」という掟があるといったって、文字通り生死をかけた闘争なのだから、公権力による監視の眼も届かないのだし、一匹くらいコッソリ殺しちゃっても誰にもわからないのではないか？ でも、彼らはなぜか律儀にそれを守る。このあたりも、真に腑に落ちるとはいいがたい部分です。

が。デビュー作の時点ですでにこの「自然的」「人工的」という、異なる二系統のルールに着目したことにこそ、森川智喜の独自性がある、と思うのです。

「化け猫」は原理的に、何にでも化けられる。しかし「猫社会の掟」があるため、それに抵触しないかたちで、なんとか問題を解決しようとする……。

思い切っていえば、こうした設定は、小説言語そのものの謂ではないでしょうか。

言葉は原理的に、何にでも化けられる。「ボート」と書けばボート、「ボートの鍵」と書けばボートの鍵、「ビキニ」と書けばビキニ、「人間」と書けば人間、何だって表すことができる。しかし、こいつらはふだん、闊達で透明な媒体のようなフリはしているが、こnようnい誤字脱字が少しでも入り込めば、たちまちその不格好な尻尾を現してしまう。そして、小説としての本格ミステリはその自由さを享受した上で、問題の解決に挑む。つまり、何らかのルールを設け、問題をクリアする。作者によってデザインされたそのルール自体は、読者にとって無根拠な、恣意的な、どこまでも虚構的なものでしかない。しかし、本格ミステリたるべき小説の作中人物はその恣意性を真に受け、つまり人工的な規範を事実と読み替え、あえてそのルールに抵触しないかたちで、フェアに、問題を解決する。といっても、「設定」に由来するルールというテクストは、徹底的に読み込まれ、抜け穴を精査され、酷使される。この時、作中人物と読者双方にとって「読む」という行為は、「実践」とほぼ同義となる。その行為によってこそ、小説は本格ミステリとして成立し、読者から認められる。

……二重の舞台は『十角館の殺人』、生物変形ルールは『遊星からの物体X』、「監視」をモチーフにしたゲーム的展開は映画『CABIN』、とでもいうべき複雑極まりない設定をわずか二五〇頁で片付ける本作に私が感じたのは、そうした意志です。[*6]

問題解決としてのバトル

そしてその意志は、続く『スノーホワイト』でいきなり全開になります。

この小説が優れているのは、全体を二部構成にわけた点です。「推理」のプロセスをかっ飛ばして「答え」をすぐに伝えてくれる「真実を映し出す鏡」という「特殊設定」の性質を、ちょっとした事件によって段々と検証してゆく第一部は、のちに行われるバトルのルールに読者を馴れさせてゆく、チュートリアル的な役割を持っています。そしてこの「二分割」のパターンは、小説の全体構成のみならず、隅々にまで行き届いている。舞台（人間社会／おとぎの国）、視点（小人のイングラム／三途川理）、記述（実況的描写／説明的回想）……といったように、それぞれ異なる性質を持つペアが次々とスイッチしてゆくことで、独特の緊迫感あふれる小説的運動を生み出しています。

『キャットフード』との比較でいえば、「人工的」なルールがここでは後退しています。「魔法の鏡」をめぐって争奪戦が行われるのは、おとぎの国の女王の戴冠式に慣習上必要だから、ということになっています。しかしその慣習（規範）の拘束は、人間世界で行われる「バトル」の背景でしかなく、その中身にはほとんど影響しない。あくまでも、「魔法の鏡」という「設定」（事実）を使い倒しハックして相手を上回る、という構図をメインに据えたシンプルさが、小説としての勝利のキモといえるでしょう。

それは次作『踊る人形』についてもいえます。前二作で採用されていた一人称／三人称という視点のスイッチはここでは鳴りを潜め、乱歩の少年探偵団ものよろしく全体を統括する正体不明の饒舌な三人称語りは、物語の展開を自在にキープしながら、不死身のゴーレムと少年探偵たちのバトルを煽りたてる。そのジュヴナイルとしての完成度、独特の行アキ多用によって引き延ばされた解決篇の劇的緊張感は、なるほど傑作と呼ぶにふさわしい。

　しかし、ここで疑問が出てきます。すなわち、こうした「バトル」の根本原因は、「特殊設定」をめぐり、優秀な頭脳を持ちながら私利私欲に取り憑かれた三途川理がそれを恣《ほしいまま》にしようとし、主人公たちがそれを防ぐ、という構図ではあるのですが、なぜそれがミステリに成りうるのか？

　本稿での論点を復唱すれば、それは問題を解決するために「推理」の要素が酷使されるから、なのですが、ここに注意すべき点があります。つまり、「特殊設定をめぐり発生した混乱状況」とは、それ自体が解決されるべき一つの「問題」であり、それは比重として、従来主流となってきたミステリの「事件（特に殺人事件）」に相当する、ということです。したがって、「特殊設定をめぐる混乱＝（バトルによる）問題の解決」と「殺人事件の謎＝（推理による）問題の解決」とを、同じ小説の中で同等に扱うのは難しい（あるいは、相応の長さが必要）。そのためでしょう、三途川シリーズでは実際、ほとんど殺人が起こらないのです。

　その難しさが如実に現れているのが、シリーズ第六作『バベルノトウ』（二〇一七年）です。

問題解決と謎解き

『バベルノトウ』の「特殊設定」の主題は、まさに「言語」です。

語り手は地上界にやってきた三人の天使の一人・ユニカル。ある塔で休息していたところ、その主人・椿に姿を見られてしまったため、彼に「言語混乱」という魔法をかけ、話す／聞く／書く／読むといういわゆるコミュニケーション四技能を、彼だけ日本語とまったく異なる未知の言語（「シムニャゼク語」という架空の言語）と取り替えてしまう。椿とまったく意思疎通がとれないという事態を解決するため、その使用人たちによって探偵役の緋山燃とライバル・三途川理が塔に呼ばれます。二人は協力して未知の言語の規則性を徐々に解き明かしていく。このままでは自分たち天使の存在が人間にバレてしまうと恐れたユニカルは、三途川理に再び魔法をかける。三途川の場合は、「一部は日本語、一部は別種の未知の言語（「リルーレ語」というこれも架空の言語）」というまだら状の「言語混乱」でした。そんな中、使用人の一人が密室で殺害されてしまう……。

冒頭から異様なカタカナが頻出する言語実験と、どんどんエスカレートしてゆく事態の混迷ぶりに、いったいどうなることかとハラハラさせられます。が、「言語混乱」の方は、序盤で「効果が一週間ぐらいで切れる」ことが読者にのみ明かされたまま、作中で劇的改善には至らず。また一方、殺人事件は犯人の自白によって後退し、物語の行方は緋山対三途川の「バトル」の構図に横滑りします。つまり、それまでのシリーズでは「問題解決」の手段として存在していた「バトル」が、本作では完全に浮いている。「バトル」が目的となり、「問題解決」の方はそれを導入する手段、というふうに、両者の関係が逆転してしまうのです。

思うに、これはただでさえ難易度の高い「言語混乱」という「設定」＝問題に、「殺人事件」という別種の問題を並置したため、絡め手で解決せざるをえなかった、ということでしょうか。しかし、それでは「設定」を徹底的に使い倒した、というふうには見えなくなってしまう。

この点、対照的なのが、殺人事件不在のその前作（第五作）『トランプソルジャーズ』です。そこで用いられるのは、神経衰弱／ババ抜き／ポーカーといった、誰もが知るトランプゲーム。この作品に、「バトル」という森川的テーマの重要性が凝縮されている、と私は思います。

舞台は、『不思議の国のアリス』をモチーフにしたと思しき、しゃべる生き物たちの国。平和だったそこへある日、「アンフェア女王」が現れ、恐怖政治が敷かれるようになってしまった。アンフェア女王は国の法を変え、あらゆる揉め事を「生きたトランプ兵」を用いた「決闘」で解決することにします。キーポイントは、「生きたトランプ兵」は自分たちの数字やマークが何であるか、アンフェア女王側のプレイヤーにだけ教えてくれる、ということ。これで彼女たちは全戦全勝。アンフェア女王およびそれに従う一派に睨まれ負けた市民たちは、魔法の光線によって身動きできない卵にされていきます。

そこへ少年時代の三途川理が登場。「特定のプレイヤーに贔屓する生きたトランプを用いたゲーム」という、どう考えても勝ち目がないと思われた勝負に、ギャンブル漫画顔負けの悪知恵を駆使して勝ち進んで行く。ふとしたことから三途川と知り合ったウサギのピンクニーは、彼の勝ち抜きぶりを見て、支配されることに馴れきっていた自らの心を動かされる。しかし三途川もまた「世界征服」を目論む男であり、支配者としてのメンタルはアンフェア女王と何も変わらない。つまり、三途川が彼女を倒したところで、待っているのは別の独裁。そこで、最後にはピンクニー自身が、「決闘」に加わることを決意するのですが。

合わせて三度行われる三途川のトランプバトル中、最初の勝負で、三途川の闘いぶりを初めて見たピンクニーはこう思います。

ピンクニーの胸のうちで、熱い何かがどくどくと音をたてた。ひとりごとのようにして、自分にいい聞かせた。
「この子（注・三途川）のいう通りだ、私たちは勝てないものと思いこんでいた。違う。勝てるんだ。絶対に勝てないわけじゃなかった。五十四人隊（注・生きたトランプ兵）は完全無欠ではない」

第二の勝負では。

トランプ札がしゃべること。それこそが五十四人隊の強みであり、それこそが、市民たちが抱える絶望であった。

しかし理は五十四人隊の強みであり市民たちの絶望を、逆手に取って自らの武器としてしまったのである。こんなこと、決してピンクニーにはできなかった。たとえトリックを使っていいといわれても、たとえイカサマを使っていいといわれても、敵の強みと自分の絶望を武器にするなんてどだい無理だった。想像さえできなかったろう。（…）もしもこいつがこんなやつではなかったら――

「――頼もしいことこの上ないのに」

「ウサギさん、何かいったかい？」（…）

「いえ……べつに……」

「けけけ、安心したまえ。世界はすぐに塗りかえられる」

三途川理が「三途川理」になるまで

ここで脇道にそれますが、私見では、森川作品が最も輝くのは、三途川理に代表される強烈な

「悪意」を描く時です。「悪意」がない作品（特に非三途川シリーズもの）の場合、森川智喜の筆は、なぜかかなり凡庸になってしまう（ついでにいえば、失礼ながら著者のエッセイやあとがきも、なんだか覇気がないものが多い——しかし先に見たように、ホームズものに関する「評論家・森川智喜」の筆は、非凡でした）。

彼が自作に対してよく使う言葉は、「作者」としての主体性の希薄さです。

作者としての自分には、何か精緻な設計図を作って本作を組み立てたという感覚はほとんどありません。

自分が作者としておはなしを作ったというよりも、おはなしのほうが自分を作者に選んだという感覚です。異なる表現を試みるならば、自分はどこかでふわふわと浮いていたおはなしをキャッチして、それをこの星の社会にお届けさせてもらっただけ……今日のところ、そういうふしぎな思いです。（『死者と言葉を交わすなかれ』あとがき）

こういう言葉を聞くと、あの白熱のバトルの数々を統御してきた作者の弁としては、なんだか物足りない。『トランプソルジャーズ』になぞらえれば、三途川理というより、ウサギ側のような……こんな「ふわふわ」した作者が、どうしてあの、身も竦むような「悪意」を描けるのだろう？

この点、参考になりそうなのが、デビュー前、京都大学推理小説研究会時代の作品をまとめた『森川智喜作品集』（私家版、二〇一一年）です。同会で書かれた習作には、なんと全作に三途川理が登場する。つまり、「名探偵・三途川理」という存在は、まだ小説を書き始めたばかりの二十歳の森川智喜の中に、最初からいた。サークルの後輩にあたる同書の編者は、その序文で次のように回顧しています（中島哲郎「森川智喜ってなあに？」）。

我々が氏の作品で普通に楽しめるだろう部分といえば、卑劣な三途川を始めとするおかしなキャラクターがいて、物語の軸となる特殊設定があり、ミステリとしては伏線や手がかりを「気づき」を通じて整理する丁寧な論理展開がある、といったところであろう。しかし、氏はただ三途川を悪人にしてみたというに留まらず、もっと「名探偵」というものに独特の思いがあって、まだまだ描きたいものがあるようなのだ。その詳細については数々の会員が氏の話を傾聴し、解釈を試みてきた。だが正直言って分かるようで分からない、でもそれが出来るのならば凄い気がする（…）氏の口頭での説明は相当に下手なので無理からぬところである。

同書収録の、二〇〇四～一〇年までに発表された短篇全十三作（うち一つはゲームブック）を読むと、三途川理は初登場時からすでに「悪の名探偵」として描かれています。それと「特殊設定」が初めて組み合わさるのが、第三作「オモチャのチャチャチャ　三途川理と異次元クリスマス」（二〇〇五年）。クリスマスの夜、サンタクロースがある少年の家の人形に魔法をかける。一晩だけ自由に動けるようにし、家の中に隠された「知恵の輪」を見つけると、人形たちは本物の人間になることができる。三途川理はここで、あるアニメに登場するダークヒーロー役の人形の一人として登場。そして各人形の特性を活かした、「知恵の輪」争奪戦が始まる。本作は、『キャットフード』以下に見られる、非現実的設定を取り入れた三途川理シリーズの原点といっていいでしょう。

以下、現実的設定の作品も交えつつ、三途川は吸血鬼に雇われたり、その事務所に宇宙人が訪れたり、清涼院流水えがくＪＤＣユニバースの一員になったり、と、かなり変幻自在な、各篇の「設定」に対応しうる柔軟性を持った存在へと化していきます。

学生作者としておそらくはかなり異色であっただろうその道行きについて、サークルの二年先輩だった円居挽は、同書に寄せたエッセイで次のように述懐する。

> 当然、ミステリ研も最初から森川智喜に対して寛容だったわけではなく、むしろ強烈な反発を以て迎え入れられた（…）
>
> 私が氏の作品に対して反発を覚えていた大きな理由は氏のあまりの無頓着ぶりだ。犯人当てというスタイルにこそ拘りはあるが、そのくせミステリ研のルール、そして世間のルールにも無頓着。当時の氏にはっきりと確かめた訳ではないが、おそらく氏は心のどこかではプロにな

れたらいいと思っていたはずだ。そんな人間がここまで世間に無頓着でいい訳がない。（…）

だが氏の行く道はどうやら正しかったらしい。結局森川作品は年を追うごとに会員からの支持を厚くしていった。いつしかかつて氏を打ち据えた上回生ですら「森川作品だから仕方ない」と氏の作品を認めていた。（…）

どうか森川智喜にはずっとあのままでいて貰いたい。打ちのめされることばかりだろうが、それでも変わらずにいて欲しいのだ。

そう、何度非業の死を遂げても不敵に蘇る三途川理のように。（傍点・孔田）

ここでは、森川智喜自身の姿が、三途川理に喩えられています。

つまり、本人による自画像と、周囲からの証言には、ズレがある。どうも、自らの生存を脅かす存在（たとえば「悪意」）を前にし、「設定」を引き受けた「戦い」を決意する時、森川智喜の小説言語は異常な熱を帯びるらしい。「おはなしをキャッチしてお届けする」という表現が意味するのはおそらく、作者の中に同居する、「ルールに無頓着」なピンクニー的なものと、ルールを使い倒す三途川的なものとの闘争を、そのまま描く、ということなのではないでしょうか。

「戦わされる者」から「戦う者」へ

森川作品における「戦い」とは、「問題解決」までの過程を自らの意志で生きることです。「戦い」をくぐり抜けることで初めて主人公は、主体的な人格性を獲得する。

再び『トランプソルジャーズ』に戻ってみましょう。最後の試合に入る前、魔法の国に住むウサギのピンクニーは、別世界からやってきた悪意丸出しの三途川を見て、三途川の元いた場所はなんと荒涼としたところなんだろう、と、二つの世界（いわば、メルヘン世界／リアル世界）を対比的に捉えます。

異世界ではどうか知らないけど――。（…）打算的だったり攻撃的だったり、そんな市民たちが大勢住んでいる世界なのだろうか。

なんだ、その世界……。

そんな世界でどうやって幸福感を感じるのだろう？

この「異世界」とは、前述の円居のエッセイを援用するならば、作者と読者すなわち我々のいる世界をも指すはずです。そして最後のゲーム、アンフェア女王と三途川理とのポーカーで、

「ワンペア」という最弱の役で勝利したピンクニーは……。

　戦うということの価値……。

　戦わされることの価値ではなく戦うことの価値……。

　それを教えてくれたのは、ほかならぬこいつなのだ。（…）五十四人隊の支配《ルール》を敷いた鉄壁の体制に穴を開けたのは理の業績である。異世界からやってきた悪知恵を破るには、異世界からきた悪知恵しかなかったのである。（…）

　一度は破れかぶれを覚悟したピンクニー。手札の役を比較して勝利を確信したとき、喜んだ。それでも――いま、一筋の涙が流れてしまう。


「戦わされることの価値」ではなく「戦うことの価値」。それは『トランプソルジャーズ』に限らず、三途川シリーズ以外の諸作でも、ほとんど同様に描かれます。「世間のルール」を超えた秘密の特殊能力に何らかのかたちで翻弄される人物が、事件およびバトルを通して、自ら戦う者へと至る過程で主体性を獲得し、特殊能力からの依存状態を脱却（しようと）する。現在のところ、それこそが、森川智喜作品の最大の主題といってもいいでしょう。

『トランプソルジャーズ』のピンクニーはラストで、自らの行動が「世間のルール」を変えたことを知ります。「アンフェア女王」が倒されて平和が戻った国。噂によれば、かつてのトランプ五十四人隊が自らの悪イメージ払拭のため、カジノバーを設立したというのですが。

「スペードの3、クラブの1、クラブの3、ハートの8、ダイヤの10！　覚えているか？　あのときの君の手札だ。五十四人隊のカジノバーでは、一枚違わずこの五枚を揃えることができたら〈市民の絆〉という役になる。この役はスペードのロイヤルストレートフラッシュよりも強い、最強の役として扱われるのさ」

これを聞いて、心の底から笑うピンクニー。

つまり、ここではポーカーのルールが変更されているわけですが、どうしてそのようなことが可能なのでしょうか。それは、トランプゲームや言語などの規則は、物理法則などとは異なり、一種の約束事だからです。パロール（発話行為）に対するラング（文法）のように、それは実際の行為の集積によって、時代を経るごとに微妙に変化することができる。

本稿ではこれまで、「本格ミステリ」という語をかなり曖昧に使用してきました。ジャンルの狭義の定義論ではなく、森川作品をはじめとする「特殊設定ミステリ」が与えるゆらぎこそを扱いたいと考えたからですが、実際、二〇一四年、『スノーホワイト』が本格ミステリ大賞の候補になった際、選評ではその新規性に対する戸惑いも見受けられます。しかしそれは受賞した。「支持を厚くした」わけです。

私利私欲のままにふるまい、与えられた「設定」がもたらす「戦い」に対し推理力の限りを尽くすことで、自らの意図を超えて他者に影響を与えずにはいない三途川理のあり方は、おそらくその造形に多大な影響を受けたであろうメルカトル鮎（麻耶雄嵩）や石動戯作（殊能将之）、あるいはシャーロック・ホームズといった「名探偵」像とも異なる、独自性を持っている、と私は思います。

最後に――「特殊設定ミステリ」がもたらすもの

考えてみれば、小説家（特にミステリ小説家）自身もまた、常に「戦い」に曝されています。各種年間ランキングや文学賞、そして売上……本格ミステリ大賞を一度受賞したくらいで作家としてその後の地位が安定し続けるわけではもちろんなく、さらなる傑作を、さらなるヒットを、と、自らの内側から、または外部から、追われ続けることになるのでしょう（それが、現代の小説家にとって「幸福感」のあり方の一つになっているからです――と、いえるかどうか？）。

特殊設定ミステリは前提をふまえるのが面倒くさい、という読者の声もあるようです。旧来のリアリズム系本格（非特殊設定本格）が、推理の前提となる設定＝環境を、いわば「借景」として読者と共有するものだとすれば、その意味では確かに、ルール構築と説明に手間が増えることになります（小説の書き手にとっては、三途川シリーズのように一作ごとに設定を変える場合、長期連載が前提の漫画などとは異なり、執筆コストが高くなる、ということもありそうです）。

しかしその「面倒くささ」を主体的に乗り越えた上での「ゲーム」を、森川作品は促します。思うに、そうした「面倒くささ」と「ゲーム」性とは、どちらも元々、本格ミステリが必然としてその内側に抱え込んでいたものです。森川作品はそれを増幅化させてきた。なぜか？

それはウサギのピンクニーが直感したように、常に「戦い」を強いられる、小説外部の荒涼とした世界（とその変化）を反映しているのかもしれません。すると、あらゆる「特殊設定」を柔軟に飲みこんで最大限に悪用する三途川理というキャラクターは、「本格ミステリ」というジャンルのまどろみを妨げ、揺さぶりをかけ続ける、その象徴のように見えてきます。

死してなお、あらゆる手段を用いて生者の安寧を脅かす三途川理。ならば、すでにその浸蝕を被った「本格ミステリ」は、このまま「特殊設定ブーム」が去ろうと、それ以前の傾向に戻る、ということはありえない。前半で挙げたような「（特にSF系の）特殊設定もの」ブームがたとえ去ったように見えたとしても、小説の内部／外部において、何らかの不可逆的な変化を受けているはず。表面的なブームが消えた時、作者／読者自身、すなわちわれわれの価値観は、どのような変化を迫られているでしょうか。

このように、書き／読む上ではふだん無意識の領域に留められがちな、しかしある意味では当然の事実を、森川作品は読む者に対して露わにし、突きつけている、と私は思うのです。……つまり、われわれの日常的な書き／読む行為もまた、何らかの依存状態からの脱却をめぐる、不断の「戦い」だということを。

＊1　先に「微妙な印象」と書きましたが、従来主流となってきた（現実的な物理法則を前提とした）本格ミステリのコードに抵触するような傾向を持つ作風は、狭義には「ＳＦミステリ」（＊2参照）として散発的に、広義には「新本格」以降の幻想的な要素を持つ作品、あるいはメフィスト賞作家関連の「脱格系」（笠井潔）なども含めると何度も見られ、（時には局所的に熱い）議論を巻き起こしてきました。私見では日本におけるこの領域の拡大は、一九九〇年代半ば以降、西澤保彦の果たしてきた役割が大きいと思いますが、ミステリ・ＳＦのサブジャンルとしてある程度「成熟」してきた上での「再発見」の部分が大きいからこそ、「静かに見守る」的なムーヴメントに今のところ落ち着いているような気がします。

＊2　実際、こうしたジャンルミックス的な作風は、日本では「ＳＦミステリ」とも長らく呼ばれてきました。風見潤は『アシモフのミステリ世界』（原著一九六八年／邦訳一九七三年）やエドワード・Ｄ・ホック『コンピューター検察局』（原著一九七一年／邦訳一九七四年）といった短篇集の解説で、ミステリに軸足を置いた「ＳＦ風ミステリ」（ギャレット『魔術師が多すぎる』、『コンピューター検察局』など）、ＳＦに軸足を置いた「ミステリ風ＳＦ」（ラッセル『超生命ヴァイトン』、ハリスン『人

間がいっぱい』）、そしてSFと本格ミステリの融合を意図した「狭義のSFミステリ」（アシモフ『鋼鉄都市』『はだかの太陽』など）という三分類を提唱しています。

「SFミステリ」の二〇一〇年頃までの流れをまとめた蔓葉信博「科学幻視　新世紀の本格SFミステリ論」（二〇一三年）は、アシモフ『鋼鉄都市』（原著一九五四年／邦訳一九五九年）を「SFミステリという作品ジャンルを世に広く知らしめた」嚆矢《こうし》とし、その画期性を「読者が作中の探偵役と謎解きを競い合うことができるというフェアプレイ精神の有無」に見ています。同論考では両ジャンルの関わりを、SF側においては「SF的設定が舞台に関わる作品」「SF的設定がトリックに関わる作品」「SF的設定が主題に関わる作品」、およびミステリ側においては「フェアプレイ」性の有無を中心に「本格ミステリ」（＝フェア）「再定義的本格ミステリ」（＝「フェア」の範疇を意図的に超える）「本格、再定義的本格ではないミステリ」（＝「フェア」か否かは主眼でないもの。どちらかというとサスペンス的？）と、それぞれ三つの要素に分類し、三×三のマトリックスを作っています。

＊3　こうした、一連のホームズものを「聖典」＝ノンフィクションと見なし、そのテクスト上の矛盾を誤記ではなく字義通りに捉えアクロバティックな解釈をひねり出す、という遊びは森川智喜に限らず、いわゆる「ホームズ学」の基本的なスタンスです。それは聖書の解釈学のパロディとして始まり、起源の一人には、のちに神学者で「ノックスの十戒」『陸橋殺人事件』の著者として知られるようになる若き日の学生ロナルド・A・ノックスがいました。田中喜芳『シャーロッキアンの優雅な週末』によれば——「もし、これらの（ホームズものの）記述が実際の事件の記録であるならば、どんな不思

議な事柄や、変則的な描写にも必ず合理的な説明があるはずだし、また、矛盾にも論理的な解釈があるはずだというのが、欧米のシャーロッキアンたちの主張である。(…)(ノックスの)研究は、当時流行していたドイツ聖書学者たちの、こじつけで退屈なだけの批評的接近法をうまく『ホームズ物語』の研究に応用したものだった。(…)本来ならば誰よりもよくホームズについて知っているはずのドイルさえ、ノックス師の洞察力の深さに驚いてしまった。『私は、あなたのエッセイを読んで、面白く思うと同時に、すっかり驚いてしまったと告白せずにはいられません。私の小説に対して、これほどの時間と労力をさいて下さった方がいるとは、本当に驚きです。おそらく、あなたは私などより、ずっとホームズについて知っているのでしょう』という手紙をノックスに送ったという」。「アクロバティックなテクスト解釈」を応用した「特殊設定ミステリ」という森川智喜の作風は、このあたりにまでルーツの一端を辿ることができるのではないでしょうか。

＊4　アシモフは、一九五〇～七〇年代におけるSFミステリの秀作を編んだ“The 13 Crimes of Science Fiction”(日本版は抄訳『SF九つの犯罪』)序文で、『鋼鉄都市』執筆の動機の一つを、ジョン・W・キャンベルとの会話にあるとしています。「SFの偉大な編集者、故ジョン・W・キャンベルは、よくこういったものである。SFはその領域の中に、過去と未来、ありそうなもの、ありそうもないもの、現実的なもの、幻想的なもの——考えるすべての社会を含んでおり、それらの社会の中で起りうるすべての事件と複雑な問題を取り扱う。いわゆる〝主流小説〟——現在のこの場だけを扱い、あまり変りばえのしない、真実めかした事件と人物だけを描く小説は、全体のごくささいな一部分を形作

るにすぎない、と。(…)たまたまある時、気疲れのせいだろう、彼はSFミステリーを書くのは不可能だと主張した。彼の説によると、SFではあまりにも状況の範囲が広いので、典型的なミステリーが読者に対してフェアにと心がけている、あの厳格なルールを守ることができない、というのである。察するところ、彼が予想していたのは、物語の途中でなんの前ぶれもなしに起る、とつぜんのルール変更ではなかろうか。(…)作家は、その架空社会のすべての境界条件を、丹念に読者に説明しなくてはならない。その社会でできること、できないことを、明確にしなくてはならない。そうした境界が決定されたところで、つぎに探偵の見聞きしたすべてを読者に見聞きさせ、探偵のつかんだ手がかりのすべてを読者に知らせなくてはならない。読者を混乱させるために、目くらましやにせの手がかりをつかってもよいが、いかにその社会が奇異であっても、なおかつ読者が探偵の先を越して解答に到達できるだけの余地を残しておかなくてはならない。そんなことができるのだろうか? もちろん、できる。はばかりながら、このわたしがものしたSFミステリー、『鋼鉄都市』と『はだかの太陽』を見ていただきたい。これはいまを去る一九五〇年代に、ジョンのSFに対する考え方が控え目すぎることを証明してやろうとして、書いたものである」(「SFという宇宙」浅倉久志訳)。つまり、キャンベルの「SFは何でもありだからフェアな本格ミステリは無理だ」という発言に対し、SFの真の可能性を示すために、あえて狭義の本格ミステリに挑戦した、というのです。これは昨今の「特殊設定ミステリ」のアプローチとは逆かもしれませんが、「とつぜんのルール変更」の排除という直観については現在におけるそれの先駆的といえます。

＊5　「小説は周回遅れ」というより、それぞれの表現手段は発達具合と時間のズレを伴いながら、相互に影響してきたように思います。アシモフも"The 13 Crimes of Science Fiction"で挙げているように、非リアリズム要素を取り入れたミステリ小説の例は古く、たとえば二十世紀の初め、ウィリアム・H・ホジスンの「カーナッキ」シリーズやサックス・ローマーの「モーリス・クロウ」シリーズのような「オカルト探偵」ものなどがありました（あるいはヒューゴー・ガーンズバックの編集で始まり一九三〇〜三一年に刊行された、「科学」に重点を置いてSFとミステリの作家が起用された小説誌"Scientific Detective Monthly"の例なども意気込みとしてはそうした挑戦の系譜に連なるのかもしれません）が、それらは「SF」と「ミステリ」という二つのジャンルのコアが現在ほど確立しておらず、「ジャンルミックス」というよりは「未分化」といった方がよく、異種混交的な面白さには欠けます。その後もジャック・ヴァンスが一九四八年から発表した（五八年まで）短篇シリーズ『宇宙探偵マグナス・リドルフ』などには、現在の目で見てもじゅうぶん「フェアなSFミステリ」として面白い作品が含まれています。しかしやはり、長篇「SFミステリ」として後世に影響を与える先駆となったのは、アシモフ『鋼鉄都市』だった、と見てよいでしょう。

＊6　ここで挙げた「自然的／人工的」という二系統のルールの関係は、「（森川智喜に代表される）特殊設定ミステリ／（円居挽に代表される）ディベート型（リーガル含む）ミステリ」という、二〇一〇年代のバトル＝ゲーム型ミステリの二大潮流として、より大きな文脈に接続できると思いますが、本稿ではA〜特殊設定ミステリ〜森川智喜のラインに議論を絞りました。また、のちに触れる『トランプ

ソルジャーズ』は、AからBへの接近として考えられます。

【参考文献】

［森川智喜関連］

（小説）

『キャットフード　名探偵三途川理と注文の多い館の殺人』講談社ＢＯＸ、二〇一〇年／改題『キャットフード』講談社文庫、二〇一三年

『森川智喜作品集』私家版、二〇一一年

『スノーホワイト　名探偵三途川理と少女の鏡は千の目を持つ』講談社ＢＯＸ、二〇一三年／改題『スノーホワイト』講談社文庫、二〇一四年

『踊る人形　名探偵三途川理とゴーレムのＥは真実のＥ』講談社ＢＯＸ、二〇一三年／改題『踊る人形』講談社文庫、二〇一六年

『トランプソルジャーズ　名探偵三途川理 vs アンフェア女王』講談社タイガ、二〇一六年

『バベルノトウ　名探偵三途川理 vs 赤毛そして天使』講談社タイガ、二〇一七年

『死者と言葉を交わすなかれ』講談社タイガ、二〇二〇年

（小説以外）

「《マザリンの宝石》を書いたのはＸＸＸだった」 平賀三郎編『ホームズの不思議な世界』青弓社、二〇一二年
「RED HEAD CALENDAR あるいは、残る一つの大問題」「ユリイカ」青土社、二〇一四年八月臨時増刊（総特集シャーロック・ホームズ コナン・ドイルから『SHERLOCK』へ）
第十四回本格ミステリ大賞選評「ジャーロ」光文社、二〇一四年夏号
村上貴史インタヴュー&文「迷宮解体新書 森川智喜」「ハヤカワミステリマガジン」早川書房、二〇一五年一月号

［特殊設定ミステリ関連］
アイザック・アシモフ編『ＳＦ九つの犯罪』浅倉久志・伊藤典夫・風見潤・福島正実訳、新潮文庫、一九八一年
風見潤「〝ＳＦミステリ〟小論」 エドワード・Ｄ・ホック『コンピューター検察局』ハヤカワ・ポケット・ミステリ、一九七四年
アイザック・アシモフ『アシモフのミステリ世界』小尾芙佐他訳、ハヤカワ文庫ＳＦ、一九八八年
西澤保彦「ＳＦミステリ」 日本ＳＦ作家クラブ編『ＳＦ入門』早川書房、二〇〇一年
米澤穂信『折れた竜骨』東京創元社、二〇一〇年／創元推理文庫、二〇一三年

蔓葉信博「科学幻視　新世紀の本格SFミステリ論」限界研編『ポストヒューマニティーズ　伊藤計劃以後のSF』南雲堂、二〇一三年
ジャック・ヴァンス『宇宙探偵マグナス・リドルフ』浅倉久志・酒井昭伸訳、国書刊行会、二〇一六年
法月綸太郎・陸秋槎「往復書簡」「ハヤカワミステリマガジン」早川書房、二〇一九年三月号
大滝瓶太「作家たちの犯行の記録　特殊設定ミステリ試論」「ハヤカワミステリマガジン」早川書房、二〇二一年五月号
相沢沙呼・青崎有吾・今村昌弘・斜線堂有紀・似鳥鶏・若林踏「特殊設定ミステリ座談会」「小説現代」講談社、二〇二一年九月号

［その他］
アレクサンドル・コジェーヴ『ヘーゲル読解入門「精神現象学」を読む』上妻精・今野雅方訳、国文社、一九八七年
田中喜芳『シャーロッキアンの優雅な週末　ホームズ学はやめられない』中央公論社、一九九八年
アレクサンドル・コジェーヴ『権威の概念』今村真介訳、法政大学出版局、二〇一〇年
丸谷才一「ホームズ学の諸問題」『快楽としてのミステリー』ちくま文庫、二〇一二年

ミゲル・シカール『プレイ・マターズ　遊び心の哲学』松永伸司訳、フィルムアート社、二〇一九年

想像としての「社会派」

——深緑野分論

藤井義允

1．深緑野分作品は社会派ミステリなのか？

深緑野分は二〇一〇年、『オーブランの少女』で第7回ミステリーズ！新人賞佳作に入選し、その短編を表題作とした短編集でデビューした作家だ。またその後は、『戦場のコックたち』（二〇一五年）で本屋大賞7位、『ベルリンは晴れているか』（二〇一八年）で直木賞候補、また第9回 Twitter 文学賞国内編1位、本屋大賞3位、このミステリーがすごい！2019年版国内編第2位と、多くの読者に支持されている。また彼女は二〇一三年にデビューしたが、二〇二二年現在では七作著作を出している。深緑作品の特徴としては数多の資料を用いて執筆されるものが多いということが挙げられる。各所で評価されている『戦場のコックたち』、『ベルリンは晴れているか』はそれぞれアメリカ、ドイツが舞台になっているが、綿密なリサーチをもとに異国の土地や歴史について描かれている。そのため各作品には重厚性がある。

では彼女は海外歴史ミステリが専門なのかというと、そういうわけではない。例えば、『分かれ道ノストラダムス』（二〇一六年）は日本の女子高生が友人の突然の死から事件に巻き込まれている「青春もの」であり、『この本を盗む者は』（二〇二〇年）も架空の町「読長町」を舞台に日本人の女の子が様々な本の世界に入っていくというファンタジックな物語になっている。また雑誌「文藝」に掲載された「ゲンちゃんのこと」も現代の女子高生を視点としたものである。

一人の作家がそのジャンルに固執せずに多様に書くのはもちろん珍しい話ではない。しかし彼女は単純に好きなものを書くというだけではなく、「社会」に対しての一定の考えを持ち小説を描いているのではないかと思われる。しかし、深緑作品のほとんどが現代の「社会」を描いているわけではない。確認したように異国情緒のある世界観や歴史的なもの、またファンタジー的な内容になっている。しかし、そんな彼女の作品が「社会」をどのように描いているのか。彼女の作品の内容を追っていき、それをつかんでいきたい。

2. 異国の地の戦争

本章では『オーブランの少女』の真相に触れています。

デビュー作『オーブランの少女』の表題作はとある作家の娘がオーブランという庭園の中で管理人をしていた年輩の姉妹の姉が殺されていたのを発見するところから始まる。彼女を殺したのは一人のひどく衰弱し、身体も服装もボロボロであった老婆だった。その後判明したことは管理人の姉妹は血縁関係になかったこと、殺された老婆はその庭園の下水道に監禁されていたということ、またその老婆に被害者の姉が食事を与えようとしていたということだった。その後、もう一人の管理人である妹も自殺をし、なぜこのようなことが起きたのかが本作の一つのミステリ的な謎になっている。結局その謎は解明されず三年が過ぎるが、作家の娘は管理人の妹が死ぬ前にある本を渡されていたことを告白する。その中にはこの事件の真相に繋がる手記があったのである。そしてその作家が想像を交えながら手記を再構成して描いた内容がオーブランの庭園に過ごしていた少女たちの物語になる。

彼がつむぐ物語の中で、オーブランはサナトリウムとして機能し、様々な病気を持った少女たちが治療のために集まっていた。彼女たちはそれぞれ自分の名前ではなく花の名前を付けられる。視点人物である「わたし」＝ハンナもマルグリット（ヒナギク）と名付けられ、きちんとした教育も行われ、人間関係のいざこざはあるものの、治療のために共同生活を送ることになる。

そしてこの物語の中でも一人の少女が死ぬことになる。次いで、他の少女たちも続々と死んでいく。マルグリットはそれを目の当たりにし、誰かが意図をもって殺しているのではないかと推理するようになる。

ネタバレになるが、本作の謎の解明にかかわってくるものとして民族の問題がある。少女たちは実は全員ユダヤ人の子供だったのだ。実はこのオーブランはヒトラー政権によるユダヤ人狩りから病弱な子供を守るために、レジスタンスが作った保護施設だったのである。しかし周囲のレジスタンスの人間が殺されはじめ、ユダヤ人を匿っていたと知られるとまずいと思ったオーブランの中にいたレジスタンスの人間が、先に子供たちを全員殺そうと考えたために行った殺人だったのだ。物語の最初に発見され衰弱した老婆は、この子供たちを殺していった人物であり、管理人の姉妹は彼女から逃れたマルグリットとその友人だったのだ。

このように本作は二十世紀の戦争が背景にあり、そこがミステリ的な謎と絡んでいく。彼女は作家の皆川博子などと同様の「日本人にして異国の地」をよく描く作家として括られるが、厳密には「日本人にして『戦争が行われていた』異国の地」をよく描く作家なのだ。また彼女が描くものの多くは第二次世界大戦中のものとなっている。

例えば『戦場のコックたち』はタイトルにもあるように、第二次世界大戦中のアメリカ軍隊内のコックの物語だ。主人公の「僕」は「キッド」と呼ばれているティモシー（ティム）・コールという青年である。兵士に志願したティムは訓練を積んでいくが、向いていないと考えるようになる。そして同じくらいの年齢の青年で軍のコックをしているエドワード（エド）・グリーンバーグにコックにならないかと打診され、管理部付きコックになるのだ。その後エドを含めたコックたちは戦場へと赴き、そこで兵士たちの食事管理を行っていく。

本作のミステリジャンルとしては「日常（？）の謎」だ。戦場の日常の中で起きた少し不思議な謎を解いていく。例えば、赴いた戦地で仲間の兵士が落下の時に使ったパラシュートをたくさん集めているがそれはなぜなのか。保管所の粉末卵がなくなってしまったのはなぜなのか。ある一人の人間が戦地で敵軍がいるのに奇声をあげて飛び出したのはなぜなのか。両親とはぐれてしまった二人の子供がなぜ針だけを持たされていたのか、などである。

そもそも舞台が戦場の場合、死はどこにでも転がっているため、誰が殺したのかを推理することを成り立たせるのは難しい。笠井潔は『探偵小説論』で大戦間に探偵小説というフィクションが流行したのは、近代的なロマン主義的自我をもった人間たちが戦争によって無意味に殺害されていくことによる転化だと述べている。それを考えると、事実に基づいたある意味で「リアル」な「戦時」を描くにあたっては、殺人を特権化することは難しく、このような「日常」の謎になっていくのは納得できる。

加えて『ベルリンは晴れているか』の舞台もタイトルにもあるように、第二次世界大戦敗戦後のドイツのベルリンとなっている。主人公のアウグステ・ニッケルはドイツ内にあるアメリカ軍兵員食堂で働くドイツ人の少女だ。彼女はある時にソヴィエト連邦の警察署に連れていかれる。そこで話されたのは、彼女が戦争当時にナチスの迫害から逃れるためにかくまってもらった一家の旦那であるクリストフ・ローレンツという恩人の死である。彼が購入した歯磨き粉の中に青酸カリが入っており、それを使用して死んでしまったということだった。アウグステは警察からクリストフ殺害の容疑をかけられるが、その嫌疑から外される。その代わり、もう一人の容疑者であるエーリヒ・フォルストというクリストフの甥の居場所を突きとめてほしいと頼まれる。エーリヒに会わなければならないという直感や、警察からの圧力、報酬などからアウグステはその依頼を引き受けることになる。またその任務にあたり、ファイビッシュ・カフカという泥棒をしていた元俳優の、ユダヤ系男性と一緒に探すことになる。

クリストフの歯磨き粉の中に青酸カリを入れた人物は誰なのかという謎。またその死を甥に伝えるための道中の様々な事件に巻き込まれていく冒険。この二つを軸に物語が進んでいくことになる。

また本作の構成としては、章ごとに幕間が挟まれており、そこではアウグステの幼少期の出来事が記される。それは一九三〇年前後のドイツ。ヒトラーを首相に据えようとしており、その中で反ユダヤ主義が蔓延し始めている社会が描かれる。アウグステの父・デートレフはドイツ共産党を支持していたが、それもNSDAP（国家社会主義ドイツ労働者党）＝ナチス党に弾圧されていく。また時間軸は進んでいき、歴史的なナチス・ドイツ政権の台頭とその時の市井の様子を本作はアウグステの物語の中に組み込んでいくのである。

大まかに作品の内容を見ていったが、いずれにせよやはり内容としては「戦争」、またはその影響を強く受けている戦後まもなくの時代を描く。彼女が強く「戦争」というモチーフを志向しているのは明らかであろう。

3. 逆説的なリアリティ

『戦場のコックたち』や『ベルリンは晴れているか』で描かれている「戦争」は日本とは遠い異

国の地の歴史を踏まえた物語だ。深緑は日本人ながらそんな「異国の地の戦争」を見事に描いている。『ベルリンは晴れているか』について、ドイツの文筆家のマライ・メントラインとの対談で、マライは深緑の小説は「ドイツ人だと逆に書けない作品だと思います、あまりにインサイダーな話なので」と述べており、その内容のリアリティを称賛している。

私はドイツ人だけど作中の時代を生きていたわけではないので、結局日本の人たちと似た感じであの時代を見ていると思います。でも先ほども言いましたけど、やっぱりドイツ人として書ける部分もあれば、ドイツ人だからこそ書けないところもある。ナチス時代があまりにもタブーが多いというのもあるし、ポリティカルコレクトネスに配慮しているのかもしれないけれど、どうしても決まった描き方になってしまう。この作品はそういう部分がないのが面白い。

戦時中のドイツ人が何を考えていたかというのはある意味ミステリで、彼らは彼らで本音を言っていないに違いなくて、そのバイアスを考慮しながら読み解いていかなくてはならない。それ自体が現代ドイツ人にとっても謎ときであり、今でもナチス時代を描いた作品が生まれるわけだと思います。だから、その読み解きのひとつの試みを深緑さんがやったのは、とても価値が高いと思う。

（これからのナチス時代の描き方　『ベルリンは晴れているか』刊行記念対談）

深緑はなぜこのような作品を描けるのか。まずその一つに執筆に際して広範な資料を用いていることが著作の参考文献から読みとれる。だからこそ、細部の設定まで細かく描き切ることができているのは疑いがない。しかしそれだけでは、史実を描く歴史小説やノンフィクションの方が「リアリティ」を帯びさせることができるということになってしまう。「深緑野分」という小説家が描くリアリティの本質に迫ることができていない。

深緑作品が「異国の地の戦争」のリアリティをもっている他の要因としては、彼女自身がフィクションとしての戦争作品を多く享受していることが挙げられる。

小さい頃から映画を観ていて、幼稚園のときに住んでいる国を聞かれて『アメリカ』と答えたくらい、海外の映画に浸り込んでいました。

（深緑野分『分かれ道ノストラダムス』――人と作品[*1]）

私は子どもの頃から「なぜこの世界から飢餓がなくならないのだろう」とか考えるタイプでした。両親がそういう話が好きだったというのもあって。

家でもＮＨＫとかＴＢＳとかのドキュメンタリーがずっと流れていて。親が戦争映画も好きだったから、私のトラウマ映画が『地獄の七人』だったんです。ヘリが来て、みんな取り残されてしまうところがすごく怖くて泣きながら逃げて、「これは何なんだ！」と言うと親がベトナム戦争とかの話を真面目に教えてくれたり。

（これからのナチス時代の描き方　『ベルリンは晴れているか』刊行記念対談）

深緑は自身の経験として映画体験をあげて、そこにのめり込んでいたことをインタビューでも述べている。そして彼女の発言からわかるように、この映像体験こそが深緑が戦争への関心を向ける一因となっている。

彼女はもちろん当時の戦争をモチーフにした資料や小説、ドキュメンタリーも多く見ている。だがそれ以外にも「フィクションとしての戦争の映像」も同様に多く享受していることがインタビューを含めわかる。『スタッフロール』（二〇二二年）は映画の特殊メイクアーティスト、またＣＧ製作者という二人の女性を軸にした物語を執筆している。これも綿密な調査によって描かれている部分もあるだろうが、戦争はもちろんだが、そもそも深緑の「映画」というモチーフに対しての愛着はここにも表れている。

現在において、当時の戦争は遠い距離感の中にあるものになり始めている。さらに事実に寄ろうとして凄惨さを増していくと、なお一層非現実的になる可能性が出てくるだろう。だからこそ、十九世紀の戦争を語ることが現代では難しくなっている。例えば日本においては戦後七十五年以上経つが、戦争を体験した人が減っており、それをどう伝えるかという言説は至るところに見られるようになってきている。[*2] 深緑自身も第一次世界大戦の戦争について、経験者がほとんどいなくなっている中で「史実に自分の思惑を滑り込ませたい人」がいることを警戒しており、戦争を「誰がどう語るか」という問題を考えている発言をしている。*3

「戦争」を語り継ぐ上で、重要なものの一つが映像メディアだ。映像は「デジタル」が一般化し、当たり前のように映像へのアクセスが可能になった現在において、伝達媒体としては必要不可欠だ。そして戦争を伝えるものとしてはインタビューなどのノンフィクションやドキュメンタリーなどももちろんだが、フィクションとしての映像も含まれることになる。

映画というフィクションとしての戦争を通して描かれるものの立ち位置は「当事者」としての語りとはまた異なるだろう。ドキュメンタリーなどのノンフィクションは実際に体験をした「当事者性」というリアリティに重きをおいている作品が多い。しかし戦争映画＝フィクションのリアリティはまた別のものだ。史実をもって描かれるものもあるが、ある程度の加工が入り、事象との独特の距離感をもって表現される。

だが、だからといってそれが間違っているというわけではない。別のリアリティを立ち上げることになるのだ。フィクションとしての戦争のリアリティは、ノンフィクションで伝えられるような当事者性の言説よりも、パラドキシカルではあるが、近しい中で事象を捉えることができる。*4

例えば、柴崎友香の小説である『わたしがいなかった街で』は示唆的な小説作品だ。本作は二〇一〇年を舞台に三十六歳の平尾という女の視点＝「わたし」から描かれる小説である。「わたし」は都内の会社で非正規雇用で働く女性であり、写真のワークショップに通ったり、また時に友人たちと交流したりする「一般的な女性」だ。しかし少し特異な点として、「わたし」は戦争に関心があり、様々な国のドキュメンタリーや戦時中の小説家である海野十三の当時の手記を読み進めている。そして自分の今の街とかつての街を二重映しでイメージしていくのだ。しかし今と過去という隔たりゆえに、主人公は距離を持った意識でそれに接していく。

なんだろう、これ。わたしは覆面をした彼らに妙な親しみを感じて、画面に見入った。別のドキュメンタリーで見た、アメリカ軍の重装備と緊張感とはかけ離れた、言ってみればジャンルの違う映画のようだった。しかし、夏休みの高校生みたいな牧歌的とも呼んでいいかもしれない雰囲気で会話を繰り出す彼らが仕掛ける手作りのシンプルな爆弾が、確実に別のジャンルから走ってくる車を破壊する。向こう側も、こちら側も、接触すれば一瞬で死ぬ。その深刻さと、ヤンキー漫画みたいな会話との落差に、「絶望的」という言葉が浮かんできた。絶望的に、混じり合わない。あちこちでぶつかり合うだけ。

（『わたしがいなかった街で』三七頁）

そこで見る映像は確かに「悲惨さ」「深刻さ」を持った緊張感もありつつ、どこか牧歌的な様子で描かれる。起きていることは画面の向こうだからこそ、主人公はどこか一枚隔たった感覚で「観察」をしている。歴史の中の「戦争」は「遠い」。『わたしがいなかった街で』はその感覚を描いた作品だ。だからこそ、その「遠さ」は、事実としてあった戦争にもかかわらず、「現実味」を帯びず「虚構性」を強く意識することになる。この奇妙な倒錯性が「フィクションの中の戦争」を描くことの重要性を増幅させているのだ。

柴崎友香が描くような感覚が前提としてある現代で、深緑が描く「フィクションの中の戦争」は輝きを放つ。もちろん、深緑も先に述べていたように「歴史的な戦争を描く」ということは非常に危険を孕む行為でもある。偏向した歴史観や事実誤認などを入れ込むこともできてしまう。それは忌避すべきものだろう。だが、歴史的事実を押さえたうえで、それをフィクションの形として創作することは、この現代における「遠さ」から生まれるリアリティを生み出すことになるのだ。

『戦場のコックたち』のエピローグで主人公のティムたちが戦争を終えた一九八九年の様子が描かれる。そこでかつての戦争を体験したティムは現在の状況を見て次のように思う。

　今も、テレビに映る動乱や紛争、罪のなすりつけ合いや議論の対立を目にするたび、この先もずっと、たとえ数十年経ったところで、人間は変わりはしないのだと思い知らされる。
（深緑野分『戦場のコックたち』三四三頁）

深緑作品はかつて彼女自身が見てきた映画で描かれているような、フィクションとしての戦争を描く。だからこそ、彼女の作品は「遠い」ものではなく「近い」ものとして享受できるのである。

4. 新しい社会派ミステリ――シームレスな社会問題

そもそも社会派作品はその時代の社会情勢を踏まえたり、細かな描写を行うことが重要になってくる。松本清張を始めとした「社会派」は当時の社会情勢をミステリのトリックに入れ込んだものになっている。対して、深緑作品は異国の地の戦争を描いており、それは現在の社会情勢とは言えない。しかし、深緑作品では過去の戦争＝社会が描かれながらも、現代の問題を類推させるような構造になっている。歴史的なものを描きながらも、そこには現代社会にも通じるような問題系があるのだ。だからこそ、深緑作品はある種の「社会派」として読むことができるのではないか。もちろん、直接に現代社会を描くものもある。例えば『分かれ道ノストラダムス』は九〇年代のノストラダムスの大予言といった世紀末感のあった日本を舞台にしている。そこにはオウム真理教を彷彿とさせるような新興宗教が出たりと、当時の時代に流れる空気を踏まえ物語が一つあげられる。しかし、そのような直接的な「社会性」だけではないのだ。

例えば、各作品を見ていくと、「差別」の問題を描くものが多い。『ベルリンは晴れているか』は先にも記述したように本筋のストーリーは戦後だが、幕間として挟まれる戦時中のドイツでは学校で人種優生学が教えられていく様子が描かれている。教師は教室にいるユダヤ系の生徒とドイツ民族の生徒を前に出させて次のように指導する。

「みなさん、よく見てください。後頭部の形を。北方系の純粋ドイツ民族であるフロイライン・ヘルプストは見事な曲線を描いていますが、このユダヤの少女はかなり絶望です。顎や鼻の形、目の印象もずいぶん違いますから。見比べ、観察しましょう」
(『ベルリンは晴れているか』一九八頁)

また本筋の物語の後半にはアウグステと一緒に旅をしていたファイビッシュ・カフカが実はユダヤ系の人間ではなくユダヤ人の特徴によく似たドイツ人だということが明らかになる。彼はその容貌から子供のころからいじめを受けていたが、その後自分のその特徴を活かして、おどけたふるまいをすることを覚えていく。「馬鹿な自分」=「馬鹿なユダヤ人」という等式によって周囲からの差別的な笑いを誘い、自分自身の生存戦略としてこの差別主義的な状況を利用する。『戦場のコックたち』でも、人種主義についてのエピソードが描かれる。主人公ティムは幼いころに白人の友達とともに黒人に対して侮蔑するような落書きを橋に書く。ティムは何気なく行うのだが、その後それを祖母に話し猛烈に怒られるという過去をエドに話すシーンがある。また戦争の最後にはティムたちの軍はドイツの収容所を発見する。そこで行われていたユダヤ人の大量虐殺の現場を見て、人種主義の実態をまざまざと感じるのである。

またそれぞれにはユダヤ人というくくりだけでなく、他の「差別」の意識を読者に感じさせるような記述が多くある。『ベルリンは晴れているか』には障害のある少女をさげすむようなもの。『戦場のコックたち』では保護した子供をどうにか安全な場所に送り届けようとする際に女性の副操縦士に頼もうとする場面で、その女性から「私が女だから、子供を預けようとなさってます?」と問われるようなもの。このように民族だけでなく、「障害」や「性」など意識的に「差別」に対して焦点化していく。

深緑野分は雑誌「文藝」の「韓国・フェミニズム・日本」特集に、短編「ゲンちゃんのこと」という小説を寄稿している。本作はミステリではないが、先に挙げた二作と同様の問題意識と繋がっている物語だ。舞台は日本の中学校。主人公は学校の女の子であるのだが、からかい半分の性差別的な行為を受ける。日本の学校であればもしかしたらあり得る話でもその「差別的な違和感」を主人公は覚えていく。また本作では彼女の中学に通う、「ゲンちゃん」という同級生との交流が描かれる。主人公ははじめ特に違和感なく接していくのだが、徐々に周囲が自分や周りの子たちと比べてゲンちゃんには少し違った態度をとっていることに気が付いていく。もちろん、彼女はその理由がわからなかったが、物語の後半でゲンちゃんが在日韓国人だということが明らかになる。

本作は身近な差別から人種主義的な排外主義をシームレスに繫ごうとしている作品だ。人種主義という日本ではわかりにくい感覚を、「ゲンちゃんのこと」は日本人の身近な学校で自分自身にも起こるような差別意識の感覚と繫げ、その二つが同様の問題だということを読者に感じさせる小説になっている。

人種やジェンダー、性的指向などの「差別」の問題は、多様性が謳われている現代でますます焦点化されている。[*5]「ゲンちゃんのこと」で描かれていたこの「シームレスな差別意識」は、まさに『ベルリンは晴れているか』や『戦場のコックたち』の中で描かれているような問題系が、同じように継ぎ目なく今に繫がるものとして読者に感じさせるものとなっているのだ。

遠い場所を描くものながら、現代の社会と地続きな問題を突きつける。他にも短編集である『カミサマはそういない』（二〇二一年）は、舞台設定も現実世界やファンタジーやSF的なもの、また未来世界まで様々であるが、それぞれに通底して「どうしようもない世界」が描かれる。その中でもいくつかの短編で描かれているのは「正解のなさ」だ。例えば「見張り塔」は戦争の中で主人公の「僕」は軍規に忠実に兵役を務めていた。そんな「僕」はある時に隊長から特別任務で早朝に森にいる敵軍をライフルで打ちぬくことを命ぜられる。当初はなんのためらいもなく殺していくが、ある時に殺していたのが味方の兵士だということに気が付く。戦争はもうすでに終わっており、連絡の取れない祖国と連絡が取れた時、部隊の存在意義を示し続けるために味方を使って架空の戦争を続けていたということだったのだ。また別の短編でも同様に「何が本当に良いことなのか」を考えさせるような内容になっている。それは「正しさがない」、つまり「神様はそういない」中で、どう生きればいいのかわからない状況を描いているのだ。これは現代で起きている多文化共生やダイバーシティ、換言するならば価値が相対化されている現代の寓話でもあると言えるだろう。

その意味でこれらの作品群は単なるエンターテインメントの枠組みのみで語られるべきではない。それらは「社会」を書いているわけではないが、現代の社会的なテーマを彷彿とさせるような内容となっていると言えるだろう。

5. フィクションの役割

『分かれ道ノストラダムス』や『この本を盗む者は』などには『オーブランの少女』、『ベルリンは晴れているか』や『戦場のコックたち』などの現代とは離れた異国が書かれているわけではない。だが、これは『ベルリンは晴れているか』でもそうだが、共通しているのは「本」などフィクションに対してのフェティシズムである。

例えば『この本を盗む者は』はタイトルにも「本」とあるように、本の世界へと主人公が入り込んでしまう物語だ。本作は「本の町」である読長町という町が舞台になっている。主人公の御倉深冬の曽祖父は溜めた蔵書を収める御倉館という場所を作る。しかし、曽祖父の後を引き継いだ娘の御倉たまきが当主の時に、本を盗む者が現れ、それに憤慨した彼女は御倉館を閉鎖する。そして、その本を盗んだ者は「ブック・カース」と呼ばれる本の呪いにかけられ、本の世界へと入り込まされてしまう。孫である深冬はブック・カースに巻き込まれ、本の世界へと入り冒険をしていく。

『分かれ道ノストラダムス』は、主人公のあさぎが、死んでしまった幼馴染の基が死なずに済んだ可能性を探っていく物語だ。その際にSFで描かれるようなパラレル・ワールドの考えをもとに推理していく。エピローグでも、本作と同じような「死」について扱った小説であるコニー・ウィリスの『PASSAGE』(日本版は『航路』)が登場人物から主人公のあさぎにおすすめされて幕を下ろす。『カミサマはそういない』の最後の短編「新しい音楽、海賊ラジオ」では現代文明が滅んだ後の世界が舞台で、タイトルにもあるように主人公たちが新しい音楽を流す海賊ラジオを放送するラジオ局を探す。しかし最終的にいきついたラジオ局は無人になってしまっていたため、最後は自分たちで曲を作り出し、それをラジオで流すという展開になっている。「どうしようもない世界」が描かれる中で本作だけは前向きな終わり方をしているのだが、そこで出てくるものも「音楽」という想像されたものだということは注目すべきことだ。これらを見ても深緑作品の多くが物語の要所で「フィクション作品」に関することを自己言及的に織り交ぜていることが分かるだろう。

では、なぜ、このような特徴があるのか。『ベルリンは晴れているか』の最後は、主人公のアウグステのもとに、かつて彼女が読んでいた本が送られてきて、次のように締めくくられる。

一冊の本。懐かしい黄色い本だ。

あの日、どうしてもこれだけは捨てられず、ホルン氏の家のドアの下に滑り込ませたのだ。彼はそれを守ってくれた。

あらゆる感情がアウグステの心にどっと押し寄せた。

ページをめくる。子どもの頃に書き込んだ拙い翻訳文がそのまま残っている。食べながら読んだ時に落ちた食べのこしのしみ、読みかけのページの角を折った耳。自由の象徴だった本。

家族の声、隣人の声。穏やかだったぬくもり。

窓の外は静かで、爆弾はもう落ちてこない。生き延びるために堪え忍んだり、心の奥底に隠した勇気を奮い立たせ、必死で走る必要もない。

自由だ。

もうどこにでも行ける。何でも読める。どんな言葉でも——

失っていたと思っていた光が、ふいにアウグステの心に差した。そしてその光は、今のアウグステには白く、眩しすぎた。

（『ベルリンは晴れているか』四六八頁）

ここでは本というものを自由の象徴として描く。深緑は本やフィクションを作中内で扱う、一種の「メタ物語」を描いている。しかし本作の入れ子構造は単純に技巧としてあるわけではない。それは、ベタではあるが、フィクションが「自由」や「想像」を促す役割を読者に認識させる。

しかし、ここで「ベタ」＝「ありきたり」と述べたが、現代はもはやそれが「ベタ」として通用しないような地平に来てしまっている。当事者が消え、歴史という地盤が「遠さ」を持つ。そのように揺らぎ始めているものをどのように次世代に繋いでいくか。おそらく、単純な「語り」ではいけないのだろう。まして、現在は虚構と現実がいとも簡単にまじりあってしまう状況でもある。フェイクニュースをはじめ陰謀論や歴史修正主義はその一端だろう。もともと、作家に特権的だった「語り」は今や誰でもがそれを担うようになってしまう。そして、そのような状況だからこそ、フィクションを扱う作家の責任は重いものでもある。

近年、戦争の再想像＝創造化する作品が徐々に表れ始めている。高橋弘希『指の骨』（二〇一五年）といった純文学界隈はもちろん、逢坂冬馬『同志少女よ、敵を撃て』（二〇二一年）や小川哲『地図と拳』（二〇二二年）など、いわゆる一般文芸の枠からも、である。彼らもあくまで「事実」としてではなく「フィクション」として戦争の歴史を扱っている。このような作家が出てきていることは、歴史の空疎化が普遍的な状況である証左ともいえるかもしれない。

深緑野分がミステリという一種のエンタメをもとに歴史を描くことは、現代への抵抗でもある。安易な「語り」や「虚構」でもない、読まれる作品でありながらもう一度自分たちの世界とシームレスに歴史を考えさせるもの。「新しい社会派」の形は今始まりつつある。

＊1　web版　有鄰 https://www.yurindo.co.jp/yurin/4542/4

＊2　・成田龍一『戦後史入門』
・「日本経済新聞　戦後生まれ8割　戦争の記憶、令和に語り継ぐ」
https://www.nikkei.com/article/DGXMZO62603010T10C20A8MM0000/
など

＊3　「本の世界を楽しむ　歴史語る意義追究」
https://www.kanaloco.jp/special/serial/k-person/article-391634.html

＊4　現在は様々な視点からの戦争を描くようになってきている。日本だと二〇〇八年にマンガが出版され、二〇一六年にアニメ映画化された『この世界の片隅に』が象徴的だ。広島市に住むすずという女性を中心に、戦時中の日常を描いたものだ。本作も深緑の描く歴史と同じく、資料を読み込んだ上で描き現代との距離がとられているからこそ、逆説的に近しいリアリティのある物語が描けている作品であると言える。

＊5　綿野恵太『「差別はいけない」とみんないうけれど。』では、現代を当事者だけでなく、「みんなが差別を批判できる時代」として、様々な差別批判を取り上げている。また本書はその中で出てくるポリティカルコレクトネスなどといった問題点を中心に論じている。

推理と想像のエンターテインメント

——青崎有吾論

蔓葉信博

※本論の第三節では青崎有吾『図書館の殺人』における具体的な犯行方法と、エラリー・クイーン『Yの悲劇』の事件の構図について論じています。第三節の論旨は、次の第四節の冒頭で紹介しているため、差し障りのある方は第三節を飛ばして、第四節へお進みください。

1．オーソドックスな本格とさらなる付加価値

二〇一二年、「〝平成のエラリー・クイーン〟衝撃のデビュー」という惹句でデビューした青崎有吾。本格ミステリにとってエラリー・クイーンという作家は最上級の存在といって過言ではないだろう。そもそも戦後本格の立役者でもあった鮎川哲也の名を冠した賞を受賞している上にである。不可解な事件を解き明かす名探偵、手がかりにもとづく論理的な推理、フェアネスを担保する「読者への挑戦状」。エラリー・クイーンが生み出した数々の本格ミステリの形式は今もジャンル内の基準のひとつと考えられている。そのデビュー作『体育館の殺人』は、「読者への挑戦状」はなかったものの、「クイーンに対する敬意（北村薫）[*1]」に満ちたすばらしい本格ミステリだった。終盤の推理にはいくつかの些細な瑕瑾《かきん》が指摘されていたが、文庫化ではそれらの瑕瑾を補った上、より強固な論証過程に改稿している[*2]ほか、「読者への挑戦状」も付け加えられた。

続く『水族館の殺人』では、容疑者十一人から犯人を絞り込む鮮やかな推理が高く評価され、その年の本格ミステリ大賞にノミネートされる。惜しくも受賞は逃したが、得票数は第二位であった。長編三作目『図書館の殺人』では、ダイイングメッセージの有用性を否定しながらも、その事実を手がかりの梃子にして真相を喝破するアクロバティックな推理が読者を魅了し、その年の「本格ミステリ・ベスト10」で国内二位に選ばれた。ちなみに『水族館の殺人』『図書館の殺

人』ともに文庫化に伴い、「読者への挑戦状」が付け足されている。どの作品にもいえることだが、手がかりの経緯を考えることで、犯人の属性や行動を限定していく。手がかりに基づく緻密な推理が、クイーンの国名シリーズに酷似していることはことさら強調するまでもないだろう。

近年、活躍が目覚ましい本邦新鋭の本格ミステリ作家のなかにおいても、国名シリーズ風のオーソドックスなフーダニットを忠実に実現している作品といえば「裏染天馬」シリーズの名が一番に挙がることはほぼ間違いない。とはいえ、二〇二一年あたりの本格ミステリシーンを振り返れば、謎解きに何かしらの「付加価値」を加えたものがトレンドになっているのではないだろうか。タイムトラベルや透明人間など現実には存在しない事象がありえる特殊な世界のルールに基づくミステリや、警察学校やロースクール、大学病院など例外的環境における本格ミステリ、キャラクターの魅力を主眼とし事件や推理はそれを引き立たせるものと割り切ったライトなミステリや、貧困格差や災害事故など現代社会の問題を穿った新社会派ミステリなど、本格ミステリとしての多様ぶりは驚くべきものがある。

そうした傾向を踏まえてか、青崎有吾の作品にも本格ミステリでありながら付加価値を加えたものは数多い。トリック解明専門と動機解明専門の探偵バディが不可解な事件をユーモアを交えて軽妙に推理する「ノッキンオン・ロックドドア」シリーズや、爽やかな青春小説に本格のスパイスをふりかけた連作短編ものの『早朝始発の殺風景』、そして人造人間や吸血鬼が跋扈《ばっこ》する架空の西欧世界を舞台とした「アンデッドガール・マーダーファルス」シリーズなど、アレンジの幅も広い。ただ、軽妙であったりライトノベル風であったりしても、その内容が一概に「軽い」わけでも「明るい」わけでもない。分量の差異はあれど、どのシリーズも不可解な謎や意外な真相、そして確かな推理に裏打ちされている。

今、青崎有吾について論じるならばそうした多様化する本格ミステリの生存戦略としてのそれら作品を論じるべきかもしれないが、本論ではそれはわきに置く。むしろそうした多様化の中でも本格ミステリの堅牢な謎解きを手放さない姿勢のほうに論点を向けたい。

というのも、この二十一世紀の混沌とした現代社会で本格ミステリにおける確かな推理を生存戦略の武器とすることはなかなかに困難な道だからだ。ポスト・トゥルースという言葉が流行語になり、真偽不明の事柄が内外に跋扈するこの時代に、万人に確からしいと感じさせる推理をどのように描き出しているのか。そこにはこの時代を生き抜くためのヒントが隠されているように考えられるからである。そうした観点から裏染天馬シリーズについてもう少し論じたい。

2.「後期クイーン的問題」と『体育館の殺人』

何をもって推理を確かであるといえるのか、という問題は本格ミステリシーンではしばしば議論になっている。たいていは作中の推理に疑念が呈されたり、フェアネスの問題を指摘されるなどの場面だ。たとえばアガサ・クリスティ『アクロイド殺し』にまつわる議論や、アーサー・コナン・ドイルのある短編における動物の生態が実在のものと違うことなどを想起されたい。近年では東野圭吾『容疑者Xの献身』に関する論争のなかでも推理の確かさをめぐる議論があった。

そうしたなかで本論では一九九五年に法月綸太郎が「現代思想」に寄稿した「初期クイーン論」からはじまる、いわゆる「後期クイーン的問題」をあらためて取り上げたい。「初期クイーン論」では、偽の手がかりの問題、名探偵を操るメタ犯人の問題、ダイイングメッセージの真偽の問題、自白の真偽の問題、シャム双生児の犯人の決定不可能性という問題が連続的に取り上げられていた。その後、笠井潔が連載していた評論[*3]でそれらの課題を複合的な課題として論じ直し、「後期クイーン的問題」という本格ミステリの創作継続性の問題として取り上げた。そして法月以前に偽の手がかり問題とメタ犯人の問題を同人誌上で検討していた飯城勇三からの再反論[*4]、また小森健太朗[*5]や諸岡卓真[*6]などの評論書でも主体的に取り上げられ、批判的検討が続けられる。その過程で本格ミステリにおける論理性とは、論理学や数学のような厳密な論理体系とは異なり、作者対読者の遊戯性や社会的倫理性に支えられるものという議論があらわれるようになった。そうした傾向は評論だけではない。むしろ作品側のほうが早かったかもしれない。

一九八七年、綾辻行人『十角館の殺人』から始まる新本格ミステリムーヴメントも、単なる古典回帰ではなく、現代的アレンジと批評性を加味しながら続いていった。その『十角館の殺人』からして、名探偵が容疑者を集め手がかりから論理的に犯人を当てるフーダニットではなく、伝統的な本格の形式から一歩ずれた作品であったことを想起されたい。その後、麻耶雄嵩『翼ある闇』（一九九三年）や京極夏彦『姑獲鳥の夏』（一九九四年）、清涼院流水『コズミック』（一九九六年）、舞城王太郎『煙か土か食い物』（二〇〇一年）など、本格の形式性を意識しながら一歩も二歩もずらす作品が陸続と登場し、話題をさらうようになる。やがて米澤穂信『インシテミル』（二〇〇七年）や城平京『虚構推理――鋼人七瀬』（二〇一一年）あたりから、作中探偵の推理による真相の追求ではなく、作中の人工的世界の構造と連動した特殊な推理過程により真相に至る作品が増え始め、その傾向は特殊設定ミステリというかたちでさらに裾野を広げている。真相と推理をめぐるミステリ作品の力点の変化と、後期クイーン的問題の議論は並行したものだったと考えたほうがいい。

そこであらためて「後期クイーン的問題」の対策について基本的な要件を説明しておこう。後期クイーン的問題とは端的にいうと作品内で手がかりをもとに探偵役が犯人を特定しえない事態についてどうすべきかという問題である。その対策として現在、基本的にふたつの展開がある。ひとつは「神」や異能力者など超常的存在を用いて探偵役の推理の真偽を保証する方向で、もうひとつは我々が住むこの現実世界と同じ世界を舞台としながらも、「叙述トリック」や「日常の謎」といった趣向を推理の添え木とすることや、蓋然性の高い仮説を真実とみなすなどして受け入れる方向だ。[*7] 多くの読者が前者のみを「後期クイーン的問題」の解決の方法としているきらいがあるように見受けられるが、実際はそうではない。

また、このふたつの展開にはそれぞれ欠点がある。超常的存在によって真偽を保証する方法であるが、実際にわたしたちの現実世界にそうした超常的存在は存在しない。その立場からすれば、現実に存在しない超常的存在を捏造しない限り、真実を確定できないということを認めたことになる。極端ないい方をすれば、論理的な方法で真実には至れないと設定上で認めているようなものだからだ。現実世界を基準とすれば後退的な対処法であるといわざるをえない。どこでも物理法則は同じであるという自然の斉一性があるから、同じ条件で公平に推理できるのであり、これが崩れた場合、作中世界にそれを保証するものが求められてしまう。本格のフェアネスとは別に、世界設定のフェアネスが求められることになる。『虚構推理』をはじめ、世界設定のフェアネスを物語として補塡し、新しい謎解きの形式を生み出すという貪欲さが本格ミステリにはあるものの、推理の射程領域が限定的になることは否めない。

一方で「叙述トリック」や「日常の謎」は、現実世界のなかの事件を推理パズルのようにするさいのずれや不自然さをパズル的なものに変換するべく発明されたものと考えてもらいたい。叙述トリックという文章技法上のトリックや、「ささいな日常に秘められた謎」という物語の演出材料によって新たな推理の領域を生み出した。しかし虚構性が色濃く出るため、事実としての現実世界の事件とは齟齬が生じてしまう。こちらも別な意味で推理の射程が限定的になっており、いってみれば超常的存在のかわりに特殊な小説技法が真偽を保証するものとして働いていることには変わりがない。現実世界に「叙述トリック」や「日常の謎」を保証するようなメタ作家がいるわけではないからだ。同様にその事件のパズル性を保証する存在として「読者への挑戦状」を差し挟む方法もあるが、これにしても法月綸太郎が「一九三二年の傑作群をめぐって」という論考で検討したように妥協点に落着するほかない。そうしたなかで、現実世界と齟齬が少ないのは蓋然性の高い仮説を真相とするアプローチだ。この後者の傾向の主力な作品のひとつが「裏染天馬」シリーズである。では、その方法とはいかなるものかを具体的に論じてみたい。

『体育館の殺人』の殺人現場は、高校の体育館内にあるステージだ。体育館の人の出入りは複数の生徒が確認していたものの犯人は目撃されていなかった。そのため、事件は一種の密室殺人として扱われる。捜査の結果、体育館にある男子トイレから持ち主不明の男性の傘が見つかっていた。しかし、警察側はその傘を重要視せぬまま、ひとりの少女を犯人と疑っていた。ところが探偵役をつとめる裏染は、事件とは一見関係のなさそうな男性の傘から犯人の行動を推理し、その少女が犯人ではないことを立証するのだ。本書序盤の名推理シーンである。

その裏染の推理過程で、警察側から「男性用の傘は偽装工作として犯人が置いていったもの」という見解が提示される。「犯人は男性だ」と警察に思わせるための偽の手がかりだというのである。一方で、疑われていた少女は事情聴取で「ステージに別の少女がいた」という証言をしていた。その別の少女が誰だったのかは捜査ではわからず、警察は少女の偽証だと疑っていた。しかし裏染は、偽の手がかりを準備するような用意周到な犯人がステージの少女という矛盾する証言をするのは合理性に欠けていると指摘する。そして、傘は状況的に真犯人が偽装工作で置いていったと考えるべきならば、それと矛盾する証言をする少女が犯人であるわけがない。つまり少女は犯人ではないと考えるべきなのである。前提条件をもとにあり得る可能性をせばめていき、それで残った可能性を事実とみなすというのが蓋然性の高い推理である。もちろん犯人がちょっと頓珍漢で不合理な行為をたまたましてしまったかもしれないし、他にも想像の余地はある。ただ、偽の手がかりという前提条件を共有する限り、裏染の考えた推理が一番合理的で蓋然性が高いということになるのだ。

この一連の推理過程は、偽の手がかりを検討しているだけに後期クイーン的問題を連想させるやりとりである。さらにいうと、飯城勇三『エラリー・クイーン論』で提示される「手がかりの真偽を見分けるための四つのルール」のひとつは「犯人が〈偽〉の手がかりを作る場合、偽の解決Aを示す手がかりaと偽の解決Bを示す手がかりbを同時に作ることはない」である。名探偵を騙そうとする犯人がそんな不合理な手がかりを残すはずがないのであり、かりに残せばその不合理さ自体が有力な手がかりになってしまうからだ。このルールと裏染の論証は同じ工程をたどっている。単に偽の手がかりを使うだけでなく、その解き方についても裏染の推理は後期クイーン的問題の対処法と同じというわけだ。

『体育館の殺人』における裏染の推理は、真か偽かを一刀のもと断定するのではなく、複数の可能性のなかから蓋然性の高いものを選り分けていく地味な作業である。ただ、その選り分け作業では冷静に観察していたらわかるであろう発見が随所にあり、それに気がつくかどうかで読者と作者との差が生じる。傘に注目が集まる本作だが、もうひとつの手がかりについても巧みな伏線を忍ばせており、その発見自体がひとつの衝撃を読者に与えるものだった。さらに『体育館の殺人』では、傘を巡る序盤の推理は裏染の思い込みにより一部誤っていたことが明らかになる。その誤りの判明により、推理の新しい展開が生まれ、真実に一歩ずつ近づいていく。間違っているとわかること自体も推理の重要な過程なのだ。『ギリシャ棺の謎』のエラリー・クイーンも、犯人の奸計により推理を外してしまったのだが、そのことを踏まえて再検討することで、最終的には犯人を突き止めることができたことを忘れてはならない。そうして、裏染は蓋然性の高い推理を重ねていき、机上の空論のような例外的な可能性をのぞけばほぼ完璧という解決に至るのである。

しかし、この蓋然性については、創作上の問題もある。しばしば机上の空論のような可能性を奇想のトリックとする作品がある以上、本格ミステリ作品における整合性を、事前に作者と読者で共有するべきなのだが、それはなかなか難しい。極言すれば「この作者ならある程度の不合理な理由による殺人を許容する」といったことや「トリック重視のあの作者なら現実味のないトリックもありうる」ということがあり、また「この作者は犯人の合理性を遵守するので、推理も合理的な行動の範疇で問題ない」ということもある。ミステリファンの多くは、作家の傾向などを踏まえ作品外の情報を踏まえたメタ推理を行っていることになる。もちろん優れてフェアな本格作品ならば、作中世界の整合性がどのあたりにあるかの目安を作中内で提示し、作家の傾向という作品外の基準に頼った推理パズルとはならないように心がけている。とくに特殊設定ミステリならばそれは必須の条件といっていいし、その精度とフェアネスが作品のクオリティにかかわることになる。とはいえ作者の癖や傾向などに潜んでしまうメタヒントを完全に消し去ることは難しい。

上記のような議論は、本格ミステリの作中世界は謎解きができるよう隅々までルール化され、手がかりや伏線がパズルに当てはめるピースのように定められているべきであるというゲーム的な要請と、程度の差はあれ現実世界の事象を作中世界に反映させつつ内容を描写すべきという小説としての要請との差異を埋めるための議論になる。小説は小説であり、完全なパズルにはならない。ただ、部分的に不完全なことは作者も読者も許容しつつ、それすらもルールとして内包したパズル小説として発展したのが本格ミステリである。さきほど述べた後期クイーン的問題のふたつの欠点も実際はこの本格ミステリ特有の「パズル＋小説」という作品構造に起因する問題なのだ。

そこで次節では、本格ミステリにおけるパズル的な推理について『図書館の殺人』を検証例に、『エラリー・クイーン論』における手がかりの論考も検証しながら考えてみたい。なお第三節における論考のなかで、『図書館の殺人』における推理と真相について具体的に触れている。論考の結論は第四節でも紹介するので、差し障りのある方はこのまま第四節に進んでほしい。

3.『図書館の殺人』と後期クイーン的問題

『図書館の殺人』における重要な手がかりのひとつは、裏染が発見したカッターの欠けた刃である。被害者の持ち物と現場の状況から警察陣の困惑をよそにカッターの刃を見つけ出す場面は、第一作と同様に裏染の名探偵としての資質を裏打ちするものだった。裏染は欠けた刃から犯人の外見的特徴を推理し、これを犯人の第一の条件とする。

この推理場面で面白いのは、裏染はある登場人物からカッターの刃が偽物である可能性について質問されるのだ。裏染はその質問に、カッターの刃がトイレの貼り紙を留めていたガムテープから見つかったことを挙げ、警察も見落としかねないところにカッターの刃を残すのは面倒な作業で、一方で指紋を残す危険もあり、犯人がミスディレクションのためにそんなリスクを負うのは不合理だと断言する。ここでもまた「後期クイーン的問題」の偽の手がかりのようなやりとりが行われている。

その後、もうひとつの手がかりと目される「拭かれていた犯行現場の床」という事実から、犯人を絞り込む第二の条件と第三の条件を導き出す。ところが、その第一から第三の条件を満たす容疑者は、現場に残されたふたつのダイイングメッセージから容易に連想される人物でもあった。仮にその人物が犯人なら、ダイイングメッセージを残したままにせず、なにかの隠蔽処理をしたはずだ。だが、事実はそうではないのである。

当初はダイイングメッセージを検討することは無意味としていた裏染も、ダイイングメッセージについて考え始める。そこで被害者が倒れていた現場を具体的に再現することで、ダイイングメッセージのひとつは偽装であること、つまり偽の手がかりであることが判明する。そこから第四の条件として、ダイイングメッセージを偽装するメリットがあることが導かれ、また名指しされた人物は犯人ではないと判断できる。しかし、その結果として容疑者の中に犯人の条件を満たす人物がひとりもいなくなってしまったのである。

裏染は容疑者を限定する条件を細かく見直し、現場から消えていたと目される物品のことを思い出す。その物品がなぜ消えていたのか。その疑問から導かれる第五の条件を提示する。第一から第五までの条件を満たす人物はひとり。犯人は、誰も思いもかけぬ人物だった。以上が、裏染が犯人を導き出した推理のあらましである。

さて、この推理における手がかりについてあらためて考えてみよう。最初の手がかりはカッターの欠けた刃である。これは警察の捜査中には発見されず、裏染の推理によって見いだされた手がかりであった。次はふたつのダイイングメッセージについて。当初は本物かどうか判別がつかなかったが、ひとつは本物であり、もうひとつは偽物であったことが判明する。ここから手がかりには少なくとも四つの状態があると考えられる。それは真の手がかり、偽の手がかり、真か偽か判別のつかない手がかり、まだ手がかりとみなされていない潜在的な手がかりの四つである。

「後期クイーン的問題」というとしばしば偽の手がかりが代名詞だが、実際はこの四つの手がかりの推移を経ているのである。『エラリー・クイーン論』でも、発見されるタイミングや周辺状況などのなかで同様のことが検討されていることには注意を促しておきたい。それにこれまで説明したとおり、裏染は警察が発見した手がかりと自身で見つけた手がかり、手がかりが発見されたときの周辺状況などを繋ぎあわせたネットワークを構築し、それに基づいて推理をしていると目される。カッターの欠けた刃は、被害者が持っていたカッター本体にしまわれていた刃先が欠けていたことがきっかけで発見された。当初は潜在的な手がかりであり、推理によって真の手がかりとして見いだされたのである。このように裏染は手がかりのネットワークから重要度の高い手がかりを選別し、またあらたな手がかりを見つけてはそのネットワークに組み込んで推理しているのである。

これはある意味で、ジグソーパズルのようなものだ。闇雲にピースをはめては非効率でうまくいかない。ある場所に当てはまるだろうピースを探し、またはその絵柄と繋がる別のピースをいくつか集め、照らし合わせて正しいピースを選び出す。または外枠部分の絵柄から組みやすい部分を考えるなど、いくつもの方法がある。

本格ミステリでは、答えである犯人やトリックなどはあらかじめ決まっているが、その解き方のヒント（手がかりや伏線）をピースのように見つけては組み合わせ、ひとつの大きな絵にするのである。そのためには、ピースを組み合わせた全体像を想像すること。そして、全体の絵の中のわかりやすい部分を見つけてそのピースを探す。この全体像が上記の説明ではネットワークというところに当てはまるだろう。闇雲でも想像でも当てずっぽうでもない。推理における論理的な作業というのは、こうした手がかりに基づく地道な作業のことなのである。

ただ『図書館の殺人』では、意図的に推理の内容が語られず、作中で保留のままとなるいくつかの謎がある。ひとつは、真のダイイングメッセージとされた「く」の文字に見える血文字の解釈である。裏染とある関係者とのやりとりで、事件解決時に警察側に裏染が説明した漢字の一部だったという内容は偽りで、本当の解釈の存在があることが示唆されるも、具体的には説明されずに作品は終わる。

もうひとつは、犯人が現場から本を持ち去った理由である。そもそも図書館での殺人事件を引き起こしたきっかけは、図書館の蔵書に偽装された私家製の『鍵の国星』という一冊の本であった。『鍵の国星』は、すべての部屋や戸棚に鍵をかけることを義務化された星を舞台とした、密室殺人もののミステリだった。そのファンタジーミステリを、図書館で被害者を殺害した犯人はその場から持ち去っていた。犯人は、なぜ『鍵の国星』を持ち去ったのか。実はこの動機も明瞭には描かれていない。

裏染は関係者から『鍵の国星』の作中の犯人は誰かと問われる。その関係者は『鍵の国星』の制作事情を知っていたため、『鍵の国星』と犯人にはなにか重要な関係性があると考えていたのだ。そこで裏染も同じ考えに至るか確認したいのだ。だが、なぜ『鍵の国星』の犯人を知ることが、実際の犯人に関係してくるのだろうか。

裏染はその関係者からあらすじを簡単に聞いただけで『鍵の国星』を実際に読んだことはない。にもかかわらず、裏染は『鍵の国星』の犯人を見事言い当ててしまう。しかし、その推理の内容は作中では描かれず、小説は幕を下ろすのである。

名探偵の推理の鋭さを印象づける美しい終わり方とも考えられるが、一方で本格ミステリとしては推理の過程が気になるのは自然なことだろう。ひょっとすると読者に推理の内容を委ねたということではなかろうか。そのように仮定して話を続けてみたい。

読者は裏染の推理から『鍵の国星』における被害者と殺人犯の関係が『図書館の殺人』のそれとまったく同じであることを知らされる。犯人もまた『鍵の国星』の犯人と自分が同じだと気がついたのではなかろうか。だから、その関係性がまったく同じであることを示すダイイングメッセージが残っている以上、『鍵の国星』を現場に残すことはできなかったのである。その関係者も『鍵の国星』の犯人を知っていたからこそ、犯人のこともわかったのだろう。

ここで先程述べた作品の外側のメタヒントをひとつ指摘したい。『図書館の殺人』単行本版では、殺人犯が『鍵の国星』を読んだという事実は明記されていなかったが、文庫版では加筆されている。文庫版にする際、推理部分でも言葉を削って文章を簡潔にする著者にしては珍しい加筆であり、注目に値する。今回は加筆するだけの理由があったのだ。

しかし、それは傍証として考えておき、描写された手がかりから考えを進めていこう。『鍵の国星』の作中の殺人事件と現実の殺人事件との犯人の奸計が重なってしまったというだけで、それがダイイングメッセージで示唆されていたとしても、現場から重要な証拠を持ち出すだろうか。ダイイングメッセージのほうはごまかしたのだから、置いていったとしてもよかったのではないだろうか。実際、持ち出した事実自体が、犯人にとって不利な状況証拠になってしまっている。持ち出すためのもっと強い動機があったのではないだろうか。

そこで謎をきっかけとした想像を広げてみたい。『鍵の国星』の構図と現実の事件の構図が偶然重なったのではなく、そこに何らかの必然性があったのではないだろうか、と考えてみる。では、その必然性として考えられるのはなんだろうか。もうすこし『鍵の国星』のことを検討しよう。被害者は図書館の蔵書に似せて印刷製本した『鍵の国星』を図書館の書棚に置き、人に読ませて楽しんでいた。作った手製の本が図書館の利用者に親しまれていることをうれしがっているのもあったが、図書館の本と誤認させるいたずらへの楽しみもうっすらと描写されていた。

ひょっとするとそのいたずらには、作中で明示されていない背景があったのではないか、と想像してみる。被害者は手製の『鍵の国星』を他人に読ませたい理由があったのではないか。自分の打ち明けられない事実を『鍵の国星』に潜ませたいといったような欲望である。たとえば、被害者は現実の生活でも『鍵の国星』と同じように「すべての出入口には鍵をかけなければならない」ような窮屈な日常を生きていたのではないか。窮屈な現実とその結末を暗示するような『鍵の国星』の草稿を読み、今回のいたずらを思いついたのではなかろうか。

ただ、作中にそこまで窮屈な生活だったとは描写されていない以上、これは想像でしかない。それでも想像を続けてみよう。今度は犯人側である。犯人は被害者となる人物から『鍵の国星』の事情を現場で聞いたはずだ。『鍵の国星』を以前読んでいた犯人ならば、『鍵の国星』の犯人役は自分をモデルにしたと思ったのではなかろうか。出入口すべてに鍵をかけなければならない世界の犯人のモデルは自分だと。さらにいたずらで『鍵の国星』を多くの他人や、そして犯人自身にも伏せて読ませていたのだ。その事実を知ったときの犯人の衝撃はいかばかりであろうか。作中では「歪んだ愛」とされる犯人の動機だが、それは真相ではないことが示唆されている。そのことも踏まえると、実際はもっと平凡な、自分の尊厳を汚されたことによる犯行なのではなかろうか、と想像されはしまいか。だから尊厳を汚した象徴である『鍵の国星』を誰にも知られたくなかったのではないだろうか。

また、この想像の過程で少なくない読者がエラリー・クイーンの『Yの悲劇』のことを連想したのではなかろうか。『Yの悲劇』では、ある自殺した人物が残した小説の草稿がいわば殺人計画書となり、混迷極まる殺人事件の幕が開いた。それと同じように『図書館の殺人』でも、『鍵の国星』があたかも殺人計画書のように読めてしまう。『図書館の殺人』の犯人は、『鍵の国星』を犯行計画としたわけではなく、その点は『Yの悲劇』とは違う。ただ、事情を知らない第三者からすれば被害者が殺人犯を操っている構図に見て取れる。フィクションをなぞって現実に殺人事件を実行してしまうこと。被害者はそのことを殺されながら理解したのではないだろうか。だからこそ被害者はあのような超絶的なダイイングメッセージを残しえたのではと考えてみたくなる。そして犯人もまた自分の殺人行為が『鍵の国星』の内容と同じであることに気がつき、殺害後に驚愕したのではなかろうかとも。だからこそ、現場に『鍵の国星』を置いていけなかったと想像できるのだ。

もちろん『図書館の殺人』では、そこまで明記しているわけではないし、読者への挑戦の対象にもなっていない。殺人犯の動機と同じように、実際は読者の想像に任されている。

しかし、その手前にあったダイイングメッセージの真の意味は、そうではないかもしれない。警察側に裏染が話したダイイングメッセージは偽のものだった。そして読者には真のメッセージの存在が示唆されている。その先は読者の推理に委ねられているのではないだろうか。手がかりが想像からなので蓋然性は高くないものの、筆者はいち読者としてそのダイイングメッセージを読み解いたわけだが、それが合っているとは限らない。いずれにしろ被害者が残したダイイングメッセージの真相は、あたかもゲームのエクストラステージのように問いだけが残されているのである。

4.「後期クイーン的問題」とポスト・トゥルース

第三節では、手がかりにも、真の手がかり、偽の手がかり、真か偽か判別のつかない手がかり、まだ手がかりとみなされていない潜在的な手がかりの四つの段階があることを『図書館の殺人』から具体的に示した。また、複数の手がかりをジグソーパズルのピースのように組み合わせ推理を進めていること、それを手がかりのネットワークと呼んだ。しかし、そのネットワークでもわからない部分が生じてしまう。それは想像で補うこともあるということをこちらも『図書館の殺人』から示してみた。これらが本格ミステリにおけるパズル的な推理の指し示すものだと考えている。では、それを踏まえあらためて「後期クイーン的問題」について考えてみたい。

「後期クイーン的問題」とは、名探偵とメタ犯人による手がかりをめぐる対決からはじまる問いである。そのため、メタ犯人における偽の手がかりの真偽判定の問題が主題にならない限り、基本的には「後期クイーン的問題」も主題化はされないこととなってしまう。だが、真相を知らない名探偵側からすると、手がかりが真なるものか偽なのかは、状況によって判別がつかない。なにより手がかり自体が推理しないと見つからないこともある。『図書館の殺人』のカッターの刃も探偵役が推理してはじめて発見され、かつそれが重要な手がかりだと立証されていた。また「拭かれていた犯行現場の床」という別の手がかりは、警察の捜査で単純に発見されたものだが、犯人がそうした理由はわからない。そこで、ほかの手がかりや周辺状況を鑑みることではじめて合理的に推理できたわけだ。そのようにほかの手がかりの扱いが判明してはじめて手がかりの意味づけができることもある。裏染も警察側の捜査結果を無視するわけではなく、一定の信頼をおいた上で、その捜査の想定外のアプローチをアドバイスしている。つまり、探偵側にとっては一部の例外を除き、警察側と探偵側は協調して捜査にあたるといっていい。一部の例外とは探偵役の人柄や行動だけに注力した狙い撃ちの「偽の手がかり」が犯人側から仕掛けられたときだ。しかし、こと裏染の場合、警察の捜査なしに犯罪事件にあたるわけでもないのである。

この裏染天馬の推理から、手がかりを読み解くにはそれ相応の理論に基づく解釈が求められることがわかる。メディアリテラシーやネットリテラシーのようにである。今回の論述ではそれを裏染でいえば手がかりのネットワークを踏まえて推理することとしていた。裏染天馬の言葉ではないが、『図書館の殺人』にその方法を端的に示す文章がある。読者への挑戦状の一部を引用しよう。

では、どうやって謎を解くのか？　彼らはただ、考えるのである。客観的事実を集め、頭の中を整理し、ここにこれがあったならばこういうことだろう、そこにそれがなかったならばこういうことだろうと、ごく普通に考えていくのである。

ということはつまり、あなたと変わらないということだ。

ということはつまり、あなたにも謎が解けるということだ。

裏染が行った推理もつまりこういうことだ。客観的な事実を集め、頭の中を整理し、地道な推理の積み重ねで、裏染は犯人までたどり着いた。特殊な知識も求められず、例外的な事象ではなくごく普通に考えていくのである。手がかりが乏しいときには想像にも頼り、しかし、想像だけで何かを決めつけるのには抗う。これは簡単なことではない。しかし、できないことでもないのである。そうした手がかりのネットワークによる確かな推理ということは、現代社会にとっても示唆的なものではなかろうか。

二〇二三年の現在、高度化したＩＴ社会の情報流通のなか、新型コロナウイルス感染症（COVID-19）の拡大とともに、その医療的事実の真偽判定は一般の人々のなかで共通理解に至れない事態に陥っている。まず、前提として最低限の病理に関する知識の有無が求められる。つぎにその知識が正しいかどうかの判断が求められる。ここである事実を正しいとするAのグループとある事実を否定するBのグループに分かれてしまう。病理に関する知識について、自ら学び身につけたものではない場合、最終的にはその情報を信頼するか、しないかの二者択一になってしまう。無論、情報元で精度は随分と変わるのだが、その情報元についても同様に正しいと判断するか否かのグループ分けができてしまう。

つまり、同じ客観的事実をもとに議論をするということが難しいということだ。これはノーウッド・ハンソンが指摘した「観察の理論負荷性」そのものである。いずれのグループについてもなんらかの社会的信用性に伴う判断があることは否定し難い。こうした判断の難しさには個人の知識の限界とそれに関する理解のなさがあるといわれている。スティーブン・スローマン、フィリップ・ファーンバック『知ってるつもり 無知の科学』では「重要なのは、個人の知識は驚くほど浅く、この真に複雑な世界の表面をかすったぐらいであるにもかかわらず、たいていは自分がどれほどわかっていないかを認識していない」とされている。この言葉が今ほど染み渡る時代もなかなかないだろう。それは個人における知識の問題なのだが、それが集団になるとさらに深刻になる。続けてイエール大学法学教授のダン・カハンの発言をこのように紹介している。

科学に対する意識は、エビデンスに対する合理的かつ公平な評価に基づくものではない、とカハンは言う。それは信念とは個別に取り出したり捨てたりできるようなバラバラなかけらではなく、他の信念や共有された文化的価値観、アイデンティティなどと深くかかわり合っているからだ。特定の信念を捨てるということは、他のさまざまな信念も一緒に捨てること、コミュニティと決別すること、信頼する者や愛する者に背くこと、要するに自らのアイデンティティを揺るがすことに等しい。こうした視点に立てば、遺伝子組み換え技術やワクチン、進化論、あるいは地球温暖化について少しばかり情報を提供したところで、人々の信念や意識がほとんど変わらなかったのも不思議ではない。

二〇一七年に書かれた『知ってるつもり　無知の科学』であるが、今の混沌たる時代を予見した意見だ。コロナ禍前夜の予見というと、二〇一八年に刊行された藤田直哉『娯楽としての炎上』は、ポスト・トゥルース時代のミステリの状況論として、真実が二の次にされるこの問題に取り組んだ労作であった。「「論理」にも「事実」にも「真相」にも興味や関心を持たない人が増えた」時代にあわせ、現在のミステリシーンで真相や論理が機能不全となっているかが指摘され、その上でミステリとして戦略的に成立させる方法を模索していく。そして、サイバーミステリやメタミステリ、そして保守的な本格ミステリに可能性を見いだしていた。前者はネット的感性を小説内に取り込むことで現状の問題に気づかせる「二重化」であり、後者は「論理」や「民主主義」という価値観を擁護するという「保守的」な方向とし、それらが「実践倫理」としての対抗策だというのだ。

『娯楽としての炎上』にある「「論理」にも「事実」にも「真相」にも興味や関心を持たない人が増えた」というのは、知ってるつもりの人々が論争に明け暮れれば、そのような状況になるのもうなずけよう。そういう意味では『知ってるつもり　無知の科学』の流れを組む論述だと考えてもよさそうだ。

しかし、その内容については「二重化」という一種の「外挿法」によるアプローチを評価し、論理的であろうとするスタンスには手厳しい。たとえば本格ミステリとしてその論理性や構築力を高く評価された『屍人荘の殺人』について、『娯楽としての炎上』ではこのように論評される。

『屍人荘の殺人』は、●●●という奇想を用いた割には、「論理」そのもののあり方や、人間像や犯人の動機などは、特に奇抜ではない。「論理」それ自体の成立基盤を疑ったり、「事実」の実在を怪しんだりしない。（一部伏せ字は筆者による）

『屍人荘の殺人』の設定上の特殊性がポスト・トゥルース社会を体現しているということとともに、その保守性のなかでの工夫を評価される。

だが、そもそも「論理」にも「事実」にも「真相」にも興味や関心を持たない人が増えたのだろうか。確かに論理や事実より、最終的に情動や面白さが重視されるようになったかもしれない。ただ、相手よりも論理的であることを競う姿勢や、「ネットで真実に目覚める」という状況は、一方でポスト・トゥルース時代も「論理」や「真実」を都合よく密輸入しているのではないだろうか。実際は論理的でも真実でもないにしろ、その論理性や真実が持つ権力を行使しているのだと思える。そうした状況だからこそ、保守的といわれる「論理」の正当性があらためて問われるのではないだろうか。

『屍人荘の殺人』もそうだが、限られた容疑者から犯人に当てはまる条件をもとに、そうではない人物を除いていき、犯人を絞り込むという消去法の思考操作自体は、やはり論理的なものであることは否定しがたい。容疑者を限定する基準や犯人に当てはまる要素の不確実性はあるにしても、である。不確実性はあるにしろ、根拠薄弱な前提による反論や、虚偽の前提から始まった真実の発見とは、歴然とした差がある。「論理」や「真実」の密輸入を明らかにすればいいのである。

二〇一八年に書かれたリー・マッキンタイア『ポストトゥルース』では、トランプ大統領とそのまわりで起きていた発言の数々は、虚偽であると論理的に検証されている。そのなかでポスト・トゥルースに抗う方法としてこのように述べられている。

ポストトゥルースの時代において、わたしたちは事実問題をあいまいにする個々の試みすべてに異を唱え、嘘が腐敗し悪化する前にそれに挑まなければならない

科学的な根拠にもとづき、ときには自分たちが持つ認知バイアスを疑い、正しい事実を選り分けることが重要なのである。もちろん、それは簡単な道ではない。それに、真実を知りたいという欲求だけが性急になれば、根拠薄弱な陰謀論の闇に踏み込むかもしれない。自分の所属する知的なコミュニティが正しいものかどうか。石橋を叩いて渡るような作業がいつでもできるわけではない。その石橋は正しいと伝えてくれる識者の存在を識別し、それを信用するか否か。そのとき、その識者の言葉が正しいか。その説明で提示されている根拠は正しいのか。そうした判別を

するトレーニングが求められるだろう。リーは「わたしたちはニュースの情報源を適切に精査する方法を身につけるべきであり、耳にするものが嘘であるとわたしたちが「知っている」とはどういうことかを自問すべきだ」とも言っている。だが、現状、戦線はかなり後退している。さらなる後退を強いられるかもしれない。

すでに述べたようにミステリの言論上においても、論理学の論理や数学の整合性と比較するあまり、本格ミステリにおける論理や整合性をあいまいなものとして扱いすぎているように思える。その消去法で用いられる演繹法や帰納法自体には例外なき正しさがある。遊戯性や社会的倫理観よりも、推理の論理的操作における数式のような思考こそ推理の本質なのではなかろうか。嵐の山荘などの人の出入りのない閉鎖環境で、犯人の条件を推理して、当てはまらない人を外していき、残った人間を犯人と定める消去法で真相解明が行われ、そこに曖昧さや矛盾のない、真実に触れたという感興を得ることが本格ミステリの正しい楽しみのはずである。そうしたオーソドックスな犯人当てミステリにも、偽の手がかりやメタ犯人による操りといった「後期クイーン的問題」の隘路が見つかったわけであるが、大抵の偽の手がかりはわたしたちにも見破ることができる。裏染のように考えさえすれば、である。名探偵に向けられた偽の手がかりは、その筋の名探偵である専門家に任せよう。ただし、その専門家が正しいかどうかはまた別の判断である。

しかし、わたしたちに名探偵のような超常的知性もなければ、真偽を判定してくれる超常的存在がいるわけでもない。確かであると共有できる足場をもとに、あやふやながらも少しずつ論理で足場を広げていくことだけだ。共有できる足場がない場合、まずはそれを作る努力をせねばならない。それが難しくなったからこそ、エビデンスよりコミュニティを重視する風潮になっているのは理解している。しかし、コミュニティの多数決で真偽が決まるわけではないことは、科学的な歴史からも明らかである。

手がかり、エビデンスに基づく推理。そうした過程を本格ミステリは広く伝えてくれていたのではないか。裏染天馬シリーズをはじめ、少なくない作品がそうして真相へ辿り着いていった。もちろん、陰謀論すれすれの机上の空論のようなトリックが真相だった作品もある。そもそも本格ミステリの嚆矢《こうし》といわれる作品がそうであった。そうした作品も創作の楽しみの中で許容してきた。乏しい根拠で犯人と断定していたり、現実に当てはめれば陰謀論のような科学的事実を無視した結論を導く作品もある。創作の中でなら超人的な名探偵がいる以上、非現実的な「トンデモ」トリックもあってもいい。ユーモアでそうする作品もあるが、それはユーモアという枠組みがあるからだ。今もネッシーや未確認飛行物体をユーモアという前提で楽しむことはあり、それと同じことだろう。ユーモアは、自分とは違う相手の信念を許容するためのひとつの方法だ。ユーモアを持てるというのは、心理的な余裕のあらわれにほかならない。殺人事件という悲惨な物語を楽しめるのも、心理的な余裕があればこそだ。名探偵が真実だというからどんなトンデモな推理も真相と考えるのも余裕があってのことだ。その余裕、心の安全領域を作るためにも、互いに共有することのできる足場を広げなくてはいけない。

『図書館の殺人』の裏染天馬を思い起こそう。彼は論理にもとづいて考えているが、機械のような人間ではない。友人は少なく、アニメやライトノベルに耽溺し、どこか斜に構えた人物であるが、ユーモアは忘れない。しばしば口にする皮肉もひねったユーモアのあらわれにほかならない。また、間違えたことを認めるだけの余裕もある。無論、間違えたあとに正しく推理しなおせるだけの力量の持ち主だからであるが、それも余裕があるからこそだ。手がかりというエビデンスを押し付けるわけでもない。手がかりが手がかりであるための理由、周辺状況の適切な解説が必ず添えられる。こうした手がかりのネットワークが、おそらくあらゆる場面のあらゆる専門家に求められているのだろうと思う。政治や産業、報道や医療、教育や福祉など、さまざまな分野で一般の人々からすると説明が足りない。最低限、共有されるべき信頼できる情報というものが必要だ。とかく情報の量だけが多く、その質が問われることは少ない。この状況を改善することが急務と思える。

わたしたちが皆、名探偵になる必要はない。しかしながら「ごく普通に考える」ことをあらためて始めるべきなのではないだろうか。

＊1　『体育館の殺人』単行本　北村薫推薦コメントより

＊2　詳しい改稿については「黄金の羊毛亭」サイトの以下ページを参照されたい。

体育館の殺人／ネタバレ感想
http://www5a.biglobe.ne.jp/~sakatam/book/gym.html

＊3 「野性時代」にて連載された「本格探偵小説の『第三の波』」（一九九五年十一月号～一九九六年四月号）は後に『探偵小説論II』（一九九八年）として刊行されている。

＊4 エラリー・クイーン・ファンクラブ会誌「Ｑｕｅｅｎｄｏｍ」に書かれた諸論考は、後に『エラリー・クイーン論』（二〇一〇年）として刊行されている。

＊5 小森健太朗『探偵小説の論理学』南雲堂　二〇〇七年

＊6 諸岡卓真『現代本格ミステリの研究』北海道大学出版会　二〇一〇年

＊7 詳しくは拙論「推理小説の形式化のふたつの道」（限界研編『21世紀探偵小説』収録）を参照のこと。

特殊設定ミステリ
プロトタイピングの可能性

――白井智之論

宮本道人

はじめに　SFプロトタイピングの新たな可能性を白井作品に見出す

白井智之の作品は劇薬である。その作品群に触れた読者は高確率で不快感を覚えるが、一方で自らの常識を更新させられる異様な体験に投げ込まれる。本稿では、そんな白井作品の分析を行う。その際に補助線として利用するのが、「SFプロトタイピング」という概念である。「SFプロトタイピング」とは、未来を考える際にフィクション作成を土台にする手法である。日本では特に二〇二〇年代に入ってからビジネス業界で注目を集めるようになり、様々な企業が事業開発や新人研修などに取り入れるようになった。[*1]

このSFプロトタイピング的な観点で見て、白井作品は新しい可能性を持っているというのが、本論の主張である。実はこれまでのSFプロトタイピングでは、ミステリ的アプローチはほとんど取られてきていない。しかし、白井が得意とする特殊設定ミステリの枠組みとSFプロトタイピングには、とても相性の良い部分が存在する。[*2]本論では、それを「特殊設定ミステリプロトタイピング」と名付け、白井作品がどのような点で、その新しい可能性を作り出しているのかを探ってゆく。

論に入る前にまず、白井について簡単に紹介しておこう。白井智之は一九九〇年生まれ、二〇一四年に『人間の顔は食べづらい』で第三十四回横溝正史ミステリ大賞の最終候補作となりデビュー。『東京結合人間』『おやすみ人面瘡』『お前の彼女は二階で茹で死に』『名探偵のはらわた』など、作品を発表するたびにミステリランキングの上位に入る、若き新鋭である。白井作品の多くに共通する特徴は、我々の住んでいる現実と少し異なる世界を舞台とし、猟奇的かつ性的でグロテスクな要素をてんこ盛りにしていること。綾辻行人はそんな白井を「鬼畜系特殊設定パズラー」と呼んだ。その性質から作品を批判されることもあり、たとえば『少女を殺す100の方法』は、そのタイトルからして問題視するツイートを見かけることもあった。筆者自身、白井作品を人に無条件に薦められるかというと、それは躊躇してしまう。あくまでフィクションはフィクションとして現実から切り離すことができ、非倫理的で不愉快な描写も気にしないという心の持ち主のみが、白井作品を楽しめるであろう。

では、そんな白井作品のどこにSFプロトタイピング作品的な要素があり、逆にどこがSFプロトタイピング作品的ではないのだろうか。

多くのSFプロトタイピング作品では、何かしら現在の世界にないガジェット設定が登場し、それが社会に引き起こす影響が描かれる。未来に焦点が当てられることが多いが、特に未来予測的でなくても問題はない。オルタナティブな世界を想像し、そこから現代社会に活用できる示唆を得られさえすれば、それだけでSFプロトタイピングには十分なビジネス価値が存在する。まずこの意味で、白井作品は「SFプロトタイピング作品的」であると言える。

一方で、SFプロトタイピング作品には過激な要素が登場することは少なく、これが白井作品との大きな違いである。過激な要素が排除される理由は単純だ。SFプロトタイピングというものは、実施している企業や自治体、かかわる作家やコンサルタントなどによって手法の細かい差異はあれど、基本的には企業と作家がワークショップや会議[*3]などを行ってサイエンスフィクション作品を作成し、そのなかで自分たちの想定する未来像の解像度を上げていったり、他の企業が考えていない独自の未来を創造してゆくことが多い。この際、企業は自社の製品に悪いイメージが付与されることを嫌い、「明るい未来を描いてほしい」「殺人や犯罪はNG」といった要望を出しがちなのである。

　さて、この点が、本論のミソだ。闇と向き合わない限り、SFプロトタイピングのメリットは半減する。というのも、SFプロトタイピングは、新しい事業が潜在的に抱えている問題をあぶり出したり、未来社会の課題への対抗策を探るために用いたり、タブーに潜んでいたイノベーションを発見したりすることもできるものだからである。

　ただもちろん、企業がアウトプットとして提出する作品で社会の闇の側面と向き合うことを避ける、というのには理解できる部分もある。発信が部分的に切り取られてしまうリスクもある社会のなかで、過激なことはおいそれとできないだろう。

　そこで「ミステリ」なのである。ダークな事柄を正面から描いていても「ミステリ」といってしまえば問題なく通過することもある。また、読んだだけで課題を能動的に考えさせるということは、現状のSFプロトタイピングではあまりできない。しかしこれから説明するように、ミステリを用いれば、そういったことも可能になるのだ。
そこで、SFプロトタイピングを超えた「特殊設定ミステリプロトタイピング」を技法として開発しようと考えた際に、白井作品から学べるものを、本論では特に以下の四つの要素を挙げて分析してみたい。

1：非現実的な設定を導入し、いまの社会構造に潜む問題をあぶり出す
2：社会問題を再解釈し、ガジェットのなかに溶け込ませる
3：加害者の思考をトレースさせ、異なる倫理観を能動的に想像させる
4：推理を語る探偵役の交代により、社会構造の認識をあらためさせる

それでは、それぞれについて説明してゆこう。

1：非現実的な設定を導入し、いまの社会構造に潜む問題をあぶり出す

まず、白井作品の中では、犯人当てで焦点が当てられる被害者とは別に、ガジェットや設定に振り回される被害者や、それが原因で死に至る人物が存在することが多い。

『人間の顔は食べづらい』の中では、食用にクローン人間を育てる施設があるという設定が登場する。家畜の肉がウイルス汚染されたという恐怖から、タンパク質を主にクローン人間から摂取するしかなくなってしまったというのだ。これらは違法ではなく、クローン技術規制法、非自然人の権利に関する法律など、様々な法律が議論されているという設定も登場する。顔がついていると気持ち悪いという理由で、クローン人間は首を切られて出荷される。必然的に、この小説では、今の社会通念で考えたときには「殺人」とされる出来事の多くが、ミステリ的に焦点が当てられることなく「流される」のである。

もう一つ例を出そう。『おやすみ人面瘡』では、全身に顔状の瘤が生まれる感染症が登場する。この病気は場合によっては死に至る病であると同時に、感染者に様々な社会的障害を負わせる。というのも、瘤は他人の咳に敏感であり、咳を聞くと暴れだしてしまうのである。そのためにこの世界では、遮咳マスクと呼ばれる、咳の音が漏れるのを防ぐためのマスクが存在する。そして、病気ゼロを掲げる自治体は、感染者がいることを隠蔽しようとしたりもする。こういったなかで、社会の闇や貧困層が陥る問題が描かれてゆくのである。これらの設定を聞いた読者のなかには、コロナ禍での状況を思い浮かべた方もいるだろう。しかし本作はコロナ禍以前に書かれた作品である。つまり奇病は非現実的な設定ではあるが、もしも何かしら似たような現象が起きた時にどうなるか、いまの社会構造に潜む問題をあぶり出す装置としても機能している。

このような設定の導入は、過去のＳＦの系譜にも沿うものである。たとえばこれまで、ジェンダーSFのジャンルでは、ディストピア的な設定を用いて、社会に潜むジェンダー観の問題点を問い直す作品が作られてきた。マーガレット・アトウッドによる一九八五年の長篇『侍女の物語』では、生殖能力を持つ女性が奴隷として扱われる社会が舞台になり、コニー・ウィリスの一九八五年の短篇「わが愛しき娘たちよ」では、性と生殖が切り離された社会が描かれた。こうした作品では、露悪的な形で架空の世界の異常性が見せつけられることで、センセーショナルな話題を呼ぶことになった。白井作品にもジェンダーSF要素はたびたび登場し、たとえば『東京結合人間』は、男女が互いの身体を融合させて一人の人間になるという設定を導入している。白井作品におけるジェンダーの扱いはそれ自体が主軸のテーマに据えられるものではないのだが、読者を社会の闇に肉薄させて現状の世界の在り方への懐疑をもたらすものであることは間違いなく、単に「エログロ」の一言で終わらせられるようなものではまったくないのである。

2：社会問題を再解釈し、ガジェットのなかに溶け込ませる

白井作品の特殊設定要素は、露悪的な趣味だけによって書かれているのではなく、「社会派」としての意識に基づいた部分もあることは、作中の細部から少しずつ透けて見える。特に白井が注目する社会問題は、単純に大きな話題を呼んでいるものだけではなく、人々が見てみぬふりを

しそうなトピックが多い。

たとえば『東京結合人間』では、作中で『あかいひと』という架空の映画が登場する。この映画は、架空の性感染症「羊歯病」にかかって差別を受けている少年が、助けてくれた家族を惨殺してしまうというストーリーであると設定されている。作中の文章の一部を切り出すと、以下のような説明がある。

主役の少年を実際の羊歯病患者が演じたことで、監督を非難する団体も現れたが、結果として「あかいひと」は多くの映画賞を総ナメにした。社会のタブーを打ち破り、患者を健常者と同じ舞台に立たせたというのが理由だった。[*4]

これは明らかに、現実に存在する映画『おそいひと』のオマージュである。『おそいひと』は、脳性麻痺の障害者が殺人鬼になるというストーリーで、実際に障害のある人物が主演を務めたことで話題を呼んだ作品だ。『あかいひと』と『おそいひと』は、感染症か障害かという違いはあれど、『あかいひと』に関する作中の説明を読めば、『おそいひと』に様々な点で似せて作られた架空の映画だということが理解できるはずだ。患者や社会的弱者が周囲に牙をむくという設定は、様々な白井作品で繰り返し見られる設定の一つでもある。これらが『おそいひと』をめぐる様々な議論をふまえた上で描かれているとしたら、それらはどれも社会的な意識をある程度持っていると言えるだろう。

白井が社会派要素の強いドキュメンタリー作品をチェックし、自作に活かしていることは、本人のインタビューからも読み取れる。『人間の顔は食べづらい』についてのインタビューで、白井は着想を聞かれ、以下のように答えている。


この設定を考えたのは、「Foie gras, force feeding under scrutiny」という海外の映像がきっかけです。フォアグラができるまでを記録したものなんですが、鴨の口から胃へ金属の管を差しこんで、食餌を注入する場面があるんです。これを人間でやったら面白そうだなと思い、食用人間の設定を考えました。[*5]

この映像は、フォアグラの生産過程が非倫理的であるとして、フォアグラの廃止を訴える非営利団体 Stop Gavage が作成したもの。「これを人間でやったら面白そう」という言い方は過激であるが、白井がこの映像を見ていること自体、社会派意識が高いという証左といえる。

また、同じインタビューのなかで、白井はこれまでに最も怖いと感じた作品を聞かれ、貴志祐介の小説『天使の囀り』、藤子・F・不二雄の漫画『絶滅の島』、白石和彌監督の映画『凶悪』などを挙げているが、これらも社会派要素が強い作品であり、こうしたものを白井が好んでいる傾向が読み取れる。

以上挙げてきたような社会派要素は、白井作品のなかではあまり表立ってアピールされることがない。目立っているのは、ひたすらに露悪的要素ばかりである。そのため、なかなか白井のスタンスは読み取りにくい。しかし、白井は社会派要素をガジェットのなかに溶け込ませて隠すことで、読者に自ら社会派要素を考える空白を残しているとも読める。

そう、読者が社会派要素だけに興味があるのであれば、普通の社会派ミステリを読んだほうがいい。たとえば近年の社会派ミステリとして、天祢涼の『希望が死んだ夜に』という作品がある。この作品では、子供の貧困などのトピックを正面から扱っており、間違いなく読者は社会問題への意識をかき立てられるはずだ。

では、白井作品のような特殊設定ミステリで社会派要素を考えることには、普通の社会派ミステリに比べて何のメリットがあるのか。それは、もとの社会問題を、実際に考えられていたこと以上の規模で「再解釈」できるという点にある。白井作品のように、社会問題を特殊設定のなかに導入すると、「どのような問題があり得たのか」が現実的ではない選択肢まで含めて見えてくる。これにより、社会問題の新たな側面に光が当てられるのである。

わかりやすい例を挙げると、白井は『名探偵のはらわた』で、死んだ殺人犯が蘇るという設定を用いて、歴史上の有名犯罪を（脚色を加えつつ）取り上げているが、そこでは過去の犯罪の真相の新解釈を打ち出すような形で物語が展開される。このようなスタイルは、実際に様々な事件をしっかりと調べた上で、当時見落とされていた視点を補完してゆくといった方法論でないと書けないものである。もちろん本作はフィクションであり、史実をあえて曲げている部分も多い。しかし、社会的に作られていった当時の思い込みなどを現代的な目線で問い直す批評性は、たいへん重要な観点だ。

3：加害者の思考をトレースさせ、異なる倫理観を能動的に想像させる

大きな世界設定だけでなく、キャラクターの言動や設定などにも、いちいち非倫理的だったり生理的に嫌悪感を催す要素が入り込んでいるのが、白井作品の特徴である。たとえば『お前の彼女は二階で茹で死に』では、身体がミミズのような性質を持ってしまう遺伝子疾患が登場し、それを持つ人物たちに向けられる熾烈な差別が描かれる。現実を超えた異常なキャラクター設定をふまえて、真相を考えること。これによって、読者は自らのなかに存在する差別的な感情に気づかざるを得なくなる。

さらに『お前の彼女は二階で茹で死に』では、読者に加害者の思考をトレースさせる、おぞましいテクニックが生み出されている。加害者がどの相手に犯行を行ったかによって、別の犯罪の推理がパターン分けされるといった状況が生じてしまうのだ。これにより読者は、本来考えるだにおぞましい加害者の心理を考えざるを得なくなる。これはまっとうに生きている人間にとって

経験があまりないことだと思うが、別の側面から見ると、加害者の心理の想像は防犯対策にも繋がる重要なことだ。そのほかの白井作品でも、キャラクターの状況が、ある意味では被害者で、ある意味では加害者だという場合もあり、そのせめぎ合いはふだん見て見ぬ振りをしている社会の暗部を覗き込むことに繋がってゆく。

このような非倫理的な設定、異常性に基づいた差別に目を向けさせる視点は、読者がトリックを見抜こうと考えると、どうしても考えざるを得なくなるものになっている。つまり白井作品は、別の倫理観に身をおいて能動的に社会を考えることを、読者に誘発させるのである。そのなかで読者は、自分が所与のものとして捉えていた感性は正しいものだったのか、問い直さざるを得なくなる。そもそもここではじめに「非倫理的だったり生理的に嫌悪感を催す要素」と書いたこと自体にも、本来そう考えるべきではないものが含まれているかもしれないのだ。

ミステリ的な側面から考えると、これは逆に、異常な要素を大量に読者に与えることで、トリックになる部分をマスクする効果を生んでいると見ることもできる。つまり、特殊設定のために社会派要素を利用しているが、一方で、社会派であるために特殊設定があるとも言えるのである。あるいは、倫理で論理が攪乱されていると同時に、論理で倫理が攪乱されていると表現することもできるかもしれない。

このような仕組みは、露悪的な度合いは違えど、過去のＳＦミステリにも見られるものである。たとえばアイザック・アシモフによる一九五六年の長篇『はだかの太陽』では、人間同士の直接の接触がタブーとなったロボット社会での殺人事件が描かれ、ロボット三原則が問い直される。ロバート・J・ソウヤーによる一九九七年の長篇『イリーガル・エイリアン』では、内臓に関する言及がタブーになっている文化のエイリアンが裁判にかけられ、異なる文化に属する存在を自国のルールで裁く難しさが提示される。松尾由美による一九九四年の連作短篇集『バルーン・タウンの殺人』では、人工子宮が普及した未来で、あえて母体での出産を望む妊婦たちが住む街を舞台に、妊婦が容疑者になるような殺人事件が描かれ、妊娠と殺人という普通あまり一緒にされない組み合わせに読者の目を向けさせる。白井作品は、こうした方法論と共通する部分を持ちつつも、より露悪的な描写を多用することで、読者が直感的に違和感と向き合うよう誘導している。

4：推理を語る探偵役の交代により、社会構造の認識をあらためさせる

さらに言えば、白井作品の探偵も、こうした倫理と論理の外側にいるわけではない。そもそも探偵役が誰なのか不明な状態で進む作品も多く、たいていの場合、当事者として事件に巻き込まれている人物達が推理合戦を繰り広げる多重解決ミステリの形式を取ることが多い。これにより読者は、様々な人間の思考を能動的に追うことになる。そしてたいてい、思ってもいなかった人物が推理を披露し始め、それによって人が動いてゆく様子を驚愕とともに見つめることになる。

この多重解決ミステリという形式自体、思い込みで動いてしまう人々へのカウンター的な存在になっているとも言える。[*6] 二〇一二年に起こった「パソコン遠隔操作事件」を思い返してもらいたい。これは、犯人がネット掲示板の「2ちゃんねる」を介して複数人のPCを操って殺害予告などを行い、マスコミが翻弄され誤認逮捕も発生するという事件であった。また近年では、web上でリアルタイムに真実が追求されるあまり不確実な真相でも私刑に繋がってしまう、といった問題も増加している。こういった状況に対し、多重解決ミステリは、一つの真実を信じすぎないでいる姿勢のトレーニングにも使えるかもしれない。

では、ほかの多重解決ミステリと白井作品の違いはなんだろうか。それは、推理を戦わせ合う人物が、もとは互いにフラットな関係ではないというところにある。白井作品では、ガジェットや設定に振り回されていた被害者や、虐げられていた弱者が、突如として推理を語り出す。そこには特殊設定の存在があるため、推理をする人物の意外性も上がるし、その特殊設定に関係する人物ならではの視点が重要になる場合もある。その推理が正しいか正しくないかは別として、それは周囲の人間を振り回す。つまり探偵役のバトンタッチのたびに、読者は社会構造に対する認識をあらたにすることになる。我々は無意識のうちに、誰が弱くて誰が強いと決めつけてしまう。少ししか描写されていない職業や設定から、キャラクターの頭の良さや判断力といったものを、勝手にステレオタイプにつられて判断してしまっているのだ。白井作品は、その思い込みを覆してくるのである。

おわりに　特殊設定ミステリプロトタイピングの活用法

ここまで「特殊設定ミステリプロトタイピング」の技法として白井作品から学べる四つの要素を見てきた。

それらをふまえ、特殊設定ミステリプロトタイピングは何に使えるのか、ここでは以下、五つのフィールドを提案しておこう。

【防犯】

ストーカー対策、テロ対策、サイバーセキュリティなどの防犯分野で、犯人側の動きを様々なパターンで考えるのに、特殊設定ミステリは有用だ。セキュリティ企業だけでなく、危険な地帯に赴く必要のある企業などにも、得るものがあると思われる。[*7]

【タブーからのイノベーション】

以前はタブーにされていたものを考えていった先にイノベーションが生まれたという例は枚挙に暇がない。たとえばインドではつい最近まで生理の話題がタブーにされることが多く、女性がまともに生理用品を購入できる環境がほとんどなかった。ある意味、インドでは「生理用品が普及した社会」は「特殊設定」と捉えられていた側面もあったはずだ。しかし、それを覆すビジネスが生まれ、状況が一気に変わっていた。このように、タブーにチャレンジした先でビジネスを生むのに、特殊設定ミステリは有用だ。

【自社のサービスや製品の問題点を探る】

自社の製品やサービスに潜む問題点や、それが暴走した際に起こりそうなトラブルを考えることが、特殊設定ミステリを通して可能になる。企業は炎上を防ぐという意味でも、事前に事業に関するフィクションを作成し、その問題点を様々な角度から検討しておくことは有用だろう。その際、カンフル剤的に過激なミステリを題材に議論を戦わせるというのも、良い方法だと思われる。

【リスクマネジメント研修、倫理教育】

未来に発生し得るリスクや、自分たちの現在の常識とは異なる倫理の在り方を考えることは、現代人にとって必須のスキルである。社員研修や幹部研修で特殊設定ミステリプロトタイピングのワークショップを行うことはもちろん、様々な教育の現場に取り入れることも考えられる。

【ＥＬＳＩ課題の議論】

近年では、科学技術が抱える倫理的・法的・社会的な課題（ＥＬＳＩ：Ethical, Legal and Social Issues）について議論する方法が、学術の場を中心に求められるようになっている。このようなシーンでは、特殊設定ミステリ世界での法律を考えるなどの手法が適用できる。

以上、五つのフィールドでの使い方を提案した。

もちろん白井作品的なものは、企業で使うにはあまりに露悪的すぎて、「そのままでは」使えないだろう。これらがＳＦプロトタイピング的に見て理想的な作品というわけではまったくなく、あくまで参考になる作品というだけだ。特に白井作品的な方法論を取ったときに気をつけなければいけない「チェックポイント」を二点言っておこう。

一点目は、そのまま過激な思考を発信することのリスクだ。先日、吉野家の常務取締役が「生娘をシャブ漬け戦略」と発言したり、内閣府の資料で「壁ドン教育」という提唱がなされたりしたことがＳＮＳで炎上したことを思い出してほしい。

二点目は、様々な方面に配慮が求められるという問題だ。たとえば藤本タツキの漫画『ルックバック』は公開後に、京都アニメーションへの放火殺人事件を想起させ、その被害者やその関係者らへの配慮が欠けているといった指摘、および作中での犯罪者の描き方が精神疾患を抱える患者に対する偏見を助長するといった批判などを受け、表現を修正することになった。

そもそもミステリにおける「犯罪」は、パズルのピースをはめる枠であり、パズルのピースそのものにもなる。つまり企業がゲーム性をもって犯罪を捉えるということにもなるため、特殊設定ミステリプロトタイピングの発信の際には、このようなチェックポイントにしっかりと気を配る必要がある。最初から過激なことの発信が不可能と分かっている場合、内部では過激なアイデアを出しつつも、外部発信の際には「日常の謎」のようなジャンルに落とし込んでゆく、二段構えのような方法論も想定したほうが良いだろう。

さて最後に、実際に企業が特殊設定ミステリプロトタイピングを導入するとしたら、どのように行うべきか、方法論を提示しておこう。

STEP1：目的を決め、作品を発信することのリスクや求められる配慮を事前に洗い出しておき、プロジェクトのゴールとNG事項を言語化する（上に挙げた五つのフィールド、二つのチェックポイントを参考に）

STEP2：SFプロトタイピングのワークショップ設計に長けた人物、ミステリ作家、知りたい領域の専門家などに協力を依頼する

STEP3：そこで依頼した人物たちと自社の社員などでワークショップを行い、自社がこれから扱っていきたい領域をブッ飛んだ空想とかけあわせ、特殊設定を創り出す

STEP4：特殊設定のもとで起こるトラブルや犯罪、そこで虐げられる者は誰か、その解決

策はなにかなどをワークショップで議論する

STEP5：それらをもとに、ミステリ作家が作品執筆に適したストーリー、トリック、真相などのプロットを提案し、企業側が確認、フィードバックを行う

STEP6：作家が執筆を開始。並行してワークショップを開き、偽の真相と容疑者、真相を確定するロジックと伏線などを共同で考案し、特に企業は作家からの質問に答えてアイデアを提供する

STEP7：作品がほぼ完成に近づいた段階で、社内の関係者に読んでもらって議論を行い、新たな自社のビジネスを考える

STEP8：そこでのフィードバックをふまえて作品を修正し、ワークショップ実施プロセスの記述とともに、オウンドメディアなどで社外に発信する

これはあくまで一案なので、ほかにも方法論は無数に考えられる。ワークショップの細かい手順もここでは示さないが、様々なやり方が考えられる。[*8] ミステリ作家も呼ばず、作品も公開せず、社員研修でワークショップを行うだけでも良い。さらにいえば、別に企業で大きく導入しなくとも、社員一人で勝手に特殊設定ミステリプロトタイピング的な思考を繰り広げることはいくらでもできる。それは、犯罪者的な思考を身につけるということを意味しない。自らのなかに潜む偏見や問題点と向き合い、新たなアイデアを生むことに繋がるだろう。もちろん、素人がちゃんと

したミステリを書くのは非常に難しい。でも、ここでは作家デビューが目的ではなく、単にアイデアを出すことが重要なのだから、出来なんて気にしなければいいのだ。
特殊設定ミステリプロトタイピング的な方法論が流行するかどうかは、これからの社会がしっかり負の側面を捉えた上で次に進めるかを決める分水嶺になるかもしれない。今後、ほかのミステリ作品も細かく分析することで、ワークショップ手法やプロトタイプ作品共作技法をより丁寧に確立させてゆくことができるはずだ。読者の皆さまもぜひ、本論で考察した白井作品の示唆をふまえ、自分の好きなミステリを考察し、ここに新たな可能性を切り拓いていっていただければ幸いである。

謝辞　本稿執筆時の情報収集にあたり、JST JPMJRX18H6「想像力のアップデート：人工知能のデザインフィクション」および JST JPMJRX21J6「責任ある研究とイノベーションを促進するSFプロトタイピング手法の企画調査」の支援を受けました。ここに記し感謝申し上げます。

＊1　SFプロトタイピングについて、詳しくは拙編著『SFプロトタイピング　SFからイノベーションを生み出す新戦略』を参照。

＊2　ほかにSFプロトタイピングと相性の良いミステリジャンルには、「サイバーミステリ」がある。この可能性については『SFプロトタイピング　SFからイノベーションを生み出す新戦略』のなかで『サイバーミステリ宣言!』を紹介しているほか、オンラインイベント「Scan勉強会#05「SFプロトタイピング ~ サイバー攻撃の非対称性を無効化する兵器とは」」で一田和樹らがその可能性を語るなど、各所ですでに議論がされ始めている。

＊3　そもそも白井作品は「出版社以外の企業などがクライアントになって、作家とともに作品を作る」といったような、SFプロトタイピング的プロセスで作られているわけではない。内容面で本作がSFプロトタイピングに示唆を与えてくれる作品であると考え、こうして取り上げていることには注意されたい。

＊4　『東京結合人間』四〇—四一頁

＊5　「『人間の顔は食べづらい』文庫化記念、白井智之インタビュー&綾辻行人、有栖川有栖、道尾秀介からの質問状」を参照。

＊6　藤田直哉『娯楽としての炎上　ポスト・トゥルース時代のミステリ』でも、webでの炎上と多重解決ミステリの関係性が考察されている。

＊7　このようなケースでは、アメリカの海兵隊戦闘研究所やフランス海軍がSFプロトタイピングを実施した事例が、（ミステリとは言えないが）人が死ぬということも考慮に入れて、未来に起こり得る危険を考えた例として参考になる。

＊8　ＳＦプロトタイピングの詳しいワークショップ手法については、拙編著『ＳＦ思考　ビジネスと自分の未来を考えるスキル』を参照。

参考文献

アイザック・アシモフ『はだかの太陽〔新訳版〕』小尾芙佐訳　早川書房、二〇一五年
天祢涼『希望が死んだ夜に』文藝春秋、二〇一七年
一田和樹、遊井かなめ、七瀬晶、藤田直哉、千澤のり子『サイバーミステリ宣言！』角川書店、二〇一五年
コニー・ウィリス「わが愛しき娘たちよ」　コニー・ウィリス『わが愛しき娘たちよ』大森望訳　早川書房、一九九二年所収
柴田剛監督『おそいひと』二〇〇七年
白井智之『お前の彼女は二階で茹で死に』実業之日本社、二〇一八年
白井智之『おやすみ人面瘡』角川書店、二〇一六年
白井智之『少女を殺す１００の方法』光文社、二〇一八年
白井智之『東京結合人間』角川書店、二〇一五年
白井智之『人間の顔は食べづらい』角川書店、二〇一四年

白井智之「『人間の顔は食べづらい』文庫化記念、白井智之インタビュー&綾辻行人、有栖川有栖、道尾秀介からの質問状」カドブン、二〇一七年
(https://kadobun.jp/feature/interview/36.html　閲覧日：二〇二二年五月一三日)

白井智之『名探偵のはらわた』新潮社、二〇二〇年

斜線堂有紀『楽園とは探偵の不在なり』早川書房、二〇二〇年

ScanNetSecurity 主催イベント「Ｓｃａｎ勉強会#05「ＳＦプロトタイピング ～ サイバー攻撃の非対称性を無効化する兵器とは」」オンライン、二〇二一年七月九日開催

藤田直哉『娯楽としての炎上　ポスト・トゥルース時代のミステリ』南雲堂、二〇一八年

藤本敦也、宮本道人、関根秀真編著『ＳＦ思考　ビジネスと自分の未来を考えるスキル』ダイヤモンド社、二〇二一年

藤本タツキ『ルックバック』集英社、二〇二一年

マーガレット・アトウッド『侍女の物語』斎藤英治訳　新潮社、一九九〇年

松尾由美『バルーン・タウンの殺人』東京創元社、二〇〇三年

宮本道人監修・編著、難波優輝、大澤博隆編著『ＳＦプロトタイピング　ＳＦからイノベーションを生み出す新戦略』早川書房、二〇二一年

ロバート・J・ソウヤー『イリーガル・エイリアン』内田昌之訳　早川書房、二〇〇二年
Stop Gavage「Foie gras, force feeding under scrutiny」二〇〇四年
(https://stop-foie-gras.com/　閲覧日：二〇二二年五月一三日)

唯物論的な奇蹟としての推理

——井上真偽論

杉田俊介

『恋と禁忌の述語論理』『その可能性はすでに考えた』『翼ある闇』のネタバレを含みます。

井上真偽の『その可能性はすでに考えた』(二〇一五年)では、主人公の探偵に挑戦するライバルたちは、ネット上の炎上案件のように屁理屈やでっち上げを用いて、事件の(疑似的な)解決を示そうとする。そこでは探偵小説の「真相」は、論理やエビデンスを軽視し、集団的な情動によってファクトを圧し潰すような、ネット社会の非事実的な「真理」に近づいてしまう。

評論家の藤田直哉は『娯楽としての炎上』(二〇一八年)で、ポストトゥルース時代のミステリの代表作として、『その可能性はすでに考えた』を真っ先にとりあげている。インターネット環境の普及のもと、現代政治のあり方は「ポストトゥルース政治」と呼ばれるような地殻変動を引き起こした。何が真実(トゥルース)で何が虚偽(フェイク)なのかがわからない。そこでは真偽のみならず、道徳的な善悪の基準も決定不能になる。炎上、私刑、デマ、嘘、操り、多重解決……等々が常態化された情報環境のもとでは、論理/フェアネス/真理などの価値を尊重する従来の意味でのミステリや探偵小説は、そもそも、成立不可能であるかに思えてくる。

どんな真理を捏造しようが、嘘とデマによって大衆の情動を煽ろうが、結果的に力ずくで勝利できれば何をしても構わない。たとえば『探偵が早すぎる』(二〇一七年)のような作品を読むと、井上もまたそうした「時代の弱点」(石川啄木)を深い場所で共有している。ただし井上は、まさに自分(たち)のそうした弱点を精神分析し、自己批判的に検証するために、『探偵が早すぎる』を書いたのだろう。実際にこの長編小説では、探偵たちの犯人に対するマウンティング欲望とは、古代人類の「タリオ」と呼ばれる宗教的戒律の形骸化でしかない、とされる。

この場合大切なのは、井上真偽が『その可能性はすでに考えた』において、真偽や善悪の基準がはてしなく相対化され溶解していく中でも、なおも論理やフェアネスの価値をぎりぎりまで重視しようとしている、という点である。なぜ論理やフェアネスが重視されるのか。それはおそらく、井上は他者とのコ、ミ、ュ、ニ、ケ、ー、シ、ョ、ン、を重視するからだ。論理や公正さを通して（それらを開通路として）、この世界には世俗的功利性を超えた固有の愛＝欲望があり、人類には究極的な善意がまだ残されている、という「奇蹟」を証明してみせるためである。

理性の上ではシニカルであれ、意志の上では楽観的であれ。これが井上真偽的な倫理の逆説である。

以下ではその意味を具体的に見ていく。

＊

井上が最初に刊行した長編作品『恋と禁忌の述語論理〔プレディケット〕』（二〇一五年）では、僕（詠彦）が語り手となり、その叔母である硯という女性が安楽椅子探偵になる。彼女は数理論理学の天才であり、若くして財をなして悠々自適の生活を送っている。硯は、教科書的な論理学の知識を度々詠彦にlessonするので、読者もそれを自然に学べる、という構成になっている。

硯は、詠彦が持ち込む三つの事件のエピソードを聞いて、論理学の原則に基づいて事件を解決する。物理学者が自然法則を明らかにするように、論理学者は人間の思考を支配する論理法則を明らかにするべきだ、と硯は考える。ただし、数理論理学においては、形式的証明が全てであり、動機等の「人間的」な要素は無意味とされる。人の心（内面）には踏み込まず、倫理的な価値判断にも関与しない。それが安楽椅子探偵としての硯のスタンスである。

詠彦が話し聞かせる各事件には、特徴的な探偵役たちが登場する。花屋探偵（人間の心を重視し、花占い推理を行う）。中尊寺先輩（天才的な仮説立案力の持ち主）。そして上苙丞（キリスト教の七つの大罪の象徴によって、将来起こる不吉な出来事を予知し、また犠牲となる人に聖痕が見える。ちなみに上苙丞は『その可能性はすでに考えた』シリーズの主人公だが、そちらには超能力者という設定はない）。つまり、硯vs探偵たちの推理バトルの形式になる。いずれの戦いでも、硯が最終的にはメタ的な勝利の位置を占める。それが三度繰り返される。これが基本パターンとなる。

ちなみに硯は詠彦に恋心を持っているが、詠彦は中二病的主人公の典型のように鈍感で、彼女の恋心に気づいていない（という見え見えの会話が度々差し挟まれる）。つまり探偵役としての硯は、赤の他人の犯罪を徹底的に論理的にあばくが、自分の恋愛感情については少しも論理的になれない。硯と詠彦の探偵／ワトソン的な関係はそうしたベタなものに見える——が、ここには仕掛けがある。

三つの事件が三つの章（lesson）で語られたあと、最終章は「進級試験」と題される。じつはここまでの詠彦は、幼なじみのある女の子の殺人計画を手助けするために、完全犯罪のプランを立案していた、という事実が明らかになる。つまり詠彦は、その殺人計画の完全性を事前にテストしチェックするために、過去の事件を題材とした架空の事件を創作し、それを名探偵である硯に披露していたのである。もしも天才である硯にすらもその事件の謎を解決できないなら、それは完全犯罪と呼びうるはずだ。すなわち、そもそもまだ起こっていない未来の犯罪、来るべき完全犯罪が『恋と禁忌の述語論理』という作品の空虚な中心なのであり、そのまわりに複雑で多重的な推理合戦が展開されていた、ということになる。

さらに詠彦の側にも、真の動機があった、と判明する。彼もまた本当は、叔母である硯のことを愛していた。しかし、自分が硯を愛するためには、天才の彼女と対等以上の人間にならねばならない。彼女の高みに追い付かねばならない。こうした詠彦の心＝動機こそが、読者の目から一貫して隠されていた。この作品の中心にあったのは、こうした意味でのねじれた叙述トリックであり、それこそが読者に対して仕掛けられた最大のトリックだったと言える。

ポストトゥルース時代（人間性のラディカルな記号化の時代）のミステリの典型としての多重解決／推理バトルを描きつつ、それをメタ的に超えるものとしての恋愛感情（欲望）の固有性を、最後の「謎」（真理）としてフィクションの構造的中心に埋め込むこと。作品の複雑な構成と叙述トリックを用いて、井上真偽はそのデビュー作の中で、彼にとってのミステリの基本構造を、そしてそれを通して表現すべき愛＝欲望（人間の善性）のあり方を読者に示してみせたのだ、と考えられる。

とはいえ、素朴な疑問は残る。つまり、こうである。可能的な諸真理の束においてはどの選択の価値もフラットになり、等しく無意味になる、という厄介なニヒリズム的環境に対して、それを人間主義的な欲望（恋愛）の固有性によって超えてみせる――というのは、感傷的でヒューマニズム的な解決方法にすぎない、という危うさもあるのではないか。

ひとまず注視しておきたいのは、井上的世界ではこうした恋愛＝欲望の次元すらもマウンティング合戦であらざるをえなかった、という点である。詠彦は硯にマウンティングせねば愛せない。「lesson」という形式も、作者から読者へのマウンティングであるとも取れる。しかし、そのうえで、次のこともまた予感的に言える。もしも詠彦と硯がここで両想いの恋愛を成就したならば、探偵たちが犯罪という芸術の中に求める奇跡よりももっと偉大な奇蹟になりえたのではないか、と。重要なのは、他者に対するマウンティング欲望を通してしか示しえない愛がこの世界にはある、と井上が信じていることだ。そしてこのテーマはさらに次作において徹底化されていく。

*

これらの点を確認した上で、あらためて井上の二作目の長編小説『その可能性はすでに考えた』を読んでいこう。

名探偵の上苙丞は、一般的な探偵とは異なり、論理と正義の先にある「奇跡」をむしろ信じたがっている。奇跡の存在証明のために探偵をしている。彼は不可解な殺人事件を徹底的に合理的に解決しようとする。しかしむしろ自分の推理が完全に敗北すること、合理性の徹底の果てに真の非合理的なもの（奇跡）が到来することを待ち望んでいる。そのような逆説的な探偵である。たとえば法月綸太郎的な探偵が人知の悲劇的限界に苦悩しつつどこまでも人間であろうとし、麻耶雄嵩的な探偵が自らを超人間的な神と化したとすれば、井上的探偵は、人知の及ばない限界を待ち望み、それによって逆説的に神の奇蹟を証明しようとする。

上苙丞のもとに渡良瀬莉世という依頼人が訪れる。莉世は、自分は一〇年以上前に殺人を犯したかもしれないので、調査してほしい、と依頼する。彼女は少女時代に、ある新興宗教団体が作った山奥の閉ざされたコミュニティで暮らしていた。

そこでわたしは――と、彼女は語る――ドウニという男の子と親しくしていた。あるとき地震が起こり、滝の水が枯れて、教祖はそれを世界終末の予兆と判断した。そして集団自決が生じた。教祖は聖者を真似て、信者たちの首を切断した。わたしはそこで、ドウニの生首を目にした記憶がある。もしかしたら、自分がドウニの首を切り落としたのではないか。しかし首のないドウニに抱き抱えられて、村の外へ脱出し、それによって自分が生き延びた、という記憶もある。だとすれば、あれは奇跡だったのだろうか……。

高度資本主義の中のカルト的なコミュニティは、新本格ミステリの中でも度々登場してきたシンボリックな場所であると言えるが、『その可能性はすでに考えた』のカルト的なコミュニティもまた、ポストトゥルース的な妄想と陰謀論の渦巻く孤島的＝雪山山荘な場所として機能する。

重要なのは次の点である。上笠の探偵活動は「奇蹟の存在証明」のためにあった。彼は確かに奇蹟を信じたい。しかし、彼個人が奇蹟を信じているだけではダメなのだ。証拠と論理によって、奇蹟の存在を他者に対しても公共的に証明しなければならない。それこそが井上的探偵の課題なのである。

奇蹟をいかに論理的に証明するか。これは逆説的な試みであらざるをえない。上笠はある種の否定神学的な方法によってその証明を試みる。ある出来事について、人知の及ぶあらゆる合理的な可能性を思考しつくした上で、それらの可能性全てを虱潰しに否定することができれば、その出来事は奇蹟と見なしうるはずだ。

バチカンのローマ教皇庁には、信者の報告した奇蹟現象の真偽を検査する部門があるという。人間の自由な行動の可能性の束（選択肢）はほぼ無限にある。とすれば、ほぼ無限に近い可能性をすべて想定し、予測し、先回りしなければならない。しかしそれでも、それらの可能性のすべてをつぶすことによって、可能性の束の外側にあるもの、不可能性（としての真理）を否定神学的に到来させること。それが「奇蹟」の定義である。

作中では、上笠の目の前に、上笠の推理（奇蹟の証明）を論破しようとする人物たちが次々と現れる。元検察の老人大門、殺し屋の中国女リーシー、上笠の弟子の少年探偵。彼らは何らかの

「可能性」に基づいて、それぞれに事件に関する一つのありうべき解釈を示す。この時、彼らは明確な証拠に基づく事実を示す必要はない。彼らは抽象的な「可能性」に基づいて探偵の推理をただ「論破」できればよい。でっち上げでも何でも、何らかの真理を整合的に示せればいいのだ。そして関係者が悲しもうが死者の名誉を傷つけようが、そんなことは関係ない。彼らの推理はポストトゥルース時代のディベートのようなものだ。

証明と論破は異なる。証明とは、客観的な証拠に基づいて、実証的に物事の真理を証明してみせることである。論破とは、闘争的な論争ゲームであり、他者に対する言論上のマウンティングでも構わない。

これに対し、作品の中では、上苙がライバルたちの推理を事前に想定ずみだったこと（報告書のどこかのページにそれはすでに書き込まれている）が明らかになる。それが挑戦者たちの推理への反証として示される。

そして物語終盤に入ると、これらのディベート的な多重解決＝推理バトルの繰り返しの先に、さらなるメタ存在（メタ探偵）として、バチカンの奇蹟認定を行うカヴァリエーレ枢機卿の存在が浮上する。枢機卿は、ローマカトリック教会の次期教皇に最も近いとされる人物であり、かつて探偵上苙の母親を死へと追いやった宿敵である。

上苙の亡くなった母親は、修道女であり、数々の難病を治す奇蹟を各地で起こしていたが、当時のバチカンはそれを認めなかった。母親はペテン師とみなされ、世間から追放されてしまった。

奇蹟認定に強硬に反対したのがカヴァリエーレ枢機卿であり、上苙は母親の起こした奇蹟が真理であると認めさせるために、枢機卿に戦いを挑んでいたのだ。探偵として不可能犯罪に関与し、この地上に奇蹟があると証明すれば、かつての母親の奇蹟もまた証明されうるだろう。じつは三人のライバルたちも、あるいは依頼人の莉世も、究極のメタ犯人としての枢機卿から送り込まれてきたのだ。

終幕近く、依頼人である莉世は、実はあの村にはそもそもいなかった、という事実が判明する。莉世はドウニの妹だった。兄のドウニが、カルトの村から生き延びた「その子」をかばって死んだことは事実だった（つまり莉世は「その子」に成りすまし、当時の状況を代弁する形でこれまで事件に関する証言をしていた）。莉世は成長した「その子」に会いに行ったという。「その子」は、首のない兄が自分をお姫様抱っこして助けたと語った。莉世にはその話がとても信じられなかった。もしもこの子が嘘をついて、都合のいい言い逃れをして兄を犠牲にしたならば、その子を許せない。兄の復讐をしなければならない。莉世のそうした複雑な思いを知って、枢機卿がそれを利用したのである。

そしてここにカヴァリエーレ枢機卿が仕掛けた罠があった。ここまでの上苙の、三人の探偵たちとの多重推理的なバトルでの三つの反証は、それらを並べると、順序の矛盾が生じてしまう。そのようなものとして仕組まれていた。それならば、探偵の三つの否定の論理には、どこかに矛盾があるはずだ。枢機卿はそれを「否定の否定」の論理と言う。探偵の奇蹟論を論理的な不可能性へと追い込む、という脱構築的な戦略。つまり、探偵の論理を自己矛盾に追い込んだわけである。こうした枢機卿の戦略は、全ての可能性が否定できれば奇蹟が証明できる、という探偵の「信念」そのものへのさらなるメタ的な反証を意味する（この辺りの解釈が論理学的に正しいのかどうかは、素人の私には判断がつかないが）。

枢機卿はなぜ探偵上苙にそこまで敵対するのか。枢機卿にとってそもそも神とは信仰し従属すべきものであり、人間の理性の力によって試すものではない。確かに上苙探偵は神の奇蹟の存在を信じようとしているが、神を試すことによって、ひそかに信仰よりも人間理性の力を優先させてしまっている。それは許されないことだ。

ではこの時、上苙はどうしたか。枢機卿の「否定の否定」の論理に新たに反論したのではない、それを「補足」した。つまり、もしも教祖がコミュニティの人々を皆殺しにするのではなく、逃がそうとしていたのだとしたら、どうだろう。教祖がドウニの脱出に手を貸そうとしていたとしたら。そういう可能性もあったのではないか。

論理的に反論せずに「補足」するとは何か。どんな推理を重ねても自己矛盾的な不可能性に追い込まれるならば、既存の与えられた事実を過剰するような、もう一つの不可能性（すべてを生かそうとする欲望）を新たに付け加えること。そもそもの大前提だった「村人を皆殺しにすることによる救い」というカルト村の動機＝欲望そのものをひっくり返すこと。ここから、それまでの多重推理合戦とは異なる理路が見えてくる。教団は死による救済ではなく、贖罪を目指していた。しかし大人たちと違って、少年少女はまだ人生上の罪を犯していない。教祖はそれゆえ、子供たちを集団自殺から逃がそうとした。ところが、彼らの母親たちは、あくまでも我が子を道連れにしようとした。莉世の兄ドウニと「その子」は逃げた。そういうことだったのではないか。

そしてドウニ少年は、少女に生きる希望を持たせたかった。逃げる途中、少年は母親から瀕死の重傷を負わされたが、少女にそれを隠した。自分が今死んだら少女は絶望してしまう。だから自分を聖人に見せかけようとした。首なし死体を装い、そこから復活したと思わせることができたなら。少女ただひとりをだますためのトリックの協力を教祖に依頼したのである。「その子」の記憶の中の不可能状況が演出されたのは、それをまさに奇蹟だと少女に思わせるためであり、さらには、少女に万が一、冤罪や加害責任が負わされるのを防止するためだった。この世界に奇蹟はある。善意はある。それを証明したかった。それらの人々の意志＝善意が複合的に絡まり合って、少女の無意識に残って、首なしの少年が自分を運んだ、という記憶を構成した。

たとえば麻耶雄嵩の『翼ある闇』にもまた、「首なし死体の移動」という「奇蹟」が出てくる。しかしこれはのちに、最後の多重推理としての四番目の真実によって、「じつはそんなことは起こっていなかった」として、無意味化されてしまう。これに対し、『その可能性はすでに考えた』では、首なし死体が少女を運んで助けてくれた、という「奇蹟」は、荒唐無稽なものとして否定されるのではなく、ある形で唯物論的に「補完」されるのである。

重要なのは、探偵と枢機卿の仮説が（和解しえないその敵対性を超えて）アウフヘーベンされ、新たな仮説的な「真実」に至りえた、という事実である。人間の理性の限界の先に奇蹟を示そうとする探偵と、奇蹟を理性によって判定すること自体を冒瀆として懐疑する枢機卿の敵対があって、はじめて、このもう一つの（不）可能性に辿り着くことができた。合理的に予測可能な可能性でもなく、人知の及ばない不可能性でもない、（不）可能性である。「否定の否定」を経てそれが「補完」されることによって、敵対する者同士の推理の協同＝連合によって、新たな「はじまり」としての（不）可能性が「証明」されたのである。

探偵は言う。「（略）この仮説は、少年が少女を思いやる気持ちのほかにも、教祖の協力と少女の母親の首がなければ成立しない。（略）わかるかフーリン。僕が何を言いたいか。生と死の狭間にある者。生きながらにして死んだ者。そしてすでに死した者。この三者の思いが一体となり、一人の未来ある少女に生きる希望を与えたのだ。瀕死の少年が毅然と少女を運ぶ姿は、さながら聖書の一場面のごとく神々しく見えただろう。その雄姿を思い描けるかフーリン。それこそまさしく――」。

『その可能性はすでに考えた』の結論は、こうしたものだった。人知を超えた神の奇蹟があるのか無いのか、それが重要なのではない。むしろ人間たちのぎりぎりの行動が偶然の連鎖によって、唯物論的な奇蹟を引き起こしたこと。生き残りの女の子を助けるために、みながそれぞれの限界と無力を抱えながら、各々の形で（無意識を通して、であれ）協力しあったということ。未来の誰かを生かすために。奇妙なことに、探偵上苙とライバルたちと枢機卿という敵もまた、推理合戦を通して協力しあったのだ。神の超常的な奇蹟を待ち望む、というより、人間たちの必死の人知が偶然的に複雑に絡み合って一つの現実的な奇蹟を引き起こした。死のうとする少女を真に甦らせた。それは奇蹟を盲信することでも、奇蹟なんて実在しないんだという現実主義に撤退することでもなかった。

麻耶的世界と同じく、井上的世界でも、おそらく、人間を見捨て、人間を嘲弄する神のごときものの存在がどこかに想定されている。だが、井上真偽には同時に、神に対する怒りがあり、挑戦がある。「むしろ怒りを覚えるなら、神の気まぐれな恩寵のほう――見捨てるなら等しく見捨てよと思う。（略）あるいはそれが、神の最上級の嘲弄の仕方かもしれないが――」。だがそのうえで、助手役のフーリンは探偵に対してこうも感じる。「この男は、人間に奇蹟が不可能なことを証明したいのではない。／人間に奇蹟が可能なことを、証明したいのだ」。人間（たち）には奇蹟が可能だ。人間とは、たんに神の恩寵あるいは悪意を待つだけの存在ではない。実際に作中の莉世もまた、探偵の執拗な努力に感銘をうけて、「その子」を許そうとするだろう。

それでは、井上真偽にとっての究極の奇蹟とは何か。それは、あらゆる多重解決や可能世界が成り立ってしまうポストトゥルース的な世界の中にも、人間の善意がなお在る、という唯物論的な「真実＝奇蹟」を証明しうるということだ。善悪や真偽が決定不能な探偵的世界の中で、七転八倒しつつ、滑稽な失敗を繰り返しつつ、奇蹟としての人間の善意をプラグマティックに証明しうるということだ。もちろん、上笠が「補完」した最後の結論（一人の少女が生かされた）すらも一つの仮説＝可能性にすぎない。探偵はそれをはっきり認める。しかし、エビデンスに基づく客観的な真理ではなく、不可能性の中ですべてを生かそうとする唯物論的な「真実」があるのだ。

考えてみれば、「井上真偽」という筆名がそのことをあらかじめ暗示していたのかもしれない。「真偽」の決定不能の「上」に、清冽な水が無限に湧き出す「井」がある。そのことをどうか信じてほしい、と。

複数的な可能世界の並列を前提とする多重解決、あるいは、証拠付きの真理ではなく他者の論破を目指すタイプの推理バトルでは、結局のところ、何が真理で何が正義なのかが決定しえなくなる。そうしたポストモダン的な現実に耐えられないとき、人は再び、絶対的に強い解釈を求めてしまう。論破と炎上によって真理を確保しようとするマウンティング欲望（力への意志）もまた、そこから出てくる。井上的探偵はこうした悪循環を引き受けながら、なおもその先を開こうとする。マウンティングへの意志をどこまでも突き詰めることで、それ自身の力によってそれを超えていこうとする。そこに井上的探偵の稀有な誠実さがあり、善意があり、愛がある。

参考文献
井上真偽『恋と禁忌の述語論理』講談社ノベルス、二〇一五年
井上真偽『その可能性はすでに考えた』講談社ノベルス、二〇一五年

井上真偽『聖女の毒杯　その可能性はすでに考えた』講談社ノベルス、二〇一六年
井上真偽『探偵が早すぎる』上下、講談社、二〇一七年
井上真偽『ベーシックインカム』集英社、二〇一九年
井上真偽『ムシカ　鎮虫譜』実業之日本社、二〇二〇年
藤田直哉『娯楽としての炎上――ポスト・トゥルース時代のミステリ』南雲堂、二〇一八年
麻耶雄嵩『翼ある闇　メルカトル鮎最後の事件』講談社、一九九一年

我們《ウォーメン》の時代

——陸秋槎論

坂嶋竜

0、クロニクル・ラフ

陸秋槎《ルーチュウチャー》は一九八八年、北京生まれ。

復旦大学推理協会（いわゆるミス研）に所属し、在学中の二〇一四年、ミステリ雑誌「歳月・推理」に掲載されたデビュー短編「前奏曲」が第二回華文推理大奨賽最優秀新人賞を受賞。その後は日本に生活の場を移し、二〇一六年に長編『元年春之祭』が中国で出版される。

その後も中国で新作を出すとともに日本語にも翻訳されていく。毎年恒例の「本格ミステリ・ベスト10」で、『元年春之祭』（二〇一八年）が三位、第二長編の『雪が白いとき、かつそのときに限り』（二〇一九年）が四位、連作短編集『文学少女対数学少女』（二〇二〇年）が三位と、日本で出版された本のほとんどが本格ミステリとして高く評価されている。

日本では二〇二二年十月末までに三冊の長編と一冊の短編集に加え、アンソロジーや雑誌掲載のみの短編が五作品発表されている。今のところ本になった四冊すべてに本格ミステリの要素が含まれる一方、短編では野心的なＳＦも発表するなど、ジャンルの枠を超えた活躍が期待される。

……というのが、陸秋槎についての簡単な紹介だが、その経歴に目を向けるだけでは、日本語版『元年春之祭』のあとがきに書かれた次のような記述の背景を知ることは不可能だ。

構想と執筆中、二人の日本ミステリ作家の影響を受けた。大学四年生の春、翻訳者の張舟先生ともう一人の友達のすすめで、麻耶雄嵩先生の『隻眼の少女』を読んだ。（…）ほぼ同じ頃に三津田信三先生の『厭魅の如き憑くもの』（台湾の中国語版）も読んだ。この二冊の傑作がなければ、『元年春之祭』は完成しなかっただろう。

どうして中国のいちミステリファンだった陸秋槎が日本の作品と出会い、大きな影響を受けたのか、その理由は略歴からは見えてこない。似たような状況はさらに、法月綸太郎『フェアプレイの向こう側』に収録された往復書簡にも見いだすことができる。

私が小説家になれたのは全部「新本格」のおかげだと思います。ほかの中国で活躍している同じ世代の本格ミステリ作家たちもそうでしょう。（…）〈法月綸太郎〉シリーズがとても好きで、自分と同じ名前の悩める探偵役「陸 秋槎」を作りました。いままで何作かの短篇に登場させたことがありますが、来年まとめて短編集になります。冒頭の短篇は法月先生の「初期クイーン論」からインスピレーションを得たものです。

中国でそれらの作品の需要が高まり、中国語（簡体字）に翻訳されて出版されたから。という答えが最終的には出てくるのだが、その過程は単純ではない。

いくら中国が日本から海を渡ったすぐ向かいに位置する国だとしても、日本で発生したミステリの波が中国に届くまでには数十年の時間と、曲がりくねったルートが必要だったからだ。綾辻行人を筆頭に、法月綸太郎や麻耶雄嵩らが続いた新本格＝第三の波というムーヴメントがアジア各地を経由しつつ中国まで届いたことを確認するためには、近年の日本で巻き起こっている華文ミステリブームと、その原点に目を向けなくてはいけない。

1、第三の波のゆくさき

近年のアジアにおけるミステリブームの震源地が台湾であることは論をまたないだろう。ほぼ毎号、台湾のアジア事情について書かれた記事が掲載されていた「本格ミステリー・ワールド」によれば、ここ十年ほどのあいだに日本のミステリが数多く台湾で翻訳されているのだ。そのため、人気のある作家たちはサイン会や講演会に呼ばれ、熱烈な歓迎を受けてもいる。訪台した作家の例を挙げれば島田荘司、有栖川有栖、恩田陸、乙一、柄刀一、伊坂幸太郎、東山彰良、湊かなえ、辻村深月、初野晴など、そうそうたるメンバーである。ほかに新保博久や本多正一、諸岡卓真らも招待されているのだから、日本ミステリの人気度が窺われる。

ではなぜ、日本のミステリ作品が人気になったのかというと、原点は一九八〇年前後まで遡る。

もともと第二次世界大戦後、すなわち国民党政権下の台湾では出版物の輸入が厳しく制限されていたため、ミステリに限らず海外の文化が輸入されることはなかったのだが、一九七五年に蔣《チャン》介石《チェシー》が死んで以降それが緩み始め、当局の目につきにくい小さな出版社から日本の探偵小説が発行され始める。

そんな中、一九七七年に林白出版社から松本清張『ゼロの焦点』が発行されると、松本作品の人気とともに日本ミステリが翻訳されていった。同社からは一九六九年にも『ゼロの焦点』が刊行されているが、さほど人気は出ず、台湾に日本ミステリが浸透するには一九七七年版まで待たなければいけない。

そのように日本ミステリの翻訳が進む中、林白出版社の創始者である林仏児《リンフォア》は日本から帰国した傅博《フーボー》の勧めもあって、一九八四年にミステリ専門雑誌「推理雑誌」を創刊する。この雑誌は中身の六割が日本ミステリ、二割が欧米ミステリ、残りの二割が台湾ミステリと、日本作品の紹介にかなり偏った内容だったようだ。松本清張作品の翻訳、そして日本ミステリの紹介がメインとなる雑誌の創刊。このふたつが台湾における第一次日本ミステリブームの土台を創り上げた。

ここで注目すべきは林仏児に「推理雑誌」の創刊を勧め、同誌の顧問になった傅博だ。一九三三年、台湾生まれの傅博は高校卒業後の一九五五年に来日。日大を卒業し早稲田大学大学院に進む。日本推理作家協会会員となったのち、一九七五年、紘映社から探偵小説専門誌を創刊する。創刊した雑誌は「幻影城」。彼の日本名は、島崎博だ。

同誌は戦前の探偵小説の紹介と新人発掘を中心に行っていたのだが、幻影城新人賞からは泡坂妻夫、栗本薫、田中芳樹、連城三紀彦とそうそうたるメンバーがデビューしている。さらにはまっさらな新人だった竹本健治の才能を見いだし、四大ミステリの掉尾を飾る『匣の中の失楽』も同誌で連載された。

台湾における日本ミステリの普及状況や「幻影城」休刊後の島崎博が台湾に戻ってからの活動については『本格ミステリー・ワールド2008』や『2009本格ミステリ・ベスト10』などに収録された島崎博インタビューで読むことができるが、第三の波（＝新本格）に多大な影響を与えた「二・五の波」とも呼ばれる幻影城世代を世に出した島崎博はまた、台湾でもミステリの波《ムーヴメント》を起こしていたのだ。

一九八七年、島崎博は「日本十大推理名著全集」を編纂し、日本ミステリの第一次ブームを起こした。この全集には江戸川乱歩に始まり横溝正史、高木彬光、土屋隆夫、松本清張、仁木悦子、佐野洋、笹沢左保、夏樹静子、森村誠一らが収録されたのだが、この成功により、同じ選者の下、「日本名探推理系列」全十巻や「日本推理名著大展」全八巻が刊行され、日本ミステリの輸入が加速するきっかけとなった。このブームによって日本の社会派を中心に爆発的な人気を引き起こし、二年間で二百もの翻訳作品が出版されたが、作品の長さの固定化（基準より長いものは勝手に削る）や、翻訳の質よりも数を重視する方針により粗製濫造が相次いだため、ブームとして長続きはしなかった。

その後しばらくのあいだは欧米ミステリの方が勢いづいていたが、二〇〇一年に台湾推理倶楽部（後の台湾推理作家協会）が設立し、二〇〇二年に台湾が世界貿易機関WTOに加入し正式に版権を購入するようになって以降、再び日本ミステリが流行り始める（なお、この第二次ブームは高額な版権などの理由によって二〇〇六年のピークから次第に下火になっていった）。

台湾が輸入したのは新本格に限らない。

島崎博の編んだ「日本近代推理小説選」や台湾のミステリ作家・既晴《ジイチン》が全巻解説を執筆した『日本偵探小説選』は本格・変格に限らず戦前における日本ミステリの紹介を目的としているし、前述のように松本清張を筆頭とする社会派ミステリもかなりの作品数が出版されている。さらには日本ミステリにおける奇書として、小知堂文化という出版社から二〇〇四年に夢野久作『ドグラ・マグラ』が、二〇〇五年に小栗虫太郎『黒死館殺人事件』が出版されたことは特筆すべき事項だろう。この二冊はそれぞれ二〇一四年と二〇一七年にも再翻訳されており、人気の高さをうかがわせる。

台湾における日本ミステリの第二次ブームが中国まで流れ着いてさらにブームを引き起こし、日本ミステリを読んで育った作家により、逆輸入という形で日本での華文ミステリブームが起きたため、やはり台湾こそがアジア圏における日本ミステリブームの震源地と言えるだろう。

そのブームに目をつけた島田荘司は二〇〇八年、台湾で島田荘司推理小説賞を設立する。

この賞は応募者の国籍などは問われないものの、中国語で書かれたミステリに限られている。

だがその一方、現時点で第六回までの受賞作のうち五作品が日本でも出版されているため、日本における華文ミステリブームの中心に位置してもいる。中でも第二回受賞作『世界を売った男』(二〇一一年)を書いた陳浩基《チャンホーケイ》は警察小説と新本格の幸せな融合とも言える第二作『13・67』(二〇一七年)で「このミステリーがすごい!」二位、「本格ミステリベスト10」一位、「週刊文春ミステリーベスト10」一位という高評価を得たのだが、実を言うと、陳浩基はそれ以前からミステリファンの注目を集めていた。

翻訳家の稲村文吾が個人で編んだ『現代華文系列　第二集』(二〇一五年)に収録された陳浩基「見えないX」を二作目より前に読み、高評価していた読者が多かったのがその要因だ。新本格の強い影響下にある「見えないX」は新本格が香港在住の陳浩基まで流れ着いていたことを鮮やかに示しており、新鮮な驚きをもって受け止められていた。

そして、台湾から新たに発せられた波は海の向こう――中国に辿り着く。島田荘司は「「HONKAKU」船出の時」というエッセイで次のように述べている。

中国と台湾の関係は知られる通りスムーズではないが、台湾に上陸することで、大陸への道が開かれたことはあきらかである。

しかし中台間、読者同士の垣根と言うならこれはないに等しく、簡体字読者も繁体字の読書に抵抗はないと語る。(…)

台湾を経由しての「本格ミステリー」の中国への流れは、こちらもまさしく怒濤の勢いになっていき、新文学の息吹が大陸に注ぎ込まれる展開になった。

これは北京で生まれ上海の大学に通った陸秋槎に限らず、香港で生まれ育った陳浩基も同じ状況だったらしく、稲村文吾が出した同人誌『陳浩基の本』(二〇一七年)に収録されたインタビューで陳浩基は次のように述べている。

大学生のころは、推理小説の翻訳は少なく情報も出回っていなかったので、触れることのできる作家はとても少なかったのです。ですが、二〇〇〇年代に台湾の出版社が日本のミステリを幅広く翻訳しはじめるようになって、良い作品に出会うさらなる機会ができました。

台湾の本が容易に香港へと届いたのは、ともに使っている言語が繁体字であるため、輸送するだけで販売できたからだが、簡体字を用いている中国まで届くには別な背景を必要としていた。台湾出身で、日本の近現代文学の研究を行っている尹芷汐《インチーシー》によると、もともと中国では社会主義政治運動のため、日本などの資本主義国文化を受け入れられる体制ではなかった。それが日中国交正常化や、中国も高度成長への入口に立ち社会問題への興味が高まったことで、一九八〇年頃に政策の転換が起きたのだという。

そのおかげで中国に日本の文化が流れ込み、小説では松本清張のように、公権力が捜査する社会派推理小説のブームが起きた、というわけだ。だが、二〇〇〇年前後に台湾で起きた日本ミステリのブームが中国本土まで到達しブームとして広がった背景には、そのような社会派ブームとは異なり、中国における爆発的なインターネット人口の増加が関係している。

そのあたりの事情については、中国のミステリ作家・水天一色《シュイティエンイースー》の『蝶の夢　乱神館記』（二〇〇九年）の日本語版解説の中で池田智恵が述べている。

> インターネット上にミステリーを扱ったサイトが次々と開設され、すでに二〇〇〇年以前に、クリスティやドイルなど多くの作家のファンページ、またはその作品を掲載するものなど、大小あわせて数十にのぼるサイトが運営されていた。
>
> これらのサイトの中には、中国国内では出版されていない翻訳ミステリーを掲載していた物が少なくなかったとされる。彼らは、台湾または香港などですでに出た翻訳を用いるか、または自ら翻訳していた様だ。欧米から日本までの様々なミステリーを読むことができ、その中で日本の綾辻行人や島田荘司などの新本格ミステリーも人気を博していた。（…）これらは、著作権を侵害しているが、国内にほぼ翻訳ミステリーがないという愛好者の飢えを満たし、さらに新しい想像力を生み出すひとつの原動力となったと思われる。

その後、一九九〇年代末にアニメ版「名探偵コナン」が、その数年後にはアニメ版「金田一少年の事件簿」「スパイラル　〜推理の絆〜」などのミステリアニメが中国でも放送されたことで日本のミステリの人気は高まり、ネットの海賊版や台湾で刊行された繁体字版を読むだけでなく、二〇〇五年頃からどんどん簡体字に訳され、中国本土でも出版されるようになっていった。このブームはもともとネットから発生したということもあり、中国での読者も若者が多い。作品の内容はもちろんのこと、ネット発のブームだったという点も中国で新本格が日本と同様に若者発のブームとして発生した一因ではないかと思われる。

注目すべきは二〇〇〇年代終盤に新星出版社が創刊した「午夜文庫」だ。

このレーベルからはクリスティやチャンドラー、クイーンの海外古典作品や、江戸川乱歩、横溝正史、島田荘司らの作品がシリーズとして刊行されているだけでなく、一九八七年以降の日本作品のみを厳選して出版しているシリーズも刊行されているのだ。綾辻行人『十角館の殺人』が講談社ノベルスから刊行され、新本格の始まりと規定されているこの年が、中国のミステリファンにとっても特別な意味を持つということは、新本格が中国にも浸透しており、一定以上の需要があることを示している。

台湾に戻った島崎博によって始まった日本ミステリのブームは、十年以上の時間をかけ、台湾や香港を経由しつつ、中国本土まで流れ着いた。第三の波は日本国内だけでなく、アジア圏にまで広がるムーヴメントだった、というわけだ。

2、元年秋槎之祭

日本ミステリが中国でブームとなった二〇〇〇年代後半、陸秋槎は復旦大学のミス研に所属していた。

二〇一八年十二月に早稲田大学で行われた陸秋槎トークショーの記録が「ハヤカワミステリマガジン二〇一九年三月号」に掲載されているが、そのレポートによると、まずアニメやマンガを通して日本ミステリを知ったらしい。そして在学中、日本ミステリが公式に簡体字で出版され始めたのをきっかけに新本格にハマり、ミステリを書き始めた。そのような来歴を持つ作家であれば、生地や言語にかかわらず、第三の波の影響を受けてデビューした新世代作家のひとりであることは自明である。

それでは、新本格ミステリから誕生した作家の一人として、受けた影響を陸秋槎はどのように作品へと昇華させているのか、これから見ていこうと思う。

【注意！】二節では陸秋槎の三作目『文学少女対数学少女』を中心に新本格の流れを汲む諸作品と比較していくが、同作と『雪が白いとき、かつそのときに限り』の趣向などをわずかに明かしている。大きなネタばらしではないが、先入観なしで手に取りたい未読の方は注意されたし。

現時点で陸秋槎の持ち味がもっとも発揮された作品が『文学少女対数学少女』だ。第一長編『元年春之祭』では前漢という類を見ない時代を舞台に設定した上で、祭祀に関わる一族を襲った密室殺人事件を描いていた。極めて特異な条件下で行われる犯人当てと、特殊な状況に追い詰められた主人公たちの心の動きを描くことに力が注がれている長編だった。また、第二長編『雪が白いとき、かつそのときに限り』は高校を舞台に二度発生した雪密室の謎に生徒会の生徒たちが挑む青春ミステリだが、終盤におけるメタな視点からの展開は新本格初期のある傑作を強く想起させるものだった。

第一長編と第二長編におけるそのような試みを念頭に置きつつ『文学少女対数学少女』に視線を向けたとき、真っ先に目を引くのはミステリに対する自己言及性である。

収録された短編のすべてが犯人当て小説を作中作としている、という意味では綾辻行人『どんどん橋、落ちた』(一九九九年)の存在が頭に浮かぶ。本格ミステリというジャンルに対する俯瞰した立ち位置を持つという点でも似ているが、後期クイーン的問題に対する苦悩が描かれている点から、比較すべきはむしろ〝悩める自由業者・リンタロー〟、すなわち法月綸太郎の方ではないだろうか。

自分が書いた犯人当て小説が唯一の正解を導けるかどうか不安になった女子高生・陸秋槎は、厳密に犯人を特定できるかどうかのチェックを天才少女に頼む、という流れで第一話が始まる。

犯人当て小説を読んだ探偵役たる天才少女はロジックの穴を突き、様々な可能性をあげただけでなく、どんなに書き手が筆を尽くしても、証明不可能な命題が存在すると説明する。その話を受け、厳密な論理を構築することなんかできないのでは、と投げやりになる陸秋槎はまさに、後期クイーン的問題に直面した作家そのものだ。

「作中人物に過ぎない探偵役が、唯一の真相に到達することはできないとする」のが後期クイーン的問題であり、作中の陸秋槎の悩みも同一の根を有する。だが、投げやりな言葉を発する陸秋槎に対し、韓采蘆が告げた「作者が犯人だと言った人間が犯人だ」という言葉に陸秋槎がこの問題をどのように乗り越えるつもりなのか、という姿勢が表れている。

傍証のひとつが、主人公に作者と同じ陸秋槎という名前を与えている点だ。

これはヴァン・ダインやエラリー・クイーンが用いた手法を法月綸太郎や有栖川有栖、二階堂黎人が、あるいは霧舎巧、氷川透、石崎幸二らが継承したミステリのコードである。そしてそのコードを使用することこそ、後期クイーン的問題に対処するために陸秋槎が選んだ方法だった。作中人物であるはずの主人公が物語の神たる作者の位置に立つことで、登場人物でありながらも神が設定したとおりの真相に辿り着くことを可能とするからだ。

しかし、本作が持つメタな観点はそれだけにとどまらない。

第一話こそ、小説を書く意味までは求められていないのだが、二話以降は作中作の書き手が変わり、それぞれの書き手が「何のために書いた小説か」に謎解きの焦点が向けられる。

これは本を書くことをテーマのひとつにした上で、そこに何らかの意味を与える〈本書く〉ミステリそのものといえるだろう。この用語自体は清涼院流水による造語だが、近年のミステリランキングで高く評価される作品に、作中作を扱ったものや小説を書いていることに何らかの謎と解決が与えられている作品が増えているのも確かだ。

その手の〈本書く〉ミステリは芦辺拓が主張する本来のメタミステリ（ミステリであること自体に意味があるミステリ）と非常に近い位置にあると個人的には思っているのだが、近年の作品で言うと古野まほろ『終末少女』（二〇一九年）、辻真先『たかが殺人じゃないか』（二〇二〇年）や芦辺拓『大鞠家殺人事件』（二〇二一年）、綾崎隼『死にたがりの君に贈る物語』（二〇二一年）、五十嵐律人『原因において自由な物語』（二〇二一年）、紺野天龍『神薙虚無最後の事件』（二〇二二年）は物語の中心に小説家や小説家志望者を配置し、小説を書くこと、その苦悩、そして書かれた小説自体が物語上で重要な意味を持つ〈本書く〉ミステリである。そのような現状について『このミステリーがすごい！２０２１年版』で千街晶之は「読者の知力に挑む眩惑の作中作ミステリー」と題し、次のように書いている。

さて、どういう巡り合わせか今年は作中作ミステリーの当たり年だった。（…）犯人当て原稿が作中に挿入されているミステリーが多かったのも今年の特色だ。

先述の『どんどん橋、落ちた』を筆頭に、『迷路館の殺人』（一九八八年）や『黒猫館の殺人』（一九九二年）のように作中作を用いた傑作が綾辻作品には多い。だがその一方でまた、綾辻作品全般において語り＝騙りに対する強いこだわりも見いだされる。そのようなこだわりは『文学少女対数学少女』以外の陸作品にも多々表れている。

陸秋槎にとって現時点での最新作である『盟約の少女騎士《スキャルドメール》』（二〇二一年）は世界観から細かい道具立てに至るまで、細かい設定で練り込まれたファンタジーだ。用語のひとつひとつまで気を配り、地に足の着いた物語である一方、物語が進むにつれアンチ異世界転生ものという尖った側面も覗かせる。

だが、そのファンタジー世界の中に隠されたミステリ要素も見逃せない。

あらすじから某メフィスト賞作品を連想する向きもあるかもしれないが、主人公たちが辿り着いた事件の真相は、作者が紡いだ物語を読者が読み解く読書という行為を、歴史という一段高い場所から冷静な視線で見つめた結果生まれたメタなものであり、特殊設定ミステリの裏でひそかに広まりつつある〈本書く〉ミステリの白眉と言える作品に仕上がっている。ここで触れるべきは、本作が持つ〈メタ本書く〉としての原点はエラリー・クイーンの後期作品――『第八の日』（一九六四年）にあるという点だ。『盟約の少女騎士』と同様に『第八の日』でもまた、歴史的・地理的断絶による読み手の変化とともに書かれたものの受け取り方が激変していたことが物語上、重要な意味を持っているからだ。

本を書くこと、すなわち物を語ることへの強いこだわりは、五年前の事件が語られることで再び事件が起きる『雪が白いとき、かつそのときに限り』や詩人が語る五百年前の謎物語「1797年のザナドゥ」、不思議な島での事件が書かれた手記を読み解く「森とユートピア」の二短編も同様である。これらの短編はあえて作中作設定にせず、五百年前の人物や島にいる人物を主人公にして物語を展開したところでメインの謎とその解明に大きな影響を与えることはない。だがそれでも額縁小説として事件を語る／書く、聞く／読む人物を設定することで、外枠の人物に深みを与え、新たな物語を掘り起こすことを可能としている。

その強いこだわりはミステリ作品に限らない。

広義のSFである短編「ハインリヒ・バナールの文学的肖像」や「インディアン・ロープ・トリックとヴァジュラナーガ」も伝記や異常論文という、通常とは異なる語りの形式を選ぶことで、陸秋槎ならではの物語空間を生み出しているため、語りへのこだわりはミステリに限らず陸作品全般に対して見いだすことが可能だ。そのように実作で表現されてきた、陸秋槎が持つメタな視点は新本格が発展させた現代的な本格コードが由来であることは言うまでもない。綾辻作品や法月綸太郎『密閉教室』（一九八八年）や『ノックス・マシン』（二〇一三年）などの作品はメタな視点なくしては成り立たず、その傾向は後の世代の麻耶雄嵩やメフィスト賞作家などにも引き継がれていく。

そしてもちろん、新本格における青春小説としての側面も陸作品はしっかりと継承している。

特に『文学少女対数学少女』の第一話では他人の気持ちに興味などなく、ひとをひととも思わない言動が目立つ天才少女が、話が進むにつれて次第に主人公と打ち解けあい、他人との相互理解を目的とした犯人当て小説を書く第二話。あるいは、もとから陸秋槎の友人だった少女の意外な一面が露わになる最終話など、青春小説としてのたたずまいはミステリ部分と同様にしっかりとしている。

それには『雪が白いとき、かつそのときに限り』に出てくる司書の女性など、青春時代を経験した上で指導してくれる存在がいる点が大きく寄与している。

主人公たちの成長を見守り、時には彼らの乗り越えるべき壁となる大人の存在は青春小説にとって重要な存在のひとつだからだ（物語シリーズの忍野メメ、天帝シリーズの二条実房など、新本格フォロワーの描く青春小説ではその存在を意識していることが多い。また、「Another」シリーズの千曳先生もその「大人」に該当するかもしれない）。

そのような大人の存在は新本格の最初期に書かれた綾辻行人『十角館の殺人』や有栖川有栖『月光ゲーム』（一九八九年）、特に『密閉教室』の作中には登場しない。一応、『密閉教室』には大人代表として担任の大神龍彦が出てくるが、主人公にとって彼は一貫して倒すべき敵であり、導く存在としての側面が描かれているわけではない。法月綸太郎シリーズの影響を受けて作者と同名である陸秋槎という主人公を生み出しながらも、この点では本家からしっかり逸脱していると言える。

さて、これまで検討してきた二点――自己言及性があり、青春小説としての側面を持つ作品は新本格の影響下で育った作家の多くが持つ特徴であり、それらは陸作品でも同様に見いだすことができた。だがもちろん、陸作品がミステリである以上、謎とその論理的解明そのものについても目を向けるべきだろう。

陸作品の中でも『文学少女対数学少女』は論理を優先して謎を解き明かした結果、読者が存在する現実の方が歪んでしまうような感覚を読者に与えるという点では麻耶雄嵩の『メルカトルかく語りき』（二〇一一年）に通じている。前述の早稲田大学で行われたトークショーにおいて、デビュー長編『元年春之祭』に登場する於陵葵《おりょうき》の名前の由来は御陵《みささぎ》みかげと言うほどであるから、『隻眼の少女』（二〇一〇年）を筆頭とする麻耶作品の影響があるのは間違いないし、過去を舞台に伝統儀式に関わる事件を描くという意味で三津田信三作品の影響も受けている、と陸秋槎自身が述べている。

だが『文学少女対数学少女』では各短編のタイトルに数学用語が使われ、その用語をヒントに事件の謎が解け、解決を通して用語への理解が深まるという構造を持っているが、これは麻耶作品や三津田作品の影響とは考えにくい。この構造に着目してみると、事件を通して数学の証明や定理の数々を説明してきた加藤元浩のマンガ、「Q．E．D．」シリーズが思い浮かぶ。陸秋槎がこのミステリ漫画について言及していたことはないが、両作品を比較してみると、興味深い相違点が見えてくる。

一例を挙げれば、『文学少女対数学少女』の第二話「フェルマー最後の事件」は現実の事件と作中作の両方をフェルマーの最終定理の解答に対する解釈という視点で貫くことで、良質な謎解きになっているだけでなく、謎を解く行為に対する批評とも読みとれる作品になっている。それに加え、数学の問題と謎解きとの関係に着目してみると、加藤元浩と陸秋槎の違いは明白だ。フェルマーの定理のかみ砕いた説明と謎解きとを融合したのが加藤元浩「Question!」(『Q．E．D．44巻』収録)であるのに対し、陸秋槎は定理自体というよりもそれが三三〇年かかって解けるに至った過程と謎解きとを融合しているため、陸作品の方が数学というテーマに対してもメタな位置にいるのは明白だ。

このように、新本格に内在する既存のミステリコードをしっかりと引き継ぎつつも、そこから微妙にずらすことで自分なりの世界を創り上げる――それは新本格が行ってきた展開と重なる。新本格の波のゆくさきに陸秋槎がいることの証左と言えるだろう。

3、我們《ウオーメン》の時代

これまで、筆者は陸秋槎作品が新本格の影響を強く受けた上で、そこからずらしてきたこと。だからこそ新本格の流れの先に存在していることを説明してきた。

古典的なミステリコードを使用しつつも現代的なずれを組み込んだのが新本格の特徴であるならば、陸秋槎作品は間違いなく新本格の影響の下に書かれている。だが、新本格第二ステージ以降の作家に顕著なように、主流からの影響を自分なりにずらしてみた結果、それが主流とは異なる、ほかの流れと一致してしまうこともよくあることで、陸秋槎作品にもそのような合流を見いだすことができる。

先ほど述べたように、陸秋槎は新本格によく見られるコード――作品中に自分と同じ名前の登場人物を作家（志望）として登場させること――を使用している。ただし彼の場合は有栖川有栖のように作者名イコール作中作家でありながらも、その人物とは別に探偵役がいるというヴァン・ダイン形式ではなく、作家兼探偵役として活躍するエラリー・クイーン形式の方を選んでいる。その背景には陸秋槎が影響を強く受けた法月綸太郎や後期クイーン的問題の存在が窺えるが、同じコードを用いているはずのクイーンや法月綸太郎と陸秋槎のあいだには決定的な差異が存在している。

日本語には翻訳されていないデビュー作「前奏曲」や『文学少女対数学少女』などに登場する陸秋槎は作者とは異なった性別を与えられているのである。男性である陸に対し、登場人物の秋槎は女性。作者名イコール登場人物のケースにおいて、それぞれの性別が異なる例は陸秋槎に影響を与えた新本格の中には見当たらない。だが、新本格に至るまでの流れを見回せば、類例がひとり存在している。

第二十四回江戸川乱歩賞を『ぼくらの時代』（一九七八年）で受賞した栗本薫だ。続く『ぼくらの気持』（一九七九年）と『ぼくらの世界』（一九八四年）からなるぼくら三部作は、『仮題・中学殺人事件』（一九七二年）、『アルキメデスは手を汚さない』（一九七三年）、『匣の中の失楽』（一九七八年）などと並び、新本格が持つ青春要素の源流と見なされるシリーズだ。ぼくらシリーズの主人公も作者と同じ栗本薫という名を持つが、作者が女性であるのに対し、登場人物の方は男性なのだ。

二節で触れたように、陸秋槎作品は〈本書く〉ミステリの流れを汲み、小説の書き手を作品に登場させた上でミステリ（小説）を書くことの意味について考えさせたり、作中作を用いる必然性のある物語を組み立てることで、その答えを模索しようとする傾向が強い。もともと、新本格というジャンル自体がメタ化を指向／嗜好しているため、陸秋槎が持つその傾向も当然と言える。

自己言及性について考え抜き、本格ミステリに後期クイーン的問題を見いだした法月綸太郎の影響を受けた陸秋槎にも同様のこだわりがあることは当然ともいえるが、作中作へのこだわりようはクイーンや法月らに比べ、より強いものになっている。彼のミステリ観に影響を与えたのは法月綸太郎や麻耶雄嵩というよりもむしろ、辻真先や小森健太朗、清涼院流水のグループに属するのでは、とさえ思えてしまうほどに。そして、作中作指向はぼくら三部作も同様なのだ。実際、『ぼくらの時代』はこのような文章から始まる。

このノートを書き始める前に、云っておかなくちゃならないことがある。

それは、ぼくがほんとはちっともこんなもの、書くつもりなんかなかった、っていうことなんだ。

大体僕がこんなもの書く理由もないんだよな。それを、けしかけて、お前が書くべきだ、と云った信とヤスヒコの奴、許せない。


このあと『ぼくらの時代』という小説は登場人物の栗本薫が実際に出会った事件をノートに書き記した文章であることが物語の要所要所で強調されていく。その記述はオープニングで交わされる、現実の事件を記録し、ひろく世間に見てもらった上でみんなに決めてもらうべきだという会話から、何をどう決めてもらうのか？　という問いを導き出していく。この作品もまた、本を書くこと自体にミステリ的な興味を持たせる〈本書く〉ミステリとしての側面を持っている、というわけだ。どうして作中の栗本薫は実際の事件をフィクションという形で小説化したのか、それが問いのひとつとして冒頭に掲げられた『ぼくらの時代』は間違いなく、執拗なまでに作中作の意味を求め続けた『文学少女対数学少女』の形式と重なり合う。

デビュー作である『ぼくらの時代』の設定、あるいは作者の言葉でエラリー・クイーンへのリスペクトを表明していることからも、クイーンの影響で栗本薫という作家兼探偵役が生み出されたことは間違いないだろう。

初登場の時点では大学生だった栗本薫青年が、遭遇した事件を描いた小説で新人賞を受賞する、というのがシリーズ三作目『ぼくらの世界』の冒頭なのだが、担当編集者は初対面の場で栗本薫に対し、本格ミステリに対する暑苦しいほどの愛と名探偵の復権を願う熱弁をふるう。それはまるで『十角館の殺人』の冒頭の会話を彷彿とさせるのだが、長口上を述べたあと、彼は〝名探偵にして人気作家。つまりエラリー・クイーン。(…)君は——君なら日本のエラリー・クイーンになれる〟と断言し、栗本薫青年は気後れしてしまう(ちなみに『ぼくらの世界』を検索してみるとエラリーという名前は本文中に二十七回も登場する。探偵の名前としてのシャーロックやホームズがそれぞれ一度なのと実に対照的である)。

そのように作中の栗本薫を持ち上げつつ『ぼくらの世界』のあとがきで作者は嘆く。

結局、私はぼくを私の手で自分の分身としておきながら、ぼくを羨んでいたのかもしれません。ぼくが男の子だから、石森信という、一生影のように付きそっている親友をもっているから。何にもまして、ぼくが私の小説世界に自由に入り込めるから。——ぼくでありたかったのは、それは、私です。同じ栗本薫に生まれるなら、ぼくの方になりたかった!

しかし、このごろときどき、ぼくがいてくれて、よかったな、と思うのです。

陸秋槎が『ぼくらの時代』を読んでいるのかはわからない。

だがこれまでに『ぼくらの時代』は二度、繁体字に翻訳されている。『屬於我們的時代』というほぼ直訳のタイトルで一九八七年に。そして二〇〇九年には『我們的無可救藥』(ぼくらの絶望)という登場人物たちの感情=気持を表したタイトルで出版されている。また、華文ミステリ特集の「ミステリマガジン」二〇一九年三月号に掲載された「陸秋槎を作った小説・映画・ゲーム・アニメ」では栗本薫『優しい密室』(一九八一年)のタイトルをあげているため、栗本薫の愛読者であることは間違いない。

栗本薫『ぼくらの時代』の青春小説的な部分は大江健三郎の青春小説『われらの時代』(一九五九年)に対する若い世代からのアンサーだが、どちらのタイトルも、英語と同じく一人称がひとつしかない中国語にしてみると「我們之時代」になってしまうというのは、ぼくと私のあいだで揺れ動いていた栗本薫にとってみれば、大きな意味を持ってくるのではないだろうか。

『ぼくらの世界』のあとがきは前述の引用部のあと、〝これからもぼくはずっと私の側にいるつもりです〟と続くのだが、ここから続く文章が栗本薫青年の視点から書かれた文章であることは明白だろう。だからこそ、最後で〝――ぼくと私、二人で一人の薫くんから、あなたへあてた「あとがき」でした。〟と、あとがきがふたりの栗本薫による合作であることを明示するのだ。

あとがき内ではほぼ〝ぼく〟にも〝私〟にも傍点が付いている一方、冒頭の一文と最後の〝ぼく〟と〝私〟には傍点がない。並んでいる以上、何か意味があるはず、と比較してみるとそこには〝あなた〟の存在が浮かんでくる。

冒頭と最後の二文に限り、文中には私とぼくだけでなく、あなた＝読者という言葉があるのだ。傍点を振って私とぼくとを明確に区別しようとしていたふたりの栗本薫も、クイーンよろしく合作しながら読者と向き合っているときだけは互いに対して素直になれたのかもしれない、そんな気がしてしまう。

陸秋槎が同じ名前を与えた少女に託した想いが、栗本薫と同じたぐいのものだったか、断定するすべはないし、想像するにしても根拠らしきものは見当たらない。だが少なくとも陸秋槎がクイーンをリスペクトしている作家＝法月綸太郎や栗本薫の影響下にあることは間違いない。思春期の学生時代ならではの閉じた世界、そしてその時代特有の自意識を包む各人の気持ちを描くのは新本格の初期、そしてその流れを受けたゼロ年代のファウスト世代に見られる特徴であるため、陸作品もその流れの中に存在している。

そのような背景をもつ陸秋槎が、後期クイーン的問題に対する目配せとして、作者と同名の人物を登場させた〈本書く〉青春ミステリを書くのは自然なことのように思える。

そして陸秋槎が描こうとしている青春は、戦争に遅れてきた青年《アンラッキー・ヤングマン》が存在しない希望を探す〈われらの時代〉、そして大人に搾取されつつも永遠の生《ザ・ポー・クラン》を夢見てモラトリアムを生きる〈ぼくらの時代〉を経た先にある時代――〈我們《ウォーメン》の時代〉なのだろう。だがその時代というのは、われらやぼくらを単に簡体字へと訳した時代ではないことも確かなのだ。

4、百合が白いとき、かつそのときに限り

〝ぼくらの時代なんですよ――これが、ぼくらの時代の、ほんとの顔なんですよ〟

栗本薫青年は『ぼくらの時代』の終盤でそう呟く。

これは『われらの時代』における〝これがおれたちの時代だ〟を受けたセリフだが、『ぼくらの気持』で事件の真相に気づいてしまった彼の気持も、『ぼくらの世界』で時間とともに変わってしまったぼくらの世界もこのセリフは包み込んでしまう。だからこそ、若者ならではの青春時代を描いたぼくら三部作は青春ミステリとして高い完成度を誇っているとも言える。

その一方で『雪が白いとき、かつそのときに限り』の終盤における少女が吐き出す主張は、非情な現実と向かい合った栗本薫青年が漏らした先述の言葉と呼応している。同様に、『文学少女対数学少女』のラストで描かれた独特な友情もぼくら三部作に通じるものがある。

栗本薫の描く青春と、陸秋槎の青春はよく似ている。

それは『雪が白いとき、かつそのときに限り』や『文学少女対数学少女』が顕著に示しているように、陸秋槎作品もまた、登場人物の生きた時代を、感じた気持ちを、逃れようのない世界を描く青春小説を志向しているからに違いない。そんな共通点を持った栗本薫青年と陸秋槎の登場人物には結果として、自分の気持ちに素直になれないという類似点も存在する。

栗本薫青年が恋愛に複雑な感情を抱いていたり、『優しい密室』の主人公もまた大人への不信と、仮面をかぶった友人関係に悩んでいる一方、陸秋槎作品でも特に『元年春之祭』や『雪が白いとき、かつそのときに限り』の主要登場人物の素直でない感情表現、不器用な付き合い方が物語と絡んでくる点もまた、よく似ている。だが、作家である陸秋槎が書こうとしているのは〈我們《ウォーメン》の時代〉や〈我們《ウォーメン》の気持〉、あるいは〈我們《ウォーメン》の世界〉ではなくむしろ、ウォーメンをローマ字表記にしたwomen、すなわち女性たちの時代や気持、そして世界なのではないだろうか。

なぜなら、陸秋槎作品には男性が登場しないからだ。

むろん完全に登場しないわけでもないのだが、共学の高校を舞台にした『雪が白いとき、かつそのときに限り』でも、印象的な男性の登場人物といえば尋問対象の教師と、生徒会カップルの彼氏くらいである。ともすれば事件の舞台は女子校だったかもしれない、と思えるほど、女子生徒や大人になってしまった女性たちばかりにスポットライトは当たり続けている。

その印象は『元年春之祭』や『文学少女対数学少女』でも変わらない。

地方の旧家を舞台に、少女たちのやりとりが中心となる前者はもちろん、学生を中心に描いているはずの後者でもそうなのだ。こちらで唯一印象的な男性は第二話の容疑者となる男性くらいだが、比較的あっさりとした記述であるため、物語の核心を担うほど重要な人物であるという印象は受けない（中国語を知らない筆者は名前で性別を判断できない、というのも原因のひとつかもしれないが）。

脇役には男性が登場するものの、常に女性陣が物語の中心に位置している、というのは、日本で刊行された四作品すべてに共通することであり、雑誌掲載のみの短編に目を向けてもその共通点は当てはまる。伝記や論文形式の作品には登場人物がいないものの、「1797年のザナドゥ」でも「森とユートピア」でも作中作の視点人物、それを語る外枠の視点人物ともに女性である。また、チョムスキーの例文をタイトルにした「色のない緑」は人工言語を中心に据えたSFだが、物語の中心にあるのはかつて仲良しだった女性三人組であり、そのひとりが主人公なのである。このような状況を踏まえれば、登場人物の陸秋槎が女性なのは男性の登場人物を減らし、視点人物も女性にすることで、女性たちの世界を描きたかったからではないか、という観点が生まれる。

そのあたりは陸秋槎も自覚的らしく、前述のトークショーでの〝陸作品には、「百合」と形容されるような思春期の少女同士の関係性を描くことを重視したものが多い〟という指摘にはこう答えている。

百合の面白さは「人間関係」の面白さだと思います。学園のような、閉じられた狭い世界の中だからこそ、互いに対して過剰になってしまう感情のぶつかり合いに惹かれます。

登場人物の関係性を百合だと断言するのは筆者には躊躇われるが、陸秋槎にとって書きたい要素とは、好意から悪意まで、女性同士が抱く様々な感情であることは間違いない。

その点、栗本薫の方には登場人物の性を偏らせようとした形跡は見当たらない。主人公は男三人組だが、『ぼくらの時代』は被害者の女性たちと世間とのずれに焦点が当たっているし、『ぼくらの気持』では少女マンガの世界、『ぼくらの世界』ではミステリ新人賞を中心とする出版業界を舞台として設定しているからだ。

新本格の影響を受けた作家の中で、陸秋槎のように登場人物を女性に限定した中でミステリを書こうとしている作品として、女子高生が入院中の美少女に事件を語る上遠野浩平のしずるさんシリーズ、古野まほろのセーラー服シリーズや天国三部作などが脳裏に浮かぶが、自分なりの存在意義の発露として陸秋槎はそのような舞台・人物設定を選んだのだろうし、women の世界を描くことで、新本格を受け継ぎつつも自分なりに逸脱しようとしているのだろう。

ところで、栗本薫は江戸川乱歩賞を受賞して小説家デビューするよりも前の一九七六年、評論の新人賞で佳作を取り、評論家デビューを果たしている。

彼女が取った賞は幻影城新人賞の評論部門。

そう。

台湾で日本ミステリブームを引き起こした島崎博が日本で創刊した「幻影城」の賞である。

新本格＝第三の波は幻影城を生み出した島崎博によって台湾―香港―中国と渡った上で陸秋槎を通して日本に戻り、幻影城出身の栗本薫と繋がることで、ひとつの円環を描き出した。

陸秋槎と栗本薫の繋がりは、青春ミステリという内容に限らない。小説家だけでなく評論家としての顔も持つ法月綸太郎へ宛てた書簡に、陸秋槎はこう書いている。

問題は、中国ではミステリ評論家という職業がないことです。（…）でも日本と比べると、中国のミステリ評論はないと言われても仕方ない状況で、これからなのです。そのために私も時々評論を書いています。友達の新刊の解説とか、海外作家の作品の紹介とか、依頼があれば書きます。いつか法月先生のような評論家としての顔も持つミステリ作家になれば嬉しいです。

まだ日本の商業媒体では書いていないものの、中国において陸秋槎はすでに商業媒体で自らの評論を発表している。たとえ彼の国に肩書きとしての評論家が存在しなくても、評論家としての実績はすでにあるというわけだ。そして栗本薫が小説だけでなく評論において大きな実績があることは言うまでもない。クイーンから大きな影響を受けた栗本──法月──陸と続く二刀流の流れがここに出現したとみることもできるだろう。

その円環は陸秋槎から見れば自己のルーツをたどる旅だが、陸秋槎まで届いた第三の波は、中国の大地で多大な人気を集め、華文ミステリブームして第三の波の震源地まで届く新たな波を発生させ、さながらメビウスの輪のような奇妙なねじれとともに日本へと戻ってきた。それならば、今度は日本ミステリが再び波を発生させる番である。

今後はいまだ全貌は明らかになっていない華文ミステリの波がさらに大きくなること、その波の影響によって、日本ミステリが再び新たなる波を生み出すことを願ってやまない。

主要参考文献(小説・マンガを除く)

小森健太朗、西澤保彦、清涼院流水、大森望「特別座談会これがミステリフロンティアだ!」『メフィスト一九九七年九月号』講談社、一九九七年
笠井潔「『幻影城』の時代」『探偵小説論Ⅱ』東京創元社、一九九八年
芦辺拓「あとがき――あるいは好事家のためのノート」『紅楼夢の殺人』文藝春秋、二〇〇四年
「ベテランインタビュー　島崎博」『本格ミステリー・ワールド2008』南雲堂、二〇〇七年
ミスター・ペッツ「台湾ミステリー事情二〇〇七」『本格ミステリー・ワールド2008』南雲堂、二〇〇七年
「島崎博が語る日本ミステリin台湾」『2009本格ミステリ・ベスト10』原書房、二〇〇八年
ミスター・ペッツ「台湾ミステリー事情二〇〇八」『本格ミステリー・ワールド2009』南雲堂、二〇〇八年
池田智恵「発展途上の中国ミステリー」水天一色『蝶の夢　乱神館記』講談社、二〇〇九年
天蠍小豬《テンシエシャオツウ》「中国ミステリー事情」『本格ミステリー・ワールド2010』南雲堂、二〇〇九年

寵物先生《ミスター・ペッツ》「受賞の言葉と２００９年台湾ミステリーの発展」『本格ミステリー・ワールド２０１０』南雲堂、二〇〇九年
天蠍小豬「中国ミステリー事情」『本格ミステリー・ワールド２０１０』南雲堂、二〇〇九年
陳國偉《チェングオウェイ》「台湾ミステリー事情」『本格ミステリー・ワールド２０１１』南雲堂、二〇一〇年
陳國偉「台湾ミステリー事情」『本格ミステリー・ワールド２０１２』南雲堂、二〇一一年
蔓葉信博「『新本格』ガイドライン、あるいは現代ミステリの方程式」限界研編『21世紀探偵小説』南雲堂、二〇一二年
陳國偉「台湾ミステリー事情」『本格ミステリー・ワールド２０１３』南雲堂、二〇一二年
李彦樺《リイエンファ》「雑誌『推理』と松本清張」『國文學 VOL.97』関西大学国文学会、二〇一三年
陳國偉「台湾ミステリー事情」『本格ミステリー・ワールド２０１４』南雲堂、二〇一三年
陳國偉「台湾ミステリー事情」『本格ミステリー・ワールド２０１５』南雲堂、二〇一四年
尹芷汐「名探偵の「死」とその後」『跨境：日本語文学研究　第2号』高麗大学校日本研究センター、二〇一五年
島田荘司「「HONKAKU」船出の時」『本格ミステリー・ワールド２０１６』南雲堂、二〇一五年
陳國偉「台湾ミステリー事情」『本格ミステリー・ワールド２０１６』南雲堂、二〇一五年
陳國偉「台湾ミステリー事情」『本格ミステリー・ワールド２０１７』南雲堂、二〇一六年

「陳浩基先生インタビュー」稲村文吾『陳浩基の本』同人誌　二〇一七年
「陸秋槎トークショー　華文推理作家の出来るまで」『ミステリマガジン二〇一九年三月号』、早川書房、二〇一九年
千街晶之「読者の知力に挑む眩惑の作中作ミステリー」『このミステリーがすごい!2021年版』宝島社、二〇二〇年
陸秋槎「往復書簡　陸秋槎↓法月綸太郎」法月綸太郎『フェアプレイの向こう側』講談社、二〇二一年
劉《リュウ》　臻《チエン》「中国における変格ミステリの受容史」竹本健治選『変格ミステリ傑作選【戦前篇】』行舟文化、二〇二一年
松川良宏「台湾ミステリ史 中編―台湾推理小説100年の歴史」アジアミステリリーグ
(https://w.atwiki.jp/asianmystery/pages/159.html　閲覧日：二〇二二年四月三〇日)
松川良宏「2009年に中国で刊行された日本の推理小説」アジアミステリリーグ
(https://w.atwiki.jp/asianmystery/pages/64.html　閲覧日：二〇二二年十月三一日)

作家だって一生推してろ

——斜線堂有紀論

詩舞澤沙衣

1．オタクらしい作家、斜線堂有紀

斜線堂有紀は今一番「オタクらしい」ミステリ作家である。そして、そのオタク的な性質故に「成功」している。では、どうオタク的なのか、これからの論考で説明する。まず、オタクコンテンツにフィットしたオタクであること、アイドル性を主張するオタクであること、創作的な意味でのオタクであること、最後にニッチな性癖としてカタストロフィに強い思い入れのあるオタクであることを論じていきたい。

2．新たな発信ツールを使いこなす「オタク」

まず、斜線堂はオタクコンテンツに根差した創作をし、作品を生み出している。たとえば「Twitter」、「ツイキャス」[*1]など様々なオタク的手段でコンテンツを流通させている。それらをファンが取捨選択して好きなように見てまわることができる。

まず、「Twitter」では、二〇二一年四月からスペース機能[*2]が実装されてからは、積極的に活用し、作家やファンとの交流の場としている。また、Twitter 上でショートショートを毎日連載する際、小説を画像一枚に収め、ハッシュタグ「#不純文学」をつけて投稿し続けた。この仕掛けには、「文庫ページメーカー」というｗｅｂ上のメディア・プラットフォームが関係している。「文庫ページメーカー」とは、Twitter上に小説を画像として表示することのできる、メディア・プラットフォームだ。「文庫ページメーカー」が作られた経緯は次のとおりである。最初は、小説家ほしおさなえが文学フリマなどの同人誌即売会で頒布していた「140字小説」を簡単にインターネット上で作成できるツールの開発から始まり、二〇一七年より運営が開始された。「画像で文章を表現する」という観点から、様々な表現方法で展開した。結果として生まれたのが、「文庫ページメーカー」だ。「文庫ページメーカー」は、文庫サイズの小説のように一ページが一枚の画像となり、字数にあった枚数を自動作成してくれるツールだ。「文庫ページメーカー」は、小説を書くオタクに爆発的な人気を得た。これは、小説を書いてきた人にとっては革命的なツールであったからである。かつては、イラストを主軸とした Pixiv に代表される投稿用会員制サイトや、自分で作成したｗｅｂサイトなどへのリンクを貼り付けたツイートを Twitter にアップし、自分が作った小説を読んでもらおうとしていた。しかし、結局のところ、Twitter の仕様が変更されて、イラストや漫画はリンクに飛ばなくてもツイートをタップやクリックすれば読んでもらえる状況において、きわめて長文は「不利」であった。その状況を多少なりとも打開できたのが、「文庫ページメーカー」だ。斜線堂は、「不純文学」と銘打って、午後十二時に「文庫ページメーカー」と同じ形式で、一ページで完結する小説を書き続けた。その小説は常に「先輩」と「私」

の物語であり、その「関係性」だけは確かにあるが、男女の関係なのか、男同士なのか、または女同士なのかは明言されていない。読者の好きなように、「先輩」と「私」を思い描くことができる、自由度の高い小説群だ。いつでもTwitterでハッシュタグを探せばすぐに読むことができ、それをすぐにリツイートして拡散してもらうことができる、きわめてコンパクトな小説は、Twitterという世界において、斜線堂有紀の小説を簡潔に宣伝することに成功した。Twitter上に掲載した「不純文学」をまとめた上で、新作を加えて一冊の本にしたものが、『不純文学 1ページで綴られる先輩と私の不思議な物語』である。現在も、「不純文学」のTwitterアカウント[*3]や斜線堂有紀本人のTwitterアカウントから、不純文学の小説群は簡単に読むことができる。ただし、文庫ページメーカーは商業利用が禁止のため、「不純文学」のアカウントでは多少連載時とはフォーマットが異なる。「文庫ページメーカー」が創作オタク向けのツールであり、「オタク的」なコンテンツとして、「不純文学」はあったのだ。

オタク的なコンテンツとしての側面は、他にも「神神化身」というプロジェクトにも表れている。「神神化身」は、斜線堂の拡散力を買われて生まれた、音楽プロジェクトである。二〇二〇年十月に本格始動し、キャラクターデザインを秋赤音、原作・小説を斜線堂有紀、楽曲制作はボーカロイド楽曲制作で有名な作曲家が名を連ねる。文庫ページメーカーのような画像形式で小説を読むことができ、Twitterとブログ形式で小説が連載されている。現在、CDやサブスクリプションサービスで楽曲やオーディオドラマを聞くことができるほか、斜線堂本人がすべて執筆した小説の単行本も発売されている。スピンオフ漫画やコラボカフェ、ｗｅｂラジオ「かみしんラジオ」など、多面的に展開した（二〇二二年十二月でのコンテンツ終了が発表された。小説プラットフォームの見にくさなどが原因に挙げられる）。一時のボーカロイド楽曲のノベライズ文化の文脈を受け継ぐコンテンツだ、と見ることができるだろう。例えば、「七つの大罪」シリーズ[*4]などボーカロイド楽曲のノベライズ化が流行し、その後はメディアミックス企画として、「カゲロウプロジェクト」「告白実行委員会〜恋愛シリーズ〜」などが生まれた。

ほかにも、斜線堂が脚本を担当した朗読劇「池袋シャーロック」がある。音声や動画を配信するアプリである「ツイキャス」で、星海社担当編集の太田克史とオーディオ・コメンタリーを行っている。公式側が多種多様なメディアで作品を発表し、Twitter のリツイートなどによって能動的に視聴者が公式の代わりに「拡散」するスタイルが近年の流行である、と言える。

3.『「推し」てもらう作家は「アイドル」』論を展開するオタク

斜線堂は、相沢沙呼著『小説の神様』の公式アンソロジー販促のために特設ｗｅｂサイトに書き下ろしたエッセイ、「荒木比奈を見つけた日、神の目がとろけた[*5]」で以下のとおり記述している。

アイドルも小説家にはいくつも共通点がある。

アイドルも小説家も、たった一人のファンの心を揺るがすだけではビジネスが成り立たない。どんな努力を重ねればいいかが定まっておらず、その努力すら適切に報われるかは分からない。人気を得るには運だって必要だ。見る目の溶けてる神様の加護が。

つまり、小説家というのはアイドルである。（…）

小説というものは読まれて初めて意味が生まれる。見つけてくれたあなたがいつだって意味をくれるのだ。あなたが推し小説家を小説家にしている。小説家は見る目の溶けた神様を捨てて、あなたを神様に据えて今日も書き続けている。

そう、ここにいるあなたが小説の神様なのだ。

私達は全ての愛と祈りをあなたに捧げている。
「荒木比奈を見つけた日、神の目がとろけた」斜線堂有紀（『小説の神様 わたしたちの物語 小説の神様アンソロジー』収録）
斜線堂の中では、「アイドル」と「小説家」が同列に存在している。斜線堂の活動が「オタク的」であることは先述した部分でもあるが、オタクに「アイドル」のように「推し」てもらうことを期待して行動している。たとえば、noteというブログ的なツールでは、毎月メールマガジンのように課金することで読むことのできる小説を連載する「脱法小説髄記」、斜線堂本人が描いたイラストをそのまま使用した、ツイキャスとTwitterで活躍するVチューバーキャラクター「バーチャルコーギー」などがある。「バーチャルコーギー」とは別に、斜線堂有紀として、「ツイキャス」や「Clubhouse」[*6]やTwitterのスペース機能など、自らの声を使って、コンテンツの発信をすることがある。先述のツイキャスはログを残すことができるツールだが「Clubhouse」やTwitterのスペース機能は、記録を残さないように、一時的かつリアルタイムで発信する音声交流ツールである。つまり、斜線堂は「小説家」を「リアルタイム」で「推す」ことをファンに求めているのだ。他にも、「TxT Live」（テキストライブ）という、リアルタイムで小説の文章がタイプされる様を配信するツールの使用も挙げられる。インターネット書店を個人で簡単に開くことができるプロジェクト「Select Books for SomeBody」のクラウドファンディング[*7]では斜線堂が描いたイラストが寄付の返礼品として使われた。クラウドファンディングは二〇一九年二月九日開始、二〇一九年四月九日終了であり、期限が設けられていて、リアルタイムで情報を追いかけていないと、リターンを得ることができなかった。

ほかにも、最近ではハヤカワミステリマガジンのコラム連載「これからミステリ好きになる予定のみんなに読破してほしい１００選」や、講談社系列で読書に関するｗｅｂサイト「tree」での読書日記連載「斜線堂有紀のオールナイト読書日記[*8]」がある。斜線堂に関する多岐にわたる情報を、ファンはいつも追いかけることになる。

他のコンテンツを楽しむ時間を奪うくらい、斜線堂有紀というコンテンツにファンの時間を独占する試みは、どこかイベントをほぼ途切れなく続ける、スマートフォンのソーシャル・アプリゲームに近い。作家が、サイン会やトークイベントなどで「キャラクター性」を獲得することはままあるが、斜線堂は自発的にそれを行うことで、自らを広告塔にして、自らの小説を売ることに成功している。オタクに推されるための方法論が分かっていて行動する、というのは実に「オタク的」ではないか?

4.「パラレル・ワールド」のオタク

斜線堂は、二次創作でよく描かれがちな「パラレル・ワールド(並行世界)」(ただし、二次創作の世界では、原義を無視して「パロディ」「パロ」と呼ばれることが多い)の趣向を作品に取り込んでいる、まさに「オタク」的な作風を持つ。

「パラレル・ワールド」という趣向を巧みに使った作品は、斜線堂が脚本を担当した、朗読劇「池袋シャーロック　最初で最後の事件」である。もともとは「ハイムリック北崎」シリーズとして、個人のブログ系webサイト「note」に掲載されていた、非商業作品の人物たちが登場する。ただし、noteで登場していた時と設定を異にしている。note中の北崎と朗読劇の北崎は、探偵にあこがれていた点は同じだが、その後の人生の描かれ方が異なっている。「もし○○が××だったなら……」というifの世界を空想のうちに繰り広げる、並行世界を描いているのである。もし、斜線堂の詳しいファンであるならば、noteの記事と朗読劇を見比べて、まず楽しむことができる仕掛けだ。

さらに、朗読劇「池袋シャーロック」の面白いところは、全六話存在するうち、それぞれが別の話の「パラレル・ワールド」になっており、複雑にエピソード同士が絡み合っているところである。たとえば、第一話「教え子と鈍色の研究」と第二話「友とまだらの雪の冒険」は、一見どちらも似たような設定の事件なのだが、「もし犯人が○○だったなら……」というifをそれぞれに描いている。ノベルゲームの分岐ルートを楽しんでいるような感覚に陥るのだ。第三話以降の物語は、第一話の「続き」を描く展開もあれば、第二話の「続き」を描く展開もある。そもそも、第一話・第二話で発生した事件が起こらないものもある。

「パラレル・ワールド」的な手法は、「死体埋め部」シリーズでも用いられている。『死体埋め部の悔恨と青春』『死体埋め部の回想と再興』（そして、マウス二人芝居[*9]の「死体埋め部の栄光と旅路」）は、それぞれ別々のifをエンディングに描いている。

「オタクならば一度は夢想する展開を原作者が書いてしまう」というなんともオタク心をくすぐ

ることを、斜線堂はやってみせるのである。

5.「一生推せ」と囁くオタク

斜線堂有紀は、Twitterなどで、好きなコンテンツや作家の言及をすることがある。相沢沙呼作品が好きである、と言及をすれば、『小説の神様　わたしたちの物語　小説の神様アンソロジー』に小説の寄稿、そしてアンソロジー刊行記念エッセイとして、先ほど論考で引用した「荒木比奈を見つけた日、神の目がとろけた」を寄稿する（荒木比奈は、「アイドルマスターシンデレラガールズ」のキャラクターのことである）。

Twitterだけでなくインタビューなどでも、影響を受けた作家として佐藤友哉を挙げると、佐藤友哉のクラウドファンディング企画[*10]の特典として、斜線堂の〈鏡家サーガ〉トリビュート書き下ろし短編小説PDFが書かれることになった。〈鏡家サーガ〉シリーズ再版の経緯には、第二回円居塾（星海社企画のツイキャス番組、第二回は二〇二一年七月十七日配信）で、文章の素晴らしさに強く影響を受けた一冊として、斜線堂が『水没ピアノ』を挙げ、反響が大きかったことが影響している。

「少女歌劇レヴュースタァライト」が好きだとTwitterで語りだすと、「少女歌劇レヴュースタァライト」監督・古川知宏の新作プロジェクトを立ち上げた「タイトル未定作品」[*11]の脚本を担当することになった（暫定ハッシュタグは ＃ラブコブラ で、二〇二二年十二月時点はTwitterとYouTube上の動画のみ）。

作品の中でも、斜線堂は、「ミニカーだって一生推してろ」（『愛じゃないならこれは何』収録）では、「一生推せ」という一文をラストで訴える。

ただし、『幻想と怪奇12 イギリス女性作家怪談集』（新紀元社）に寄せた「二百年後のメアリー・シェリー」では、「女性」であるというだけで、消費される被害についても、実体験を交えて紹介している。

6.「喪失」のオタク

話を戻そう。斜線堂のオタク的なところとして最後に挙げたいのは、ちょっと特殊な嗜好かつ趣向の話である。斜線堂作品に通底するテーマがあるとすれば、「喪失」という一語に集約される。多くの作品は作中で近しい人物を失ったキャラクターが出てくる。そして、「人物の喪失」から前後して倫理観・冷静な判断の喪失が描かれる。序盤に刊行された作品群は、「喪失」までの物語であり、近年の作品は「喪失」した後に焦点が当たっている。

斜線堂のシリーズ作品『キネマ探偵カレイドミステリー』では、主人公・奈緒崎は、家を喪失する。〈死体埋め部〉シリーズでは、死体埋めに加担することになった主人公は、ありふれた青春を喪失し、倫理観を次第に喪失していく。『私が大好きな小説家を殺すまで』では、主人公・幕居梓は遥川悠真の小説家としての尊厳を喪失させる。『夏の終わりに君が死ねば完璧だったから』では、ヒロイン・都村弥子の命が「金塊病」によって喪失し、主人公との関係は喪失する。『恋に至る病』では、ヒロイン・寄河景が人間性を喪失し、他人の命を粗末に消費させる。『コールミー・バイ・ノーネーム』では、主人公・世次愛が古橋琴葉の本当の名前を当てると、二人の関係が喪失する。

今回は、後半の「喪失」以後の世界を描く作品に焦点を当てる。

『詐欺師は天使の顔をして』や『楽園とは探偵の不在なり』では、様々な殺人事件がそれぞれの中で描かれるが、実は、本来ミステリ小説の華と言える殺人事件に対して、物語に重きが置かれていない。作中時間内で発生する事件よりずっと、かたや仕事の「相棒」を喪失し、かたや「探偵助手」たちを喪失した、作中時間以前の事実こそが大事であるかのように描かれるのだ。本来的にミステリ小説の構造は、謎の発生から解決まで結びつけることで読者を感動で突き動かそうとするはずである。しかし、『詐欺師は天使の顔をして』では、殺人事件を解決しようと奔走するのではなく、主人公は相棒・子規冴昼の後を追うように異世界に移動していくのである。

さらに、『楽園とは探偵の不在なり』では、主人公の探偵が、サポートしてくれる「助手」を失ったことを回想として何度も描いている。探偵の憂鬱が、事件が発生したことに力点が置かれているのではなく、「助手」なしで（しかも助手を喪失した一因が己にあることで）事件を解決しなければならない、という点に悲哀を込められているのだ。実際、殺人事件の連鎖は収束するのだが、エンディングを迎えても探偵は憂鬱を抱えたまま、物語を閉じることになる。主人公・青岸焦が抱く鬱屈は、麻耶雄嵩作品の登場人物である如月烏有が抱えていた鬱屈に似ているのではないか。特に、『夏と冬の奏鳴曲』では、如月烏有は事件に巻き込まれるものの、事件が進行していくのを止められず、好意を抱いていた少女を喪失していく。シリーズとして続く『痾』『木製の王子』は、如月烏有のその後を描き、何度もさらなる「喪失」を描き、通奏低音の如く存在する鬱屈は拭われることはない。

『楽園とは探偵の不在なり』では、麻耶作品中の如月烏有の喪失という受難の効果を利用した結果、物語の流れとは直接関係のない「探偵の挫折」の原因となる「喪失」の方が、作中時間中の殺人事件より重きが置かれていく。少女を失い探偵を失った如月烏有のように、主人公・青岸焦は、憂鬱の中で事件を解こうと、絡まった毛糸を弄るように事件と対峙することになる。だからこそ、『楽園とは探偵の不在なり』は事件は解決されるはずなのに、読者に気持ち悪さを残して読了させてしまう。この気持ち悪さこそが、過剰な「喪失」による読後感と言えるだろう。

ただ小説を書くことだけが、現代の小説家に求められることではない。己を曝け出していくことが、強く求められるのではないか。己を曝け出すと言っても、浅慮でただすべてを見せるのではない。自分のより強みである部分を、自分で意識的に要素として取り出して、現代的なツールを駆使して、アイドルのようにファンやファンになろうとする人々に訴えかけるようなアピールをしていく。自分がファンである作家に対しても、「ファン」である己を曝け出すことで、相手作家をも虜にして斜線堂有紀のファンにしてしまう。そして、ファンの輪を構築していく。作品でも、もちろん自分の好きなシチュエーションや設定をふんだんに盛り込み、己を曝け出す。オタクである己を、とことん曝け出していく。

＊1　動画や音声を配信することのできるｗｅｂサービス。
https://twitcasting.tv/

＊2　Twitter スマートフォン用アプリ限定で、Twitter ユーザー同士で通話ができる。アプリの画面上部にアイコンとして表示される。

＊3　「不純文学」のアカウント

https://twitter.com/impure_stories

＊4 『悪ノ娘』など二〇一〇年から刊行されている小説群。

＊5 「荒木比奈を見つけた日、神の目がとろけた」
https://tree-novel.com/works/episode/1440b18bbde2938d90426296bc7d0634.html
『小説の神様 わたしたちの物語 小説の神様アンソロジー』にも収録

＊6 「バーチャルコーギー」のアカウント
https://twitter.com/vtuber_corgee

＊7 「インターネットで書店を気軽に持てる世の中にしたい!」Select Books for SomeBody のクラウドファンディング
https://camp-fire.jp/projects/120595/comments

＊8 「斜線堂有紀のオールナイト読書日記」
https://tree-novel.com/works/e17748147f7606370af0674d2503fea5.html

＊9 納谷僚介企画で、マウスプロモーションで制作されたコンテンツのひとつ。
現在 BOOTH にて音声データを販売している。
https://maushop.booth.pm/

＊10 「小説家・佐藤友哉（愛称ユヤタン）のデビュー20周年記念復刊企画を祝福したい!」
クラウドファンディング
https://camp-fire.jp/projects/view/494959

＊11 「タイトル未定作品」監督：古川知宏、脚本：斜線堂有紀、音楽：ポニーキャニオンの新作タイトル

アカウント
https://twitter.com/lovecobralove

あらかじめ壊された探偵たちへ

——阿津川辰海論

片上平二郎

0. Ω《カメ》とα《アキレス》

最初に言い切ってしまえば、この批評文は最終的に、すでに、そしてつねに、阿津川辰海という作家に先回りされ続けてきた。この論考の草稿ははるか昔に一度、書かれたものであった。書かれたものを書き直そうとすると、その間に阿津川は新たな作品をすでに書いている。その新たな作品には、ここで書こうとしたことがすでに書かれている。それに対応すべく新たに書き直し、それを修正しようとするとまたその間に新たな作品が現れる。そんな繰り返しがこの論考にはつねに現れてきた。古代ギリシアより語られてきたゼノンのパラドックス、そのようなものにこの論考は取り憑かれてきた。預言は語られるより先に成就してしまう。しかし、わたしはそれを口にするほかないし、すべては不細工にはじめなければならない。おそらく、この論考が本となったとき、それよりも早く作家自体がここで語ろうとしたことをまた先回りして文章にしてしまっていることだろう。

たとえば、この論考のゲラ提出という最終段階において、阿津川辰海によるジェフリー・ディーヴァー『オクトーバー・リスト』を読んだときのおどろき！　このようなことを語るのは、作者もしくは読者に対する単なる目配せにすぎないのかもしれないが、その驚愕こそが、ここで書かんとしたことのαでありΩである。

1．あたかもあらかじめ壊れた世界のように

探偵小説とは、悩める文芸ジャンルである。謎があり、その謎を解く。そのような作業のために、探偵は推理に頭を悩ませる。しかし、探偵小説における苦悩とはそれにとどまるものではない。探偵小説の謎とは秘密と罪に関わるものだ。だから探偵とはそれらを曝き、裁く者となる。そこには実存的な苦悩が伴う。何を曝き、何を裁くべきであるのか。ジークフリート・クラカウアーは『探偵小説の哲学』において、探偵を「警察と犯罪との間の揺れ動く関係」の中にある存在とし、この関係を「超越化の出発点を成す」ものであると語っていた[*1]。探偵は自らの意思決定を既存の正義の文脈に据えることはできない。自分は何をしているのだろうか、何をさせられているのだろうか。探偵が立つ場所は揺れ動く中間的な地帯だ。よって、思考の上でも、倫理の上でも、探偵は世俗的な価値観とは別の領域に身を置かざるを得ない。その意味で、探偵小説の世界とは、構造上、論理と倫理の二重の意味での、独自の苦悩の領域となる。

二〇一七年にデビューした若き作家阿津川辰海が描く作品もまた、この悩める探偵小説の系譜に属するものである。彼の描く登場人物たちは深く悩む。そして、この悩める性質は単に登場人物たちの心性のレベルにあらわれるだけではなく、そもそも、物語世界の構造それ自体が登場人物を苦悩させるかのように構成されている。作品の中に登場する多くの出来事、事態は彼らを苦

悩へと追いやる装置の如く、立ち現れる。よって、そこでは大部分の登場人物は悩まざるを得ない。阿津川の小説世界は苦悩の方へと傾いだかのように存在している。

　この悩める性質は、何よりもまず彼の現在の代表作であろう〈館四重奏〉シリーズ、いわゆる阿津川版「館」シリーズ中に強く見ることができるだろう。苦悩に向けて傾いた斜め屋敷がそこにある。作者自身も、自らが持つこの志向性には十分に自覚的であるはずだ。例えば、短編「盗聴された殺人」は雑誌掲載時には「探偵・能力者の苦悩がより前面に出た形」*2で書かれていた作品であるが、短編集『透明人間は密室に潜む』収録時にはその要素を削減した改稿が行われている。この改稿が示しているのは、放っておけば、自然と苦悩へと滑り落ちていってしまう作者の作家的本能のようなものだ。その意味では、阿津川という作家、ないしは個人がそもそも奇妙なまでに苦悩へと傾く資質を持っていると言えるだろう。

　奇妙なまでにと書いたのは、この傾きが過剰であるがゆえに、非常に人工的なものとして感じられてしまうからだ。彼が謎を人工的に配置する探偵小説というジャンルを選んだこともこのことと絡んでいるかもしれない。冒頭で記したようにこのジャンルは悩める文芸ジャンルである。だがそんな苦悩が前提とされ当たり前の世界に置かれたからこそ、阿津川作品の苦悩はその中核がとらえづらい。果たして彼と彼の作品の登場人物たちは究極的には何に悩んでいるのか。そして、作家自体がなぜ、そのような苦悩を書き続けようとするのか。それをとらえることはなかなかに難しい。

だが、阿津川の苦悩を、それはしょせん悩むための悩みであるというありがちな解釈をしてもうまくいかない。あまりにその世界が苦悩の方へと傾きすぎているがゆえに、その苦悩を単なる苦悩のポーズとしてとらえることもしがたい。その苦悩への傾きは、作中人物の、そして作品世界の、すなわち作者それ自体の生理的な性向として深く埋め込まれているように感じられる。きわめて造り物めいた感触はあるが、それはそのように世界を造らねばならないと感じてしまう作者の生理が反映されたものであり、だからこそ、人工的であるにもかかわらず自然なもの、自然的であるがゆえに人工的なものとして存在している。

彼の作品において、探偵は苦悩を宿命付けられた人間として描かれる。探偵は単なる職業や役割ではない。『紅蓮館の殺人』において、探偵葛城は「探偵とは生き方だ[*3]」と宣言する。そして、その後、彼は世界から試され、打ち崩されていく。全能性を持つ探偵はそれゆえに傷付けられ壊されてしまう可傷的な存在だ。探偵という言葉があふれかえる阿津川の作品においては、この探偵の宿命はどこか自明なものとして描かれている。そして、この宿命的な存在である探偵の周囲にいる人間もまた、自然にその宿命性との連関の中に置かれることになる。だから、作品世界は苦悩と苦難の気配に満ちた、崩壊寸前の悲劇的気分によって満たされることになる。これは阿津川作品における暗黙のルールのようなものだ。しばしば、特殊設定ミステリという文脈で語られることも多い阿津川の作品の特殊設定とは、何よりもこの奇妙な「探偵」観にこそ見ることができるかもしれない。不可視の根源的な特殊ルール：探偵とは苦悩する存在である。

この苦悩という性格とは別に、もう一点、阿津川作品の特徴として挙げられる要素がある。それは書籍としても刊行された読書日記やツイッターのつぶやきでも確認することができる、推理小説マニア的視点からの過去作品へのオマージュ的要素だ。多用されるエピグラフや章題に使われた過去作の名前を見るだけでも彼の博覧強記的な読み手としての素養はすぐにわかることだろう。その脳内図書館からさまざまなかたちで呼び出された過去の記憶が独自の形で組み合わされ、まったく新しい世界として再創造される。このミステリ・マニア的な手つきにこそ、阿津川辰海の作家としての本質を見る立場もあるだろう。そこにあるのはマニアが夢見るワンダーランドである。

だが、この楽しげな作業においても、阿津川がもっともこだわるのはやはり苦悩である。過去作から様々な要素を拾い集めマニアによるマニアのための夢の世界をつくりあげながらも、同時に、もっとも濃厚に抽出されるのは古今東西の探偵たちの経験したありとあらゆる苦悩であり、その苦悩は濃縮されたかたちで作品世界の探偵にぶつけられる。多方向へと分散する無限の夢のミステリ・ワンダーランドの中で、濃縮された苦悩が探偵におそいかかる準備をしている。楽しげな夢の世界は、やはり悪夢と崩壊寸前の気配に満ちた世界である。そこを支配する苦悩とは一体何なのか。

阿津川において、探偵ははじめから苦悩する者として存在している。その意味ではあらかじめ壊された存在である。実体がとらえづらい彼の苦悩への傾きの意味を考えること、そして、そこから探偵小説なる形式が持つ特徴とその現在性をとらえ直すことが、本論の目的である。

2. 自分は造られたと呟く

そもそも二十世紀末に展開された新本格ミステリという「文学」運動（あえてこのように呼んでみたい）自体が、苦悩の感触を強く持つものであった。それは謎解きパズル小説であると同時に、マニア的性向を持つ若者たちの実存を描き出す青春小説という要素を強く持つものであった。読書世界に耽溺する者の愉楽、その愉楽は優越感と劣等感の間を揺れ動くものである。世人が知らないことを知っていること、だが、同時にその知識は世ではどうでもよいこととして扱われていること。マニアとは自らを知的に早熟と感じて、ほくそ笑みながらも、世間ずれしない未熟さを恥じ入りもする。その両極に引き裂かれた者は、成熟という均衡に落ち着くことはなく、悩ましさの中に身を置く。持て余された早熟に帰着する、この実存的な浮き沈みの運動の中にこそ、青春小説としての新本格の中核がある。そこでは、表層的には知識と情報をパッチワーク的に組み合わせて世界を構築するゲーム的な操作が行われながらも、その裏面にはその小説世界に住まう若者たち、そして現実世界における若者たちの実存を描き出すという潜在的な性格があった。

探偵小説のシンボルとも言える密室も、このようなマニア的実存の問題と関連付けてとらえることができる。ヴァルター・ベンヤミンから多木浩二、そして円堂都司昭らが論じるように個室とは近代的個人の内面《インテリア》と相関するものであった。近代社会の出現とともに登場したこの個室という問題系は、消費社会の高度化の中でさらに趣味空間としての要素を増していく。密室とはマニアが自分の趣味的世界に浸れる自室の形象であり、館とはマニアたちが集いながら謎解きに没頭するサークルの部室の形象である。ミステリ・マニアたちが執筆する新本格推理小説に対して、このようなアナロジーを適用することは十分に可能であるだろう。

彼らは自分たちのルールによって出来上がった特別な閉鎖空間を作り、そこにひきこもる。そこは愉悦に満ちた空間だ。だが同時に、そこは孤独さと劣等感に浸された場所でもある。だから密室の謎を解きながら、その密室の外部を求めていく。しかし、その謎解きという脱出の方法自体が、あくまでも趣味的に形成されたものであり（探偵ごっこ！）、それによって彼はまた未成熟さの中に取り置かれることになる。密室から出ようとするが、それゆえに出られない。このような優越感と劣等感の間の弁証法、そして脱出に向けた思考と実存の二重の苦悩が新本格運動を駆動するものであった。おたく／オタクが文化的存在感を増し、また、高学歴ワーキングプア問題が取り沙汰されるような二十世紀末から二十一世紀初頭において、青春の密室において苦悩する小説ジャンルが特異な存在感を示していたことは改めて確認されておくべきことであるだろう。

だが、このような新本格ミステリというジャンルは二〇〇〇年代半ばから、その存在感を薄れさせてもいく。その理由はいくつか想定することができる。あるジャンルが発展していく中で、それがこれまでになかった困難に行き当たることがある。ミステリとは驚愕を目指して書かれた小説だ。だが、新たな驚愕を用意することはだんだんとむずかしくなってくる。そして、より複雑で珍奇な驚愕が描かれることになるが、それはマニアしか楽しむことができないようなものになっていき、濃縮された閉域をかたちづくることになる。京極夏彦の登場によって顕著なものとなった推理小説の長大化をこれと重ねて考えても良いかもしれない。作品世界は濃く、そして長く続くものとなっていく。この変容をジャンルの成熟と呼ぶことも可能であるだろうが、むしろカルト化と呼ばざるを得ない状況であるとも言える。濃縮化とは、成熟というよりも、呪いの如き、出口の無い趣味の世界を意味することが多い。誰もがみなおどろくような謎を生み出すことはむずかしい。作家たちはそのことに苦悩せざるを得ない。そして、いわゆるスランプといわれるものがここに生じる。個々の新本格系作家たちの発表ペースの鈍化だけではなく、新本格というジャンルそれ自体にスランプ化というべき状況が訪れた。思考と実存の苦悩は、創作活動を駆動するモーターではなく、むしろ、それを停滞させるブレーキとなった。

　九〇年代後半から新本格界隈の中で語られることが多くなった、いわゆる後期クイーン的問題なるものも、このブレーキとしての苦悩と連動させ考えることができるはずだ。探偵の推理の正しさを最終的に確証することは不可能であるという論理的問題は、探偵の実存的な苦悩の問題へとスライドしていく。論理的な苦悩は必然的に実存的な苦悩に結びつくという論理は、探偵小説が悩める小説にならざるをえないことを証明し、それがスランプに陥ることを正当化する。謎解きという娯楽は、苦悩を前面に押し出すにまで成熟したとも言えるかもしれない。ただ、その成熟は個室から外に出ることを困難にするスランプとして姿を現す。

また、これと時代的に平行して起きたインターネット環境の拡充も、個室＝密室という比喩に対して大きな影響を与えた出来事であるだろう。もはや、個室にいることは孤立を意味しはしない。というよりも、スマートフォンの普及以前においては、個室こそが無数の他者が存在するネット空間との接続地であったのであり、他者とのコミュニケーションの空間であった。個室はもはや閉域ではない。そして、その閉域ならざる個室はスマートフォンの普及により、社会空間全体に溢れ出すに至った。

その意味で、密室をシンボルとする新本格は屈折した青春小説という役割を果たしづらくなったはずだ。代わりにその役割を果たしたのは、コミュニケーション＝恋愛、そしてルール＝ゲーム的世界設定によって成立するラノベ・セカイ系といったジャンルであった。新本格から連なるミステリの系譜はその後も脈々と続いてはいた。だが、それは八〇年代後半から二〇〇〇年代初頭に持っていたアクチュアリティを失ったかのようにも見えたし、そのため、徐々に苦悩の側面も薄くなっていったかに見えもした。背負うものが軽くなれば、愛好者向けのマージナルなジャンルとして、形式を保持しつつ、ジャンルは通常営業を続けていけば良いのだ。

しかし、現在のミステリのアクチュアリティを問う本書が成立した背景にもあるように、近年、新本格的な匂いを持つ小説が再び勢いを取り戻してきた感覚がある。一時期は忌避されてきたところもある書籍の売り言葉としての「ミステリ」という単語を再び目にする機会が増えてきたし、阿津川作品もその系列に加えることができる、いわゆる館ものも新刊書の中で目立ち始めている。実際、二〇二一年に出版された総合的にミステリを扱う『このミステリーがすごい！』のランキングでも、本格ジャンルの小説を上位に多く見ることができる。この新本格的なものの復興が持つ時代的意味とはなんなのだろうか。

　こうした現在の動向の中で特に阿津川辰海という作家に注目したいのは、冒頭にも記したように彼が苦悩というモチーフに取り憑かれているように見えるからであり、その苦悩がどこか奇妙なものに感じられるからだ。先に見たように、新本格における苦悩の深まりはある展開、つまりスランプ化を見せていた。新本格の作家たちもジャンルとしての新本格も、だんだんと苦悩へと傾いていった。しかし、阿津川辰海は最初から、すなわち、あらかじめ苦悩している。探偵は当然の如く苦悩する存在であるし、探偵小説は必然的に悩めるものであると思い込んでいるかのようにだ。その苦悩は、自己目的化したものであるようにも思えるし、足場が見えない得体がしれないものにも感じられる。それは、新本格が徐々に抱え込んでいった苦悩という主題を、後続者が真正面から受け止め、それを当たり前のものであるとして抱え込んでしまったために生じたものでありもするだろう。形式としてコピーされたモチーフとしての苦悩。だが、だからといってそのような苦悩が偽造されたものであると言いたいわけではない。ただ、そんな苦悩がある種の独特な謎の存在感を示していることもたしかなことだ。

もはや現代は悩める時代ではないと言われる。苦悩する思考、苦悩する実存などは古くさい。そんな時代において、あらかじめ形式化された探偵小説的な苦悩をあたかも、おのれの実存的な問題として背負い込んだ奇妙な作家が阿津川辰海である。彼は探偵小説的苦悩といかなる意味で共振し、現在的な問題としてそれを展開しようとしているのか。それを考えることは、いま目の前で起きようとしている新たなる探偵小説の運動の意味をとらえることにもつながるはずだ。

3. ミステリは時間のミステリとなる

二〇一〇年代の本格系ミステリの復興において特徴的な性格をあげるとすればそれは、多重推理的な要素、そしていわゆる特殊設定的な要素の二つである。一方では、複数の推理を折り重ねることによって可能な限りの可能性を拾い上げ、そのことで推理というものが抱えざるを得ない恣意性への自覚を表明することで新本格の論理的な隘路を突破する。他方で、密室という空間的な縛りを特殊な設定というルールによる縛りへと変形させることによって新たな閉鎖空間をつくりあげる。つまり、あえて恣意的なルールを用意することによって、論理の無限後退はひとまず棚上げされる。後期クイーン的問題という限界はさしあたりこのような二つの要素によって、突破の道が探られた。

特殊設定ミステリにおいては、現実世界のルールとは異なるかたちで設定された厳密なルールによって独自の世界が組み立てられ、その中で物語が展開される。ここには、非個室的なモバイルメディアの時代以降の新たな自由の感覚と新しい閉塞感が描き出されている。可視化されない閉塞感は、特殊設定という縛りによって表現される。物理的空間であるパノプティコンという比喩によって表現される規律訓練型権力から、プログラム化されたアルゴリズムによって構築される環境管理型権力への変化をここに重ね合わせることもできよう。また、特殊設定の成立をテレビゲーム的世界観と結びつけることもできる。いわゆるライトノベル文化とは、文芸世界へのテレビゲーム的感覚の流入と位置付けられる。ゲーム的世界観が自明なものとなり、説明不要なお約束として使用可能になったとき、それを背景とした小説が登場する。そして、一旦、ヤングアダルト小説の中心的な地位は、密室パズル的な遊戯に重点を置かれた新本格から、テレビゲーム的な遊戯感覚の小説へと取って代わられていった。だが、そのようにして培われた文芸世界におけるテレビゲーム的な感覚は、特殊設定というかたちで再び探偵小説の中に入り込んでくる。

阿津川もまた、このような特殊設定ミステリ的な作品でデビューし、その系列の作家群に加えられて語られやすい。しかし他方で阿津川はさまざまな場所でこの「特殊設定」というジャンルのカテゴリー化とその多用に対する危惧を語ってもいる。そもそも「特殊設定ミステリ」とはなんなのか、それにまつわる議論は現在活発化しているが、この論考の中でそれに答えるだけの用意はない。ただ、一つだけ本論の中で注目しておきたいことがある。それは特殊設定ミステリと呼ばれるジャンルが活発化する中で、時間構造についての特殊な設定やルールが使用されることがきわめて多いということだ。しかも、予言というかたちをとって、その設定が登場することが多いのである。

例えば二〇二〇年版の「本格ミステリ・ベスト10」を見てみよう。そのランキングの中には、今村昌弘『魔眼の匣の殺人』、方丈貴恵『時空旅行者の砂時計』、澤村伊智『予言の島』という時間的な「特殊設定」を利用した推理小説が多く登場している。また、ここに登場する『魔眼の匣の殺人』、『予言の島』を、この前年に刊行された阿津川辰海『星詠師の記憶』や有栖川有栖『インド倶楽部の謎』と並べて「予言ミステリ」というジャンルの存在感を語ることもできるだろう。二〇二一年に出版された榊林銘『あと十五秒で死ぬ』や潮谷験『時空犯』をこの流れに置き考えることができるかもしれない。改めてこのように考えてみると、二〇〇〇年代に流行した時間ループものの先にある、二〇一〇年代における特殊設定ミステリの流れと連動した時間型ミステリの流行を語ることができる。

未来を知ることができる予言とは一見、時間を先取りする万能の能力と思われるかもしれない。だが、実際のところ、それは決められた未来を先取りするだけであると考えてみれば、むしろ、運命の中に閉じ込められていることを意味する。つまり、予言とは時間を閉鎖させるものである。同じ時間がくり返されるループものにおいてもまた、ある時間が限定され、閉鎖されている。密室とは空間を閉鎖したものであったが、予言やループは特殊設定を利用することによって時間を閉鎖している。つまり、それらは空間的な密室を、時間的に変形させたものであるのだ。人は時間の中に閉じ込められる。そして、その中で苦悩し、そこから脱出しようとする。空間的閉鎖が困難になった後に探偵小説は、ゲーム的想像力に基づき、時間を閉鎖させることに辿り着いた。あらかじめ決められた世界において、探偵たちはその閉域をなんとか突破しようとする。特殊な能力は、それを持つ者にとって世界を自由にするわけではなく、運命という時間的な閉域の中での閉塞感と苦悩を新たに用意する。

そもそも密室というイメージで語られることが多い本格ミステリにおいても、時間という要素は実は大きな意味合いを持ってきた。密室トリックにしてもその大部分はアリバイものに見られるような時間的閉鎖によって成り立つものだ。空間が前面化されたイメージの中にありながらも、実は探偵小説の謎の大部分は時間的な論理によって構成されている。もしくは時刻表トリックを考えてみても良い。交通網の発達によって拡大していく空間感覚の変容の中で、繊細に時間に目を向ける論理形式が発達していったのだ。かつてマルクスは『グルントリッセ』の中で「すべての経済学《エコノミー》は時間の経済学《エコノミー》である」と喝破した[*4]。それになぞらえて言うのならば、すべてのミステリは時間のミステリである。

多くの探偵小説は、自我の問題を空間的比喩によってとらえてきた。空間的なしきりが、自他の境界線にあたるというように。壁が、扉や橋が、わたしとあなたを隔てる。現在では、マスクが、食堂の机の上のアクリルボードが、わたしとあなたの安全を保証する。空間は物理的に人の心を分断する。だが、カントにまで遡ってみよう。カントは時間と空間の二つを、人間における、認識の基盤を成す感性のアプリオリな形式としてとらえた。そして、一方では「空間」を外的な対象をとらえるための認識の形式と関係づけながら、他方で、「時間」を人間の内的な経験と結びつく認識の形式と結びつけた。[5] 言ってみれば、時間の感覚こそが人間の自我のあり方を規定するのだ。わたしという問題は、時間にこそ深く結びついている。

　時間という要素を意識しながら、阿津川作品を読み直していくと、彼の作品の謎解きが時間に関わるものが多いことに気が付くはずだ。ある種のタイム・スタンプ感覚に基づき謎が構成され、その時間構造を解析していくかたちで謎解きが行われていく。興味深いことに、『名探偵は嘘をつかない』における探偵、阿久津透が初めて解決した事件は（その詳細は作中で語られてはいないが）、〈DL8号事件〉という時刻表トリックによるものであるのだ。[6] 阿津川ミステリにおける、時間的な論理構築性の完成度の高さは改めて着目するに足るものである。

〈館四重奏〉シリーズにおいても、そのタイム・スタンプ感覚は、自然災害によるカタストロフに向かうカウントダウンというかたちで姿を見せている。[7] そこではカタストロフという運命が予告されている。あらかじめ館が崩壊することは決められており、登場人物はその崩壊の時点に向けて進んでいくしかない。われわれの社会は二十一世紀に入ってから、幾多の災害に直面することになった。そんな災後の社会のミステリの姿をここに読み取れる。『紅蓮館』では山が燃え、『蒼海館』では川が氾濫する。そして、『名探偵は嘘をつかない』では唐突に地震が起きる。「僕らが今いる地点は、まさに被災したその地点で[*8]」あり、その地震は謎解きとも重ね合わせられる。「真実ってさ、何が隠れているか分からないんだよ。自分がこれまで生きてきた基盤が、足下が、根底が、まるっきりひっくり返るかもしれない[*9]」。阿津川において、ミステリとは災害と重なる文芸ジャンルなのである。

美術批評家の椹木野衣は『震美術論』などの著作において、日本の戦後という時代が政治的安定だけでなく、地殻も奇跡的に安定していた時代であったとし、その戦後終わりの中で、ポスト地殻安定期の文化と社会の関係を考えようとしている。そもそも新本格運動の変調が目に見えはじめる九〇年代半ばには阪神大震災という出来事があった。そして、新たな本格ミステリの動きが見えはじめる二〇一〇年代の冒頭には東日本大震災があった。地殻が大きく揺れ動く中では、個室も放射性物質格納容器もあっさりと破壊される。壁で覆われたせせこましい密室などというものはぶっ潰されてしまう。災後世界における探偵小説はそこからはじめなければならない。空間的密室などはすでに些細なものだ。人間は、目に見えないし予期もできないあまりに大きな運命の中に閉じ込められた（もしくはコロナ禍の現在を密室よりさらに狭いマスクの中に人間が閉じ込められた時代と見ることもできよう）。人が苦悩すべきものはすでに論理的な後期クイーン問題などではない。目の前には、ただゴロッとした運命的苦悩が横たわっている。このようにミステリにおける論理形式の作動のあり方とそれが生み出す実存の変化の社会性について考えることができるだろう。

4. 遅れてきた青年とぼく自身

本論でこれまで書いてきたのは、どちらかといえば、社会や時代、もしくは探偵小説というジャンルにまつわる大きな潮流《トレンド》についてである。当然、作家はこの潮流の単なる体現者などではない。個々の作家たちはこのいくつかの潮流と自分の性向や気質、生理といったものの共振や反発の中で作品をつくり出していく。これ以降、これまでの議論を踏まえながら、阿津川辰海作品の性向や生理によりはっきりと焦点をあてて議論を進めていこう。

運命という問題は阿津川辰海の中心的な問題にある。彼のデビュー作の冒頭は次のような文章からはじまっている。「探偵が現場に着く頃には、全ては手遅れなのである。／ようやくそんな真理を自覚した。犯人は悲劇の引き金を引いた後で、結果だけが目の前にある。／やはり、探偵が来るのは遅すぎる」。探偵は事件の後からやってくる。事件にどうしても遅れてしまう。謎が解けたとしても、それはあくまでも論理的な解決に過ぎず、それ以上の世事に関わる解決はまた別のレベルの問題として残り続ける。というよりも、謎の解決があらたな問題を引き起こすことすらありえる。答えがわかったとしても、探偵はつねに遅すぎる存在である。それは宿命付けられている。ゆえに探偵は悩まざるを得ないし、あらかじめ壊されている。阿津川は探偵をそのような存在として描き続けている。

ここにあるのは後（ポスト）という時間の問題だ。運命の問題にとりつかれた者は、時間の問題に行き着かざるをえない。自ら、もしくは他者の運命を知ることは理知によって可能になる。時間は理知によって、ある程度把握することができる。何が起きたのか、何が起きているのか、何が起きるのか、それは思考をめぐらせばある程度まで予測することができる。そして、それによって自分が何をすれば良いのかということの手がかりが得られもするだろう。しかし同時に、それはどうしようもないことがあるということに気付くことでもある。わかっていたとしても何もできない。全知は全能ではない。わかったからこそ、そのような無力感に苛まれることになる。『録音された誘拐』の世界において、人は「連絡を待つ以外ない」[*10]。時間の問題はふたたび運命の問題に回帰する。阿津川は『名探偵は嘘をつかない』において、事件の真実を「あまりに悲劇的で、あまりに喜劇的で、あまりに絶望的」[*11]なものとして語っている。

この循環を引き起こすものは、早熟さと未熟さのパラドックスでもある。早熟である者とは、先を歩む者であるということだ。未熟な者とはその逆に、遅れて歩む者である。人より多く知る者は他人よりも先にある。だが、先が見えるだけに自らの手の届かなさを痛感させられもする。他者のウソが見抜けたとしても、その痛みは自分にはね返ってくる。それだけに、自分の未熟さを思い知らされる。早熟さの意識を持つ者は、未熟さの意識を同時に併せ持つことになる。論理的な認識の速さは、実存の上では意識の重しとして作用し、彼の歩みを鈍らせる。だから探偵は悩まざるを得ない。

作家としての阿津川辰海は、このような早熟なる探偵の苦悩や自己証明にまつわる問題を描くことを執拗に繰り返してきた。その理由を、個人としての阿津川辰海の個性、もしくはエリートとしての彼の来歴などと結びつけて考えることは可能かもしれないが、そんな個人的なことの詮索は作家論がすべきことではない。ただこのような問題にとりつかれた一人の作家がおり、また、運命や時間が焦点化されるような時代や状況があり、その個人と状況の間で共振や反発が起きることによって個々の作品が生み出されてくるのだ。そして、その作品世界は、早熟さに苦悩が叩きつけられ、早熟さが未熟さへと滑り落ちていくというどこかマゾヒスティックな構造によって成り立っている。この構造に探偵という形象はまさに恰好なる存在である。阿津川は早熟が未熟になる瞬間、つまり、全能が不能へと転げ落ちる瞬間をつい書いてしまう。

探偵小説とは知的に構築された小説である。知的な構築とはすべてがコントロールされた世界を望むものである。だが、同時に、探偵小説とはそのように構築された謎を、探偵が論理によって解きほぐしていく小説でもある。つまり構築と解体によって探偵小説は成り立っている。謎が解けた瞬間、つまり謎の解体が完了した瞬間に探偵小説は完成する。この構造に対して自覚的な批評性を持った探偵小説の場合、この解体作業を行った探偵自体も無傷ではいられない。探偵は謎を解きほぐす過程の中で、自らもまたほどかれていく存在としてある。探偵もまた、全能の主体でいつづけることはできず、苦悩に侵食されていく。事件の後からやって来る遅すぎる者は、どこまで先を読んだとしても、そして、先へと歩んだとしても、やはり手遅れであるのだ。知れば知るほど、足下は崩れていく。そんな事実を再確認して、自らへと突きつけたくなってしまう。苦悩にとらわれるとは、そのようなことだ。

本節を閉じるにあたって最後に「犯人」という問題について考えておこう。阿津川作品（特にその初期作品）は犯人の印象が薄いところがある（ここで先に書かれた私の指摘は、後ほど修正されることになる）。犯人とは本来、事態をつくり出す者であり、事態の先導者である。つまり、探偵小説世界における究極的な主体であるといえよう。だが同時に犯人は、事態をつくり出した後では探偵によって追われる者となる。先行者はそのことによって、追い詰められる。その意味では、犯人もまた先のパラドックスの体現者となるはずだ。だがしかしそれでも、阿津川は犯人よりも、探偵の方にこそ、推理小説の本質を見ているように感じられる。彼の作品の中では、犯人はたしかに事態を生み出す者であるが、最終的にその個性の輪郭がぼやけ、むしろ時間や状況が事態をつくり出したかのように見える。犯人もまた、何かに巻き込まれ、その中で外側の力に操られているかの如く、犯罪を行うことが多い。犯罪はまるで自然的な災害やカタストロフのようなものである。このように阿津川は犯人という主体にはあまり関心を寄せていない。このことを近年の実犯罪における犯人の側への同情や共感が社会的に希薄になっている風潮と重ね合わせて考えてみても良いかもしれない。戦後文学は犯罪者へのロマンティシズムの投影（『内部の人間』の『叫び声』！）によって成り立っていたところがある。それに対して阿津川は、むしろ探偵という主体が崩れ落ちることにこそ、文学的モチーフを感じ取っているように思われる。

5. 先を歩む者としての兄、探偵

阿津川作品にはきわめて多く「兄」たちが登場している。『名探偵は嘘をつかない』では、兄を思慕する妹、そして自らが死んだ後もその妹の復讐心を心配する兄が登場しているし、『星詠師の記憶』でも予言者とその兄が登場する（また、兄というモチーフに絡めて言えば、大江健三郎の義兄である伊丹十三の映画が物語内に登場していることも興味深い）。そして、『蒼海館の殺人』でも二人のキャラクターに対応するそれぞれの兄が登場し、その関係性が物語の一つの軸として機能している。「兄」とは先に生まれ、先に世界を知っている先行者である。そのような「兄」に対して、「妹・弟」は必ず遅れてやってくる。兄というアキレスの前で、人は必然的に未熟な亀を運命づけられてしまう。ただ、同時に、兄がいるということは、自らを先取る存在が用意されているということでもあり、兄をまねた背伸びによって、弟と妹は周囲に対して早熟を気取ることが可能にもなる。つまり、兄の存在は、人にとって、未熟の意識と早熟の意識の双方をもたらすものである。

阿津川作品において、この「兄弟・兄妹」というモチーフは「探偵」と「助手＝記述者」の関係と重ねて読むことが可能だ。助手とは、探偵が行ったことを後から記述するという意味においては、探偵以上に遅れた存在としてある。ただ、それにとどまらず、精神面においても、『紅蓮館の殺人』における探偵／助手の関係はどこか兄弟的に見えるし、『名探偵は嘘をつかない』や短編「盗聴された殺人」における探偵／助手の関係は兄妹的なものにも見える。そして、その助手の設定において「探偵になりたかったがなれなかった」というものも多い。探偵は助手にとって先行者となっており、助手は未熟さを痛感せざるをえない。阿津川の未熟さへの拘泥は、物語の中に複雑な兄に対するブラザー・コンプレックス的な構造を呼び起こしている。

このブラザー・コンプレックス的な問題は、予言、運命というモチーフと結びつけて考えることができよう。兄は自分の先にある者であり、自分がこれからなる者を予感付けてくれる存在だ。ただ、その兄との関係の中には、先述したアキレスと亀の間の時間的パラドックスが論理的には存在している。当たり前のことであるが、弟／妹はその兄自体になることはけっしてできない。このように、時間や運命、カタストロフといった抽象的な大問題は、兄弟／兄妹間のコンプレックスという極私的な実存的な問題とダイレクトに絡み合うことになる。

この絡み合いをセカイ系という補助線で読み解くことも可能であろう。ただ、ここで重要なのは、セカイ系が恋愛というレベルで極私的な関係を解釈していたのだとしたら、阿津川作品においてはより原的な（つまり〝血縁〟的な）兄弟／兄妹関係が抽出されていることだ。阿津川作品における恋愛の扱われ方の軽さを、ブラザー・コンプレックス的なものの重さと比較しながら考えてみることもおもしろいだろう。というよりも、阿津川作品の恋愛はブラザー・コンプレックス的な感覚、つまり先行者へのあこがれの延長線において考えることすらできるものであるかもしれない。[*12]

これまで予言（預言）という問題系は、主にフロイトのオイディプス・コンプレックスの図式において父子関係の中で論じられてきた。父を殺し、母を愛す、これが人間を苦しめる運命の問題であるとフロイトは分析した。阿津川においては、このオイディプス・コンプレックスの問題はブラザー・コンプレックスの問題へと転調される。父未満の兄へのコンプレックス、大人の愛未満の兄への思慕、このようなオイディプス・コンプレックス未満の世界が成立する。成熟のモデルとしての父に関する問題は、早熟さのモデルとしての兄の問題へと滑り落ちていき、最後に未熟さの問題が取り残される。

早熟者とは、想像世界が肥大した子どもであるということもできよう。早熟かつ未熟であるとはそのようなことだ。早熟であるが故に、成熟が困難となる。そして、父ではなく、兄が自身のモデルとなり続ける。近年、江藤淳の議論などを用いて、オタクの成熟という問題が多く語られているが、そこではやはり成熟／未成熟という対概念や、親と息子という問題系が語られ続けているように感じられる。だが、おそらくそこで真に考えられるべき問題として、阿津川的な、父が兄にとってかわられる世界観があるはずだ。父ではなく、兄を目指してしまうということ。それゆえに、早熟と未熟がグルグルと回り続ける構造が生み出されてしまう。父自体がオタク的な存在である社会では、その子どもはそのような構造の中に置かれることになる。

そして、『紅蓮館の殺人』という作品を、「探偵＝兄」というモチーフが頻出する阿津川作品の傾向に対する自己批評として読んでみることも可能である。この作品では「探偵」である葛城輝義の目の前に、「昔探偵として生きていた」[*13]女性飛鳥井光流があらわれる。葛城の「助手」である田所信哉は、過去にこの「元探偵」が事件を解決した場面を目撃しており、それが「探偵」にあこがれるきっかけにもなっている（そのあこがれには恋愛的要素も存在していた形跡がある）。「元探偵」は自らの失敗によって、「助手」（そして同性愛的感情を想像させもする）甘崎美登里を失っており、その心の傷によって「探偵」を辞めている。阿津川作品には兄－弟、兄－妹といった関係の中にジェンダー役割的な傾きが存在している部分があるが、この作品において、そのジェンダー的配置はそれなりに攪乱されている。兄たる「探偵」に対して、姉たる「元探偵」がさらなる先行者として登場する。[*14] そして、この傷を負った「元探偵」は、「現探偵」である葛城の「青臭さ」や「若さ」を指摘しながら、[*15]その挫折を予言する役割を果たす。「探偵」を壊してくる「過去の探偵」、そして「未来の探偵の姿」がさらにあらわれるのだ。

　探偵は探偵によって壊される。所与としての「探偵」は自壊していく。この「元探偵」の中に「旧新本格」の姿を見出すことは可能であるだろう。「旧新本格」は後期クイーン的問題などを経由して、その中核が自壊する姿を自ら表現していた。それは、あらかじめ挫折を教えてくれる存在である。ただ、それでも、それだからこそ、「名探偵」にあこがれてしまう。そんな歪んだ探偵小説へのあこがれを『紅蓮館の殺人』は描き出している。そして、そこではこのような歪な探偵小説の感情は、ブラザー・コンプレックス的な「兄」によってではなく、「姉」的な存在を通じて語られる。不思議なねじれがここにはある。

6. 真実は悲劇、だがせいぜいは喜劇

批評家が批評を書く頃には、全ては手遅れなのである。ようやくそんな真理を自覚した。作家が作品を書いた後で、結果だけが目の前にある。やはり、批評が書かれるのは遅すぎる。

＊以下では、明確に『蒼海館の殺人』の犯人に関する言及があります。

最後に、だが結論部を前に先回り《エクスキューズ》して言うのであれば、実はここまで書いてきた内容の大まかな見取り図は『蒼海館の殺人』が刊行される前にほぼ出来上がっていた。だが、これから見ていくように、この文章の中で、作品の後から指摘しようと思っていたことは、先回りしてこの『蒼海館の殺人』という作品の中で書かれていたとも言える（その場合、批評は後出しで、このようなことを口にするしかない）。まずはそのことについて考えていこう。

『蒼海館の殺人』は、「姉」的な存在によって壊されてしまった「探偵」が、「兄」との対決を通じて、再び「探偵《ヒーロー》」となることを決意する、挫折からの回復の物語である。阿津川作品において「犯人」の存在が希薄になる傾向があると先ほど書いたが、この作品の中で阿津川は、強い主体

としての犯人をおそらく意識的に導入している。そして、そのような強い犯人像を立てると同時に、この作品の中ではその犯人との対決を通じて探偵を再び立ち上がらせることも目論んでいる。運命の問題を対決／対峙というモチーフによって、乗り越えようとする試みと読むことが可能であるだろう。主体を立ち上げるものは、主人と奴隷の弁証法だ。上位にある者を打ち破った時に、人は新たなる自己を確立することができる。葛藤、および対決による乗り越え、そのようなきわめて男性的《ヒロイック》な物語の構造がここにはある（このモチーフは現段階の最新作である『録音された誘拐』において、新たなかたちで展開されている。ネタバレ要素を含む補遺は注16[*16]）。

　阿津川作品にはどこかで「兄」にまつわるオブセッションがある、それをこの文章では指摘しようとしてきた。阿津川作品において、運命と兄は重ね合わせられている。それに対して、『蒼海館の殺人』では、きわめて明確にそのオブセッション、およびコンプレックスを乗り越えようとする物語が用意されている。だが、果たして、この男性的《ヒロイック》な主体の確立という物語は、『紅蓮館の殺人』におけるジェンダー攪乱的な挫折（ただし、この攪乱にもジェンダーに対するステレオタイプが混入していることは指摘せざるをえないのだが）を越え出るものであるのだろうか。正直なところ、現段階で刊行されているシリーズの二作は、謎解きミステリとしてのパズル的な論理構築と、ミステリに対する愛憎こもった物語展開との間に、いまだ乖離があるように感じている。『紅蓮館の殺人』における挫折の物語も、また、『蒼海館の殺人』における復活の物語も、〝個人的には〟性急に、そして設計図的に用意されたものに現段階では感じている部分がある。

頭で考えられた物語の展開の中にあるのは、あくまでも論理的な時間であり、それはパズルを解くようなかたちで整えられた時間でもある。論理的な時間は因果関係で結びつけられていて、たしかにそこに前後関係のような順序は存在しているが、それはあくまでもシミュレートされた想像上の時間に過ぎない。論理的な時間とは、無時間の時間でもある。理知は時間を無時間化する。この二作には、パズル的な謎解きの時間と、作者の思惑としての物語の時間、そんな二つの種類の論理的な時間が平行して流れている。だが、その二つの時間を統合するような、小説の時間がまだ希薄であるように感じられるのだ。阿津川作品の中でも、〈館四重奏〉の現二作はどこかがまだかたい。

たとえば、先行者たる法月綸太郎もまた挫折と回復に関する探偵小説を書いてきた。だが、彼にはその二つの要素の間にスランプという実時間が存在していた。そこには論理ではない時間が存在している。このような現実の時間こそが法月において小説の時間を生み出している。後続者たる阿津川は、このような小説にあこがれ、自己を投影することで、その物語構造をシミュレートする。探偵小説とは挫折と復活の物語である、そのような構造と展開が先取りして写し取られる。そして、その先取りと転写の中で、あらかじめ壊された探偵たちは不思議な苦悩の論理の時間の中を生きることになる。そこに後続者であるがゆえのかたさが生まれてしまう。作家阿津川とその作品は、スランプという時間をスキップしている。彼は悩んでいるにかかわらず、書けてしまっている。

このような論調は、阿津川作品の欠点の指摘と思われるかもしれない。もしくはスランプを経験せよ！（それが成熟をもたらす）という老害的《ハラスメント》なアドバイスをしていると思われるかもしれない。だがむしろ、ここで語りたかったことは、その先取り＝早熟さと、かたさ＝未熟さの奇妙なブレンドという彼の作家としての個性についてである。現実の世界では、時間などは勝手に流れていく。時間などその程度のものだ。作家個人の個性や気質の方がはるかにおもしろい。作家もまたその現実の時間の流れの中を生きていかざるを得ないし、その時間の流れはこの先の作品において必然的に結晶化されるはずだ。この作家の早熟も未熟もおそらく、将来において、既存の成熟とは違うかたちで、その変貌した姿を見せてくれることだろう。だからこそ、批評がすべきことはこの若き特異な個性を性急に裁いてしまうことではなく、期待に胸をおどらせながら見守るということであろう。まさにこんな論評の外側で勝手に書かれたものこそを読んでみたい。それが作家に望むことだ。批評は予言などではないし、予言であってはならない。

最後にもう一つだけ論点を提示することによって、本論を閉じたいと思う。予言という設定の中では、未来は現在を決めるものとしてその姿をあらわすことになる。実はここで起きていることは未来の過去化だ。通常、現在を決めるものは過去であるからだ。予言において、未来は、現在を規定するものとして作用するにもかかわらず、予言者以外の者には見ることができない特殊なカテゴリーとなっている。その意味で、運命とは、過去という感覚と未来という感覚の特異な混合物である。

だが、阿津川作品において、実は過去というものもまた明瞭なかたちをとらず、見通しがたいものとして登場する傾向がある。彼の作品の中では、空白の記憶を探していくというモチーフが多用される。デビュー作『名探偵は嘘をつかない』はまさに空白の記憶を探し求める物語であるし、予言を扱った『星詠師の記憶』もそのタイトルにあるように、主人公が「ハッキリとした記憶もない時期」[*17]に過ごした村で他者の「記憶」に関わる推理を行う作品だ。阿津川は予言＝未来と記憶＝過去を並行させながら扱っている。

つまり、過去、そして未来の中にある空白を埋めていく作業として、阿津川作品における推理は行われているのである。時間の修復、時間の救済という補助線を引きながら読むと、阿津川がしようとしていることが見えてくる。ただ、同時にその空白の時間には大抵、悲劇が眠っている。真実は「あまりに悲劇的で、あまりに喜劇的で、あまりに絶望的」[*18]である。単に空白を修復しただけでは、時間は救済されない。空白を埋め、さらにそこに隠された悲劇をいかにさらに乗り越えていくのかということこそが、阿津川の描く物語の主題でもあるだろう。

悲劇はくり返される。もしくは予測したとしてもやってくる。そのことは死者がよみがえる、という『名探偵は嘘をつかない』の設定においても表現されている。そして、そのような構図の中で過去と未来は混合される。時間の反復《ループ》という設定の中にあるものは、九〇年代以降のサブカルチャーでまさにくり返し表現されてきた時代の基礎感覚である。その無限のループの中で、早熟さと未熟さは、成熟に固定されることなく混濁する。

ただ、ここでよみがえりや予言というモチーフが、何かを経験し直すこともまた意味していることを確認しておこう。一度、通過した道をもう一度歩むことは、その道を経験し直すことである。それは未来と過去を、ここでもう一度、生き直すことを意味している。ループとは生き直しでもある。

生き直しを描くという阿津川の小説のあり方を、書き直しという行為と結びつけて読んでみることは興味深い。カッパ・ツーに投稿されたデビュー作『名探偵は嘘をつかない』は元々、学生時代に書かれた短編を書き直したものであるという。そして、さらに受賞後、出版までの間にそれは徹底した改稿をくり返したとも言われ、その過程で学生であった主人公の設定は大人に変更されている。この書き直しによって名探偵阿久津透は、当初とはまったく別の物語を生き直すことになった。結局、この物語の中では阿久津透は絶望的な悲劇を経験することになる。だが、その後の〈館四重奏〉シリーズもまた『名探偵は嘘をつかない』の物語のやり直しとして読むことが可能な作品だ。『名探偵は嘘をつかない』では架空のRPGを元にした火・水・土・風の四元素に関する見立て殺人が起きている（そもそも、見立てなるもの自体が、経験のし直しである）が、それは紅蓮館、蒼海館、黄土館などといった四つの館に姿を変えていく（さらに『紅蓮館の殺人』の物語中には、「未完のファンタジー小説」というものも登場している）。そして、『嘘をつかない』名探偵は、「嘘に敏感な」高校生へと姿を変える。これから書かれる続編の中で、おそらく、『嘘をつかない』名探偵の悲劇は回避の道が探られることになるだろう。より広い視野で言えば、阿津川辰海が描こうとする苦悩の物語は、これまでずっと探偵小説がくり返し描き続けてきた悲劇をやり直すということであるのだ。

やり直しとは、過去をもう一度体験することであり、その過程で空白の記憶たる悲劇をよみがえらせ、それを経験し直すことである。そして阿津川の長編におけるこの記憶の探索のプロセスがしばしば、ある種の「チームプレイ」的な感触を持って行われることは指摘されておくべきだろう。『名探偵は嘘をつかない』では、探偵がいなくなった世界で探偵未満の者たちが協働しながら、探偵が経験した悲劇を修復していく。『紅蓮館の殺人』や『蒼海館の殺人』では、探偵が、人々の記憶、そして家族の記憶を埋め合わせ、その関係をつなぎ合わせていくことの中から事件の解決の道筋が見出されていく。このような協働的な謎解きの感覚は『星詠師の記憶』の中にも濃厚にある。

世界における苦悩という抽象度が高まってしまった問題系は、他者との関係の中で組み替え直され、その脱出路が模索されることになる。「全能感は一人で抱えるには荷が重い」[*19]。探偵の苦悩というナルシスティックに思える問題設定や葛藤に満ちた復活というヒロイックに感じられる物語の展開の裏側でもう一つ、このような連帯と協働に関わる道を阿津川が描き出していることは、探偵小説のアクチュアリティを考える上できわめて重要なものであるだろう。

これまでの長い探偵小説の歴史の中で、探偵たちは、そして作家たちは延々と悩み続けてきた。

理知が支配する近代社会において、その理知なるものの可能性と矛盾を不思議なかたちで探偵小説は背負い続けてきた。そして、この苦悩する性格を持つ小説群は、その都度、時代の社会的な苦悩と共振しながら、その社会的苦悩をとらえ、それを考えることもしてきた。奇妙なまでに自分から苦悩し続けることによって、文学は他者の苦悩を協働的にとらえることを行いうるものになる。早熟と未熟の苦悩の中で、探偵未満の者たちの協働を描き出す阿津川作品の中に本論集のタイトルである『現代ミステリとは何か』を見出すことが可能であるはずだ。

＊1　ジークフリート・クラカウアー『探偵小説の哲学』（福本義憲訳）法政大学出版局、二〇〇五年、七三頁。

＊2　阿津川辰海『透明人間は密室に潜む』光文社文庫、二〇二二年、あとがき。

＊3　阿津川辰海『紅蓮館の殺人』講談社タイガ、二〇一九年、四三五頁。

＊4　カール・マルクス『経済学批判要綱　第一分冊』（高木幸二郎監訳）大月書店、一九五八年、九三頁。

＊5　ここではかなり議論を単純化して語っている。この点について詳しくは中島義道『カントの時間論』（講談社学術文庫、二〇一六年）などを参照のこと。

＊6　阿津川辰海『名探偵は嘘をつかない』光文社文庫、二〇二〇年、四七一頁。

＊7　阿津川辰海『録音された誘拐』（光文社、二〇二二年）もまた、冒頭に「現在」が置かれ、続き「そ

の半年前」からカウントダウンするように物語が進行している。

＊8　『名探偵は嘘をつかない』、四八九頁。

＊9　同右、四六六頁。

＊10　『録音された誘拐』、二五九頁。

＊11　『名探偵は嘘をつかない』、五七五頁。

＊12　阿津川が苦い大人の恋愛を描いた作品として『星詠師の記憶』（光文社、二〇一八年）をあげることができるが、その恋愛はどこか不可解な愛として表現されていることはこの点と絡めて興味深い。個人的にはこの端正な長編こそが阿津川の代表作であり、また、二〇一〇年代推理小説のベスト作品であると考えているが、それはこの抑制と関係するものであると考えている。

＊13　『紅蓮館の殺人』、一四八頁。

＊14　ジェンダー攪乱的要素、そして「兄」と「姉」の攪乱という要素はデビュー作の『名探偵は嘘をつかない』の段階ですでに描かれていたことも重要であるだろう。

＊15　『紅蓮館の殺人』、一五九頁。

＊16　『録音された誘拐』は、「元探偵」でありながら「昔から、ホームズよりもモリアーティに」、「あるいは、明智小五郎よりも怪人二十面相に」「強いあこがれを持って」（一八二頁）おり、「批評家であり、芸術家である」と自分を「思い込んでいる」（一八三頁）悪役《ダークヒーロー》に、「一番早く事件の真相に辿り着いていた」（二九一頁）「本物の『名探偵《ヒロイン》』」（二九三頁　ルビは筆者による）が立ち向かう物語である。

＊17　『星詠師の記憶』、一四頁。
＊18　『名探偵は嘘をつかない』、五七五頁。
＊19　同右、五三三頁。

連帯と推理

――今村昌弘論

琳

『屍人荘の殺人』『魔眼の匣の殺人』『兇人邸の殺人』のネタバレを含みます。

――犯人は探偵の敵なのか

『兇人邸の殺人』より

綾辻行人『十角館の殺人』から三〇周年の節目となった二〇一七年、今村昌弘は鮎川哲也賞受賞作『屍人荘の殺人』で鮮烈なデビューを果たす。新人にしてミステリ賞を総なめにする空前の快挙を成し遂げた本書以降、特殊設定の流行は決定的となり、今なお多くの作家が競うように新たなミステリ設定を発明している。市川尚吾が「これから始まるであろう本格ミステリの新しい潮流の旗手」と熱く記した『２０２０本格ミステリ・ベスト10』などを眺めていると、当時の今村への期待感は、かつて停滞が囁かれた国内本格シーンの〝救世主〟の如くまで高まっていたと伝わってくる。

なぜ『屍人荘の殺人』はこれほどの事件になったのか。この「ホワイ」は、同時期にミステリ評論に関わるようになった筆者にとって避けられない課題と感じられた。というのも本書は当初、作家や読者の反応とは対照的に、批評家からずいぶん冷静に受け止められ、答えを評論に求める事が難しかったのだ。例えば藤田直哉は「ミステリとゾンビ」（二〇一八年、ジャーロNo.63所収）で、本書の特徴を「保守的」や「物足りなさ」と言い表したうえで、そうした展開にこそポスト・トゥルースへの抵抗を見ているし、笠井潔も「外傷と反復――今村昌弘『屍人荘の殺人』」（二〇一八年、ジャーロNo.63所収）で、ゾンビの足の遅さやクローズドサークル、犯行動機などを二十世紀的意匠と捉え、本書が二十一世紀的水準に達しえたとは言えないとまで評している。

これに対し諸岡卓真は「待機する犯人――今村昌弘『屍人荘の殺人』論」（二〇二〇年、『本格ミステリの本流』所収）で、ゾンビと認定する速さや「期待を胸にゾンビを待つ」犯人の世界観に、これらをコンテンツと捉える現代人の受容態度の変化を見出している。当時「虚構本格ミステリ」なる概念と格闘し、虚構存在の世界観に想像を巡らせていた筆者はこの指摘にハッとさせられたものの、しかし依然として諸岡の論も、作家や読者の反応と比べるとまだ冷静過ぎるように感じられた。こうした温度差は本稿の強い執筆動機となっていったわけだ。

そもそも彼らの論は、ゾンビの取り扱いが二十一世紀的水準に達し得ているか否かを問う点で共通している。これは確かに、記号的人物をトリックに奉仕させる本格ミステリにおいて、さらには東浩紀が「作品自体があらかじめ消費環境を織り込んでいるので、分析者もそれを考慮して作品に向かわなければならない」[*1]と語るサブカルチャー批評一般において、もはや常識なのかもしれない。しかし、例えば大学で化学工学を学んだ市川憂人が飛行船ジェリーフィッシュを創造した過程を思い返すと、その空想は、時代や実存を再帰的に転写したポストモダンな〝隠喩としての建築〟である以前に、機構や材料物性に向けた機能設計のまなざしが生み出す工学実践ではなかったろうか。そして彼がそのように空想する背後には、特殊設定を導入しなおも世界を秩序立て読者に提示する、本格ミステリのフェアプレイ精神があった筈なのだ。

同じように、今村は医学部出身で、医療現場でのキャリアもある。だからこそ、本書でゾンビと名指された存在は、現実に起きた感染症例を参考に造形されたように感じる。批評家が時代を読み解いたはずの、発症時期や動きの遅さも、実際のところ、現実のウイルスの増殖プロセスだったり、血流停止し脳活動でどこまで身体を動かせるかだったり、そうした医学知識によって構想された、きわめて機能的な工学設計の産物ではなかったろうか。そして、むろん本格ミステリ作家である今村が特殊設定をそのように秩序立て造形する根底には、やはり読者に対するフェアプレイ精神があった筈だと筆者には思えるのだ。

実際に本書の作中人物は、ゾンビに人間並みの知性が備わった可能性を検討しながら、それを「自分で言ってなんだが、ありえないだろう」と棄却している。「ゾンビ界のナポレオン*2」のような二十一世紀的意匠が彼らには、目の前に繰り広げられる事態の説明体系として陳腐なものと映っているのだ。彼らにそうした常識が働く背後には、むろん感染症例と見立て考えれば観測事実に合致するゾンビ造形がある。今村は、特殊設定にしてなおも、読者や作中人物が常識を働かせ推理を組み立てられるように、要するに「作者の恣意」を排したフェアな本格ミステリとして成立するように、世界を医学法則によって秩序立てている。だから批評家に「二十一世紀的ゾンビは足が速くなければならない」と批判されようと、おそらく今村なら「そんなゾンビは医学的にあり得ない」と返すのではないか。筆者にはそのように感じられたわけだ。

さらには探偵造形である。本書で探偵役を担う剣崎比留子には、殺人事件を呼び寄せる特殊能力が設定されている。元来マニアにとって名探偵のそうした能力は本格ミステリの〝粋〟であって、そこを突っ込む素人は〝野暮〟と謗られかねない。しかし今村は、あえて禁忌に言及しそれを必然的な能力として位置付け直すのだ。その結果読者や作中人物は、比留子の体質に未知の医学症例を想像させられていく。いずれ「必要不可欠な情報ばかりを選び抜き、探偵に与えてくれる」ワトソン役葉村の能力までも医学的に意味づけられ、彼らもかつて班目機関に関わっていたと明かされても、おそらく本シリーズの設定と矛盾しないのだろう。そのようにして作者は、ゾンビや名探偵といった手垢のついたクリシェに「手のこんだ口実をつくりだ」し「作者の恣意」を排する事で、本書を読者の常識に訴えるフェアな本格ミステリにまで高めている。今村にとって特殊設定とは、社会のあり方が大きく変化する現代において、それでもなお本格ミステリの伝統と読者の常識とを繋ぎ止める縫合糸だったのかもしれない。

考えてみれば、『屍人荘の殺人』で目の前の感染者をゾンビと名指したのは作中人物であって作者ではなかった。諸岡も指摘した通り、彼らにはあらかじめゾンビ映画の知識が備わっていたのだ。彼らはメタに、夏のペンションでハメを外すメンバーが餌食になるのがパニックホラーの定番と語り、その通りに進展する現実にフィクションの規約を幻視する。そして批評家がまさにそうしたように、作中人物は固有名を持つ筈の感染症患者に〝ゾンビ〟なる記号を押し付け、そこに社会や実存を幻視し批評すらしてしまうのだ。

同様に彼らは、本格ミステリを教養として修め、これを現実に転写し思考してもいる。名探偵キャラを自演する明智恭介は、山奥のペンションをめぐる不穏な気配にクローズドサークルの成立条件を推理し、読者に寄り添う常識人であるべきワトソン役葉村ですら、密室トリックの類型を現実の殺人現場に応用する。そのうえ彼は、比留子の体質に名探偵のテンプレを幻視し、片時も謎と離れない彼女を批判すらしてしまうのだ。斯様に本書の作中人物は、フィクションを設定と自覚しながら、虚構に過ぎないこの文化規約を論拠に、実際の事件や人物を品評してしまうのである。

作中人物のこうした世界観は、筆者の考えでは、閉鎖的コミュニティにおいて調和を乱す真実よりも、むしろ共通了解された設定やキャラの無矛盾性をこそ重んじる〝空気〟の問題と深く結びつくものである。本稿で詳述する余裕はないが、代わりに本書と似た世界観を、やはり現代ミステリ作家である早坂吝も描いている事を指摘したい。早坂は社会派と本格ミステリとの融合を謳う『誰も僕を裁けない』（二〇一六年）において、作中人物に「本格のルールが現実社会のルールをも侵食し、両者が混然一体となるような、そんな作品を書きたい」とか、「厳格に定められたルールこそが人間的である」とか、作品それ自体が体現するリアリズムの変容を語らせている。本書で早坂は、虚構によって我々の現実感を剝奪するのではなく、むしろ虚構を現実に実装したいと主張しているのだ。

今村は、一方で特殊設定に「手のこんだ口実をつくり出し」、『屍人荘の殺人』を自然摂理や必然性といった常識で推理できる、フェアな本格ミステリに向かわせている。ところが他方で彼は、作中人物にゾンビや名探偵、密室、クローズドサークルといった〝教養〟を与え、現実の感染症患者や殺人現場にフィクションの設定を転写させてもいる。これはまさに「本格のルールが現実社会のルールをも侵食し」たかのような、つまりは現実に虚構を実装したかのような、〝二重写しの日常〟と呼ぶべき事態ではなかろうか。[*3]

このようにして今村は、作中人物に虚実を二重写しに表象させ、中でもとりわけミステリ的教養に秀で、不可能犯罪を愛し、本格ミステリのテンプレに自らを重ね生きる明智恭介を造形しながら、しかし彼を早々に退場させてしまう。そして代わりに、ミステリ的教養に欠け、マニア垂涎の不可能状況に「犯人がどうにかしたのだろう」といった野暮な感想しか抱かず、できるなら事件になど関わりたくないリアリスト、剣崎比留子を探偵役に据えてしまうのだ。

比留子がそのように考える理由は、殺人事件を引き寄せる自らの体質にある。彼女にとって殺人事件は〝災厄〟であって、謎解きも生存戦略に過ぎない。比留子は決して不可能状況に胸を躍らせ、トリックの前例から謎の巧拙を品評する、いわゆる「物見高い御見物衆」のように振る舞わない。むしろ彼女は、フェル博士に「人間としての蓋然性のある行為の法則を踏みにじる資格がある」とまで言わしめた犯罪芸術——目的なき合目的性を体現するところの密室殺人を無粋にも「ホワイ」と問い、その崇高なオブジェに俗なる〝目的〟を要求してしまうのだ。

ここで興味深いのは、マニアの粋を台無しにする比留子の素朴な世界観が、本書ではミスディレクションとして機能している点である。例えば、彼女は明智亡き後の葉村を探偵助手に誘い、その行為を彼に〝不謹慎〟と批判されている。葉村が比留子の誘いをそう感じるのは、むろん名探偵の設定を実在人物に転写し品評する、虚実二重写しとなった彼の世界観があるからだ。しかし発言の背景には、災厄に襲われる恐怖と対峙するため支援を必要とする彼女の内実があり、むしろ不謹慎と烙印を押す葉村の批判こそ、ミステリに毒された〝偏見〟と暴かれてしまう。

あるいは作中人物が幻視した、知性を持つゾンビも同様である。さきほど見た通り、そうしたアンフェアな存在が医学的にありえないよう、作者は世界を秩序立て造形している。しかし作中人物がフィクションのテンプレを設定と自覚し、そうした文化規約で現実を品評する本書において、読者は「ゾンビ界のナポレオン」の存在を、いやがおうでも疑わざるを得ない。そのうえで読者は、教養を欠く比留子に、まさにその教養こそが偏見と暴かれてしまうのだ。

極めつきは明智の復活劇だろう。一度はライヘンバッハの滝よろしくゾンビの坩堝に転落させられた明智は、終盤にふたたび姿を見せる。テンプレをまとう名探偵は、かのシャーロック・ホームズをなぞるように、華麗なる復活を果たすのだ。実際、ホームズ譚を踏まえ明智の帰還を予見したミステリマニアは少なからずいた筈だ。ところが、それにもかかわらず比留子は、その明智を身も蓋もなく駆逐してしまう。ファンダムの神聖なる復活祭は、やはりリアリストである彼女の手により偶像の如くぶち壊されてしまうのである。

本書を円居挽キングレオ・シリーズと対比させると、構図の差異は鮮明になる。ホームズ譚の二次創作でもある同シリーズの探偵役獅子丸は、やはり聖典《カノン》に倣い復活劇を演じる。しかしキングレオの物語展開はあくまで〝公式〟をなぞるもので、作者がファンの解釈を裏切ることはないし、作中人物もこれを作中必然と受け容れていく。同シリーズで円居は、ミステリやまんが・アニメで「セカイ」を塗り固め、文化規約を推理の公理にまで高めた、筆者に言わせれば「虚構本格ミステリ」を構築してみせるのだ。

対照的に今村は、やはりミステリやゾンビといった文化規約を描きながら、同時に平凡人の常識も作中に宿し、このまなざしで虚構を解体していく。第二作『魔眼の匣の殺人』でも素人探偵を気取る作中人物が登場し、井上真偽『その可能性はすでに考えた』(二〇一五年)を思わせる奇蹟について比留子と論を交えながら、しかしその争点となった犯人候補はいとも容易く退場させられる。ここでもやはり、まんが・アニメ的キャラクターが思弁を競う現代ミステリの系譜に向けたマニアの期待は、通俗的な現実によって断ち切られていく。さらに『兇人邸の殺人』でも、密室トリックをヒントに危機を回避しようとする葉村の滑稽さを、比留子は「そこまでミステリに命を捧げるつもりなの? 悪いけどちょっと引く」と、白日の下に晒してしまうのだ。もはや悪意的と思えるほどに、ファンダムの幻視する虚構をミスディレクションとして機能させる本シリーズが創られた背景には、虚構で塗り固められた現代ミステリや、キャラをまとい空気を形成する現代人の文化規約がある。そしてリアリストである比留子がこれらを身も蓋もなく解体していく本シリーズからは、むろん意外性を追求する本格ミステリ的技巧は当然ながら、むしろそれ以上に、現代社会に向けた作者の批判的まなざしをこそ読み取るべきものと感じられるのだ。

『屍人荘の殺人』には今村の社会批判が宿っている。そうした視点であらためて読み返すと、本書の構図も鮮明になる。筆者の見立てによると、これは現代社会の縮図であり、これこそが社会現象を巻き起こした本書の魅力の契機と感じられるのだが、この意味を理解するには、現代社会を論じ、本書と同じ二〇一七年に出版された、東浩紀の『観光客の哲学』を参照せねばならない。東は現代社会が、ナショナリズムとグローバリズムという、二つの思想原理で引き裂かれているという。

世界はいま、一方でますますつながり境界を消しつつあるのに、他方ではますます離れ境界を再構築しようとしているように見える。ぼくたちが生きているのは、カントが夢見た国家連合の時代（ナショナリズムの時代）でもなければ、SF作家やIT起業家が夢見る世界国家の時代（グローバリズムの時代）でもなく、そのふたつの理想の分裂で特徴づけられる時代である。（一二〇頁）

東は本書でこの分裂を、複数の思想家を引用し浮かび上がらせていく。とりわけ本稿の文脈で重要なのはアレクサンドル・コジェーヴだろう。

「人間は自己の人間的欲望を充足せしめるために自己の生命を危険に晒し、それによって自己が人間である事を「証明」する。（…）このまったくの尊厳を目指した生死を賭しての闘争がなかったならば、人間的存在者は地上に存在しなかったであろう」。裏返して言えば、誇りを失い、他人の承認も求めず、与えられた環境に自足している存在は、たとえ生物学的には人間であってももはや精神的には人間とは言えないというのが、コジェーヴとヘーゲルの考えである。だから、人類がみなそのような自足した存在になってしまえば、人間の歴史は――種としての人類そのものが存続したとしても――終わる。(…)戦後のアメリカに生きているのは、誇りを失い、他人の承認も必要とせず、与えられた環境に自足して快楽を求め商品を買っているだけの動物的な消費者の群れでしかない。そこにはもはや「人間」はおらず、歴史もなく、したがって永遠の現在だけがある。それがコジェーヴの見立てである。(九九頁)

ここで東は、友敵理論のカール・シュミット、人間の条件のハンナ・アーレント、そしてアメリカ型消費社会を動物と見立てるコジェーヴを、いずれもヘーゲルのパラダイムと一括し、ナショナリズムを(ヘーゲル的)人間、グローバリズムを(コジェーヴ的)動物と重ね合わせ論じていくのである。

友敵に分断され「尊厳を目指した生死を賭しての闘争」を通じ固有名の回復を目指す〝人間〟が駆動するナショナリズムと、欲望や情動に支配された〝動物〟が駆動するグローバリズムとが拮抗する二層構造の社会。さらにはここに、探偵小説に固有名の回復を読み解く笠井潔の「大量死論」を重ね合わせると、東の二層構造論は、「生死を賭しての闘争」を行う犯人と、欲望に支配されたゾンビとに翻弄される人々を描いた『屍人荘の殺人』の構図に、どこか重なって見えてこないだろうか。

そう見立てると事件は実に見通しよくなる。まず犯人に注目すると、いずれ自身も被害者も、皆ゾンビに襲われ死ぬだろう状況で、何故か犯人は、わざわざ効率の悪い殺人を遂行している。これは動物的視点からは決して導き得ない。しかし犯人が目指すのは、自らと友の尊厳にかけ敵を葬る「生死を賭しての闘争」であって、その「巧緻をきわめた犯行計画という第一の光輪」こそが、固有名を奪うゾンビに対する人間的抵抗となっている。これが犯人を駆動させる思想原理である。

そして対照的に、班目機関の浜坂准教授が娑可安湖テロ事件――人類ゾンビ化計画を企てたのは、そうした人間の固有名＝エゴを浄化し、均質化されたゾンビのユートピアを目指したからだ。『観光客の哲学』の言葉で言えば、「人間と人間との生死を賭けた闘争がなくなり、国家と国家の理念を賭けた戦争が解消され、世界がひとつになり消費活動しか存在しなくなった時代における人間の消失」こそを目指し、彼は計画を遂行したのだ。『屍人荘の殺人』の登場人物はこのふたつの思想に翻弄させられている。まさしくこれは、東の語るナショナリズム対グローバリズム、人間対動物という、二層構造となった現代社会の縮図そのものであって、それは文学とエンタメ、人間と記号《キャラクター》とに引き裂かれ混沌とする、現代ミステリシーンの写し鏡のようにすら見えてくる。

ではそうした社会において、人は他者とどのように向き合うのか。東はここで福島原発事故を引き合いに出す。

福島が原発事故のイメージで塗りこめられてしまうとは、本書の言葉で言い換えれば、福島のイメージが、もともとの現実（原作）を離れて、事故の印象を中心に「二次創作」されてしまうことを意味する。福島の二次創作、いわば「フクシマ化」は、ときに「風評被害」と呼ばれている。震災から六年が経ち、風評被害の認識も広がり、国内では福島と言われ原発事故と思い浮かべるひとはかなり減ってきている。けれども国外ではそう簡単にはいかない。国内には「原発事故以前の福島」（原作）を覚えているひとがたくさんいるが、国外ではそうではないからである。国外では福島の名を原発事故（二次創作）ではじめて知ったひとが多い。（五四頁）

この後東は、回復を遂げた現実のチェルノブイリと、日本人がイメージする「放射能で汚染された不毛の土地」との「解釈違い」を指摘する。あるいは観光なき時代のヴォルテールの小説『カンディード』における他国の描写――「ロシアのアゾフ海では人間が人間を食べているし、南米の奥地には道ばたの小石まで純金の黄金郷が存在する」といった情景に、「解釈違い」の源流を見出すのである。

さて、我々は先ほど『屍人荘の殺人』の作中人物が二重写しの日常を生きている事を見た。先ほどまで我々は、彼らが現実の事件にフィクションの設定を転写し、虚構的な価値判断を行っている事を見たのだった。これは東に言わせると、作中人物が原作を一面的に切り取り、まさに「解釈を違え」た話なのだ。

そのうえで今村が試みたミスディレクションを思い出して欲しい。まず作中人物は虚構を現実に転写させた。次に比留子は彼らが幻視する虚構を解体した。そして最後に真相を知った葉村は、犯人の「尊厳を目指した生死を賭しての闘争」をつぎのように批判するのだ。

もしかしてあいつらは、あいつらっていう人間の一番醜い部分を曝け出しただけなんじゃないのか。そのただ一点を除けばそんなに悪い奴らでもなくて、お前も俺も、誰かの一番醜い部分を指差して、人でなしだ、許せないって叫んでるんじゃないのか。
だとしたら、その怒りはやっぱり正しかったのか。永遠にそれを後悔しないと言いきれるのか。こうして一番醜い部分を曝け出した俺やお前は、人のままでいられるのか。

これこそが本書の社会批判の核心であろう。ここで作者は、フィクショナルな規約で世界を切り取る現代人も、批評家も、固有名の回復を目指す犯人も、国家も、まんが・アニメで塗り固められた現代ミステリも、いずれの世界観も一面的と批判しているのだ。これはチェルノブイリやフクシマを不毛の土地と見るのと同じく、あるいは南米奥地に黄金郷を幻視するのと同じく、閉鎖的コミュニティに流通した「解釈違い」に向けた批判なのだ。

葉村の独白の背後には彼の世界観の揺らぎがある。かつて震災後の火事場泥棒を一方的に憎んでいた葉村は、明智につられ軽率にペンションに旅行し、合宿メンバーと交流し、彼らの内面に触れ寄り添っていった。しかし同時に、葉村はこのペンション旅行でかつて憎んだ筈の泥棒に自ら手を染め、それを殺人犯に目撃された挙句、互いの行為を隠蔽すらしてしまう。彼は犯人の「生死を賭しての闘争」をも追認し、被害と加害それぞれの内実に触れていたのだ。そのうえで葉村は、比留子の推理を契機に憎しみ争う愚かさを認め犯人と自らの世界観に抗うのだが、一連の過程は、まさに東が〝観光〟と呼ぶ消費過程を見事になぞっているのだ。

観光とは軽率で動物的な消費行為に過ぎない。しかしそうした原理に駆動され、かつて二次創作的に「解釈」した他国に赴くと、観光客はそこで〝他者〟と出会い〝言葉の外部〟に触れ、やがて新たな社会を育む契機となっていく。こうした〝誤配〟が導く訂正可能な連帯を東は「郵便的マルチチュード」と呼び、ナショナリズムとグローバリズムに引き裂かれた現代社会をふたたび普遍へと導くカギと主張している。そしてこれをなぞるように、葉村もまた〝言葉の外〟に出て〝他者〟と出会うことで、現代社会と、そして自らの一面的な世界観に抵抗していくのである。

このように見る事で、いまや名探偵の位置までも明らかにできたように思う。本書で名探偵は、世界がゾンビに侵食されながら、しかし依然として憎しみ争う愚かな民を調停する存在である。比留子は教養を「ホワイ」と問い、民が自身の「解釈違い」を悟る契機をつくりあげているのだ。

いささか陳腐な例えになるが、これは現実社会よりむしろ、世界が腐海に侵食されながら、しかし依然として憎しみ争う愚かな民を調停し、彼らの連帯を取り戻そうと奔走する『風の谷のナウシカ』のディストピアを思い描くとわかりやすいかもしれない。

そうなら探偵小説とはなんと壮大な叙事詩だろうか。かつて「物見高い御見物衆」とか「批評家」と軽んじられた名探偵の位置が、本書では世界の連帯を回復する救世主にまで高められている。そしてそのうえで、彼女が調停する世界――愚かな民の偏見渦巻く世界とは、自然摂理と必然性で秩序立て造形された、本格ミステリのフェアプレイ精神の結晶に他ならないのだから。

思えば、本稿は感染症や殺人事件に文化規約を幻視する現代人に向けた批判から出発した。しかしこうした言葉は、結局のところ、現代社会を縫合する新たな評論に帰着させられてしまった。同じように、名探偵テンプレを批判する比留子の「ホワイ」もまた、むしろ新たな名探偵――世界を調停する救世主像を浮かび上がらせるものだった。そして誰より、現代ミステリを批判した筈の今村自身が創り上げた物語もまた、現代ミステリとしか言いようのないものだったのだ。神話の解体が、それ自体を新たな神話に精練させる再生作用。メタ・ミステリの趣ある『屍人荘の殺人』には、どこか脱構築を思わせる、こうした言葉が宿されている。特殊設定から叙事詩へ。批評家から救世主へ。推理から連帯へ。瓦礫に芽生えた花のような、この清々しいまでの本格ミステリ的精練こそが、本書をこれほどの事件に至らしめた魅力の核心であって、ここにポスト・

トゥルースの瓦礫から、本格ミステリと、そして現代社会とを再生させる希望を見出せるのである。

＊1　『ゲンロン0　観光客の哲学』四九頁

＊2　笠井潔は「外傷と反復——今村昌弘『屍人荘の殺人』」で、二十一世紀的なゾンビ造形は『高慢と偏見とゾンビ』のようにかまれた傷痕以外は人間と変わらない外見で、ゾンビの軍勢を率いて人間社会に絶滅戦争を挑むゾンビ界のナポレオンさえもが登場している」と指摘した。

＊3　空気の問題については本書掲載の拙論「シャーロック・セミオシス——円居挽論」で詳しく論じているので、こちらも参照願いたい。

主要参考文献

今村昌弘　剣崎比留子シリーズ　東京創元社
東浩紀『ゲンロン0　観光客の哲学』ゲンロン、二〇一七年
藤田直哉「謎のリアリティ　ミステリとゾンビ」『ジャーロ No.63』光文社、二〇一八年
笠井潔「ポスト3・11文化論　外傷と反復——今村昌弘『屍人荘の殺人』」『ジャーロ No.63』光

文社、二〇一八年
南雲堂編『本格ミステリの本流　本格ミステリ大賞20年を読み解く』南雲堂、二〇二〇年

謎を分割せよ

――「本格推理ゲーム」とSOMI論

竹本竜都

1．「本格推理ゲーム」とはなにか

ミステリは、媒体を選ばない。

mysteryが推理小説[*1]と翻訳された昔より、ミステリの本流が小説であることに対する異論は少ないだろう。一方で、「謎とその（論理的な）解決」というミステリの枠組みは、様々な表現形式や物語形式に適応しうる形式であるという点についてもまた、異論は少ないだろう。

そして、映像や演劇といった表現形式と同じく、ゲームもまたミステリの表現形式としてメジャーなものだ。アナログ・デジタルを問わず、ゲームはその黎明期からミステリを物語形式として、あるいはシステムそのものとして取り込み、自らのものとしてきた。そしてその流れの中で、特にデジタルの推理ゲームは、大まかには推理小説の様式を踏襲しつつも、ゲーム独自の様式を獲得することに成功している。

推理小説に本格推理小説と呼ばれる様式が存在するように、推理ゲームにもまた、本格推理ゲームと呼ぶことが可能な様式が存在する。ここで重要な点は、「本格推理ゲーム」は、ただの「本格推理小説のゲーム化」ではないということだ。では、「本格推理ゲーム」とは果たしてどのような様式で、いかなる点において「本格推理小説」と区別しうるのだろうか。

その答えを知るには、そもそもデジタルゲーム[*2]がミステリというジャンルをいかに自らのものにしてきたのかについて知っておく必要がある。以下においてはまず、日本におけるミステリゲームの名作をいくつか例示しつつ解説していく。ただし、ここで挙げる作品は日本ミステリゲーム史においてそれぞれ重要な位置を占める作品ではあるが、あくまで全体像ではなくミステリゲームにおける文脈を摑むためのチョイスであることには留意されたい。

まず、日本におけるミステリゲームのエポックとしてよく挙げられるのが『ポートピア連続殺人事件』である。当時としては先進的なカラーのドット絵による空間描写とテキストによる説明、単語入力によるコマンド操作[*3]によってゲームが進行するアドベンチャーゲームであるが、何よりも本作が歴史に残ったのは「ゲームシステムによって演出された『意外な犯人』の存在」という点においてだ。一九八三年当時のコンピューター性能には大きな制限があり、またゲームシステムも試行錯誤の只中にあった。その中で生み出されたのが、刑事であるプレイヤーを補佐する部下の立場として、プレイヤーに語りかけ、行動を促すことで実質的に語り手としてふるまうキャラクターの配置というアイデアだったのだが、『ポートピア』ではその補佐役こそが犯人であるという仕掛けになっている。いわば『アクロイド殺害事件』に近い構造の作品だ。

もうひとつのマイルストーンが『かまいたちの夜』である。シナリオライターとして本格ミステリ作家の我孫子武丸が参加した本作は、ノベルゲームという、基本的にテキスト主体でグラフイックは補助的な使い方に留まり、ゲームの進行も基本的に選択肢として複数表示される文章のなかから一つを選ぶことにより展開が分岐し、結末も複数用意されているマルチエンディング形式のゲームである。この種のゲームはテキストを読み進めていくことがゲームの進行と一致しているという点で書籍に非常に近い形式であるが、一方で、選択次第でストーリーが様々に枝分かれしていく点はゲームならではのものだ。[*4]

『逆転裁判』は、主人公が弁護士として依頼を受け、事件の証拠品や証言を集める捜査パートと、それらの証拠を元に法廷での証人達の証言の矛盾を指摘し、真犯人を突き止めていく法廷パートとに分かれている。法廷における証言というテキストの真偽を、アイテムとして収集した他の証拠や証言等のテキストと突き合わせることで都度検証し、その矛盾を指摘することで事件の解明を進めていくというゲームデザインになっている。前掲作に比べビジュアル面も向上し、同時に登場人物のキャラクター性が重視されるいわゆるキャラゲーとしての人気も博した。

『トリックロジック』は、本格ミステリ作家たちが書いた短編小説を基に、提示されるいくつかの質問に対する回答を本文から抜き出すことで推理が進行していくシステムになっている。ここで重要な点は、出題編という形であらかじめ提示されたテキストを基に、補助的に出題される質問に答えるという形式、つまり『かまいたちの夜』等のノベルゲームにおける「ひたすらテキストを読みすすめる」システムと、『逆転裁判』等の「テキストの真偽を要素ごとに突き合わせ、検証していく」システムとが組み合わせられている。

『ダンガンロンパ』では、アクションやリズムなどのミニゲーム要素を部分的に取り込み、また事件の解決とは直結しないキャラクターとのやりとりをやりこみ要素として実装するなど、ミステリのみならずアドベンチャーゲームとしてのゲーム性を高めている。一方で、タイトルに象徴されるように、論破＝相手の発言に対し証拠や証言を元に矛盾等を指摘していくという『逆転裁判』と同じ謎解きシステムを採用してもいる。

以上で示したゲームには、実はすべて極めて重要な共通点がある。「攻略」だ。攻略とはなにか。一般的なゲームにおいて、プレイヤーは能動的にコマンドを入力し、ゲームを進行させる必要がある。そして、そのコマンド入力は概して読書よりも複雑な行為となることが多い。「プレイヤーキャラクターに剣を振らせて敵に当てる」「プレイヤーキャラクターを指定の地点まで移動させる」「会話の選択肢で『はい』か『いいえ』のどちらかを選んで決定する」といった行為は、プレイヤーに対して書籍のページをめくるよりも複雑な操作を要求し、プレイヤーはその操作によって問題を解決することを迫られる。こういったゲーム操作による問題の解決の連続を、「攻略」と呼ぶ。

当然ながら、例示したミステリゲームにおいても同様に、ストーリーを進行させるためにはプレイヤーが自分で推理をしたうえで、解決のための操作をしなければならない。その推理に基づいた操作＝攻略が間違っていれば、ゲームオーバーや「詰まる」といった形でそれ以上の進行が不可能になる事態に陥る。この点が、例示したゲームと、たとえ一切推理を放棄しようともページを捲りさえすれば物語の進行を体験することができる小説という形式との決定的な差異である。

一方でもうひとつ重要なポイントがある。本格ミステリ（≒puzzler）がパズル的な論証を謎の解明のカタルシスに結びつけることによってその基本的な魅力を構成していることは周知であろうが、しかしパズルの問題集が本格ミステリと区別されるように、ただパズルを解くだけで終わるゲームはミステリとは言い難い。大きな謎であれ小さな謎であれ、あくまでもパズルあるいはその解明が、物語上の展開において意味をなすようになっていなければならない。

ここで、ゲーム操作におけるパズルの解明と本格ミステリとしての物語の進行を意味論的に合致させることに成功した作品を「本格推理ゲーム」として定義することが可能になる。注意すべきは、単に本格推理小説のテキストをデジタルゲームという媒体に移し替えたとしても、それはただ本格ミステリをゲームというパッケージにまとめただけであり、ゲームそのものが本格ミステリのパズル性を補強するものでなければ、ここでいう「本格推理ゲーム」の定義にはあてはまらない。

言い換えれば、「選択と反応の快楽」というゲームの根源的な要素と、「謎の論理的解明の快楽」というミステリの根源的な要素とがゲームシステム上においてパズル的な方法論で合致したときにはじめて、「ミステリ要素のあるゲーム」でも「本格ミステリのゲーム化」でもない独自性を持つ「本格推理ゲーム」が立ち現れる。そして、その独自性に魅力を見出すからこそ、人はあえてゲームでも本格推理小説でもなく、「本格推理ゲーム」を楽しむのだ。

「困難は分割せよ」とは井上ひさしの小説に出てくるフレーズだが、『逆転裁判』に代表されるように、本格推理ゲームは大きな謎を細かく分割し、その謎に逐一解答を示させるという様式をシステム上で実装してきた。プレイヤーが大きなトリックの解法にあらかじめ気づくのが難しくとも、細かい質問に解答するという形で論証に参加していくことは比較的容易い。謎を分割することで、本格推理ゲームは魅力的な謎と難易度とのバランス調整のための有力な手段を手に入れることに成功したと言える。

さて、ここで定義された本格推理ゲームの枠組みは、日本以外のゲームにおいても適用が可能だ。後半では、この枠組みに基づき、とあるゲーム作家の作品群を評価していく。その作家の名前はSOMI。そのゲームは、「罪悪感三部作」と呼ばれる。

2.「罪悪感三部作」と変格推理ゲーム

SOMIは、韓国のインディーゲーム制作者であり、その代表作とされるのが『Replica』『Legal Dungeon』『The Wake: Mourning Father, Mourning Mother（以下、The Wake)』の「罪悪感三部

作（=Guilt Trilogy）」だ。罪悪感とあるように、その作風は一貫して内省的で、社会問題やSOMI本人の体験が物語に強く取り込まれた陰鬱な物語になっている。一方で、この三部作はそれぞれ形式は大きく異なれども、謎解きがゲームの主目的となっている、つまり推理ゲームであることもその特徴だ。

三部作の一作目、『Replica』は、プレイヤーがいきなり誰のものともわからないスマホのロック画面のパスワード解除を政府機関のエージェントらしき人物に強要されるところからゲームがはじまる。プレイヤーが誰なのか、スマホは誰のものなのか、なぜこんなことをしなければいけないのか。はじめは何も知らされないまま、スマホに送られてくる指示のメッセージに従い、持ち主の親族からのメッセージ、SNS、メッセージアプリや保存されている画像の日付や位置情報など、あの手この手で使用パスワードを入手あるいは推理し、ロックを解除し、名前や交友関係や思想や行動履歴と様々な情報を抜き出し[*5]、政府のエージェントに報告していく。これら分割された謎解きの連続により、プレイヤー自身も少しずつ自らの置かれた状況に関する情報を手に入れていくこととなる。

その過程で、自分が国家保安部に拘束監禁され、別に拘束監禁されているテロ事件の容疑者のスマホから犯行の証拠を見つけ出す作業に従事させられているということがわかり、また、スマホ操作による捜査が進むにつれ、容疑者の人物像や、そもそも捜査の対象であるテロ事件そのものの詳細、容疑者が事件にどのように関わっていたのかといった点についても少しずつ理解が進んでいくような構造になっている。

「誰がやったのか（=whodunit）」「なぜやったのか（=whydunit）」「どうやったのか（=howdunit）」以前に、「何が起こっているのか」が根本的な謎として提示されるタイプのミステリを、便宜的に「ホワットダニット（=whatdunit）」と呼ぶケースがあるが、このゲームの特に序盤は、自分の置かれた状況こそが謎として提示されるという点において、ホワットダニットとしての要素を強く持っている。

また、もうひとつの特徴として、本作はマルチエンディング方式を採用しており、プレイヤーの行動によっては大きく展開が変わってくるという点が挙げられる。その点では例えば『かまいたちの夜』と同じ要素を持っているが、しかしその物語展開がすべてスマホ画面という極めてグラフィカルかつ限定的な「デバイス表象（実際のスマホではなく、あくまでゲーム上で表示される仮想の『スマホ画面』であることに留意！）」を通してのみプレイヤーに提示されるというのがこのゲームの特色であり魅力である。われわれが時として他人のスマホを覗き、秘匿されている情報を盗み見したくなったり、特定の人物のＳＮＳ等での断片的な情報を組み合わせてその隠された人物像を知りたくなったり、あるいは社会から隠蔽されている大きな陰謀の存在に触れたくなったりするような、昏い欲望に応えるのがこの作品だ。

そして同時に、このゲームは国家がテロ防止を理由に個人のプライバシーへ介入することの是非もテーマになっている。本作の制作当時の韓国では、二〇一四年に国家情報院がメッセンジャーアプリLINEの通信データを傍受していることが明らかになり、また二〇一六年にはテロ防止法が成立するなど、国民に対する監視体制の強化が叫ばれていた。本作の「国家保安部の指示によってスマホ内の情報を盗み出し、テロ実行犯を告発する」というシステムは、現実を明確に反映している。言われるがままにスマホの持ち主を真犯人として告発し、「愛国者」としての評価を受けるのか、あるいは政府に楯突く行動を選ぶのかは、あくまでプレイヤーのスマホ操作に委ねられている。

さて、以上のように『Replica』は、個人情報等のパスワードの解読といったパズル的な面があり、かつパズルそのものがモザイクアプローチやソーシャルエンジニアリングといったクラッキング手法を駆使し個人の実像や事件への関与について接近するための必然的行為として実装されている。オリジナリティ溢れる（『Please, Don't Touch Anything』等、他作品の影響は認められるにしても）パズル的なゲームシステムと、社会問題を物語としてうまく融合することに成功した本作は、変則的だが優れた本格ミステリゲームと評価できるだろう。

三部作の二作目、『Legal Dungeon』もまた、現代韓国の社会問題を主要なテーマとして採りあげたゲームだ。主人公は地方警察署の刑事課捜査係に着任したばかりのキャリア組警部補であり、部下の捜査報告書等の捜査資料を元に容疑者に尋問を行い、その結果として検察に起訴を勧めるか否かといった大きな方向性から、加害者の氏名住所から職業などの個人情報、適用法条は何か、判例は存在しているかといった細かい記述で埋めた意見書を作り上げ提出するというシステムになっている。

本作の特徴は、上記のような細かい書類作成作業に追われる作業ゲーとしての点、また『トリックロジック』のように捜査資料という形でテキストが（一部の例外を除き）すでに提示されており、その情報から有用なものを抜き出していくという点、またそれらの抜き出しによる書類作成作業から法令や判例の検索に至るまでがすべてＣＩＳ（Criminal Information System）システムと呼ばれる書類作成プログラムの画面上で行われるといった点にある。本作や次作『The Wake』に関しては口頭での会話パートもあるが選択肢等は出ず、ゲームの操作上重要になるインターフェースがスマホなど単一の物品あるいはソフトウェア上に統一された形でゲームが成り立っているのが三部作に共通する特徴であり、シリーズにおけるSOMIの作家性の顕れと言えるだろう。

一方で、書類作成から外れた演出として、被疑者への尋問がある。これもＣＩＳ上で表示されるのだが、なんと簡易的ではあるがＲＰＧの戦闘風のグラフィックになっている。相手の証言テキストに対して捜査書類から文言を提示するという『逆転裁判』に似た状況ではあるが、成功すると相手に剣でダメージを与える演出など、題名の『Legal Dungeon』に準じた演出なのだが、他の無機質なインターフェースに比べ、かなり浮いたものになっている。

もうひとつ重要な点として、主人公は常に部下や上司等から事件を過大に報告して有罪件数を増やすことを求められているという状況がある。ゲーム中、事あるごとに表示される標語として「善行の美談は0・5点、窃盗は2点、殺人は15点」というものがあるが、これは起訴の件数によって自分の所属する刑事課、ひいては警察署自体が評価され、さらに重大な犯罪ほど点数が高まるため、重大犯罪を検挙し起訴に持ち込ませるよう意見書作成担当者である主人公にプレッシャーをかけ続けるという状況を端的に示している。それに従い物語そのものも、そのプレッシャーの中で事件をどう取り扱うかが主題になり、その選択によりストーリーが大きく分岐するタイプのマルチエンディング方式になっている。この「重圧の中で個人がどのような行動を選択できるのか」というテーマは、『Replica』とも共通している。

このテーマは、本作に横たわる大きな謎そのものでもある。プレイヤーの選択によっては、主人公は組織内での生き残りと出世を賭してとある行動を取ることになる。が、その過程の描写は断片化され、特定の手順を踏まなければ何が起こったのかを理解することはできない。この点において、本作もまたホワットダニットものでもある。見え隠れする大きな謎にたどり着くために、プレイヤーは地味な書類の穴埋めと尋問という分割された謎に挑み続けることとなる。

そして、全てが明かされ、何が起こったのか、なぜ主人公がその行動をとったのかが明かされることで、プレイヤーは今一度自分に問うことになる。本当の意味での実行者は誰なのだろうかと。なにしろ、主人公の行動はプレイヤーの選択によって決まるのだから。

ここにおいて、本作は『虚無への供物』にも似たメタミステリとしての特性も持ちうるようになる。SOMIは、自身が法執行に関わる仕事に就いており、本作について「内容の9割は自分の実体験」と述べ、またエンディングにおいて作者自身の言葉として実際の事件をゲームの題材にすることへの苦悩について告白している。

また一方で彼は、本作および前作において言及する際に度々アドルフ・アイヒマンを引き合いに出してもいる。人が体制内において罪を犯すとき、本当の悪は誰なのかと。つまり、ここで提示されているのは、ミステリにおける「(事件を記述する)＝犯人」「(事件を求める)読者＝犯人」の構図の代替として、「(行動を可能にする)作者＝犯人」「(主人公に行動させる)プレイヤー＝犯人」「(事件を引き起こす体制を許容する)社会＝犯人」という三者が犯人として提示されるのだ。

『Regal Dungeon』は前作に続く社会派作品であり、一方ではSOMI自身の犯行告白という形での贖罪が物語の中心的テーマになるメタミステリでもあり、一方でパズルゲームとして様々な本格ミステリゲームの要素を取り込みつつ個別の謎に対する回答を組み上げることで大きな謎が立ち現れる構造を維持してもいる、良質な本格ミステリゲームといえる。

※以降の段落において、『The Wake: Mourning Father, Mourning Mother』の部分的なネタバレを含みます。ご留意ください。

三部作の掉尾を飾るのが『The Wake』である。独特な作風として評価されがちなSOMI作品の中でも、本作は特に異質である。事故にあい、意識を失った夫の暗号化された日記帳を妻と医師が解読していくという筋書きではあるのだが、その「日記帳（journal）」は紙ではなくダイヤルを回すたびにフラップ形式で次々と文章が表示される謎の機械であり、同時に第二次世界大戦で使用されたドイツの暗号機エニグマを模した暗号の復号器でもある。『Replica』と同じく、ほとんどその日記帳の操作のみによってゲームが進行する。プレイヤーは機械を操作して換字式暗号を解読し、夫が自分の父の葬儀の間に記したという日記を読み進めるというシステムになっている。

日記の内容は大まかに言えば、祖父の葬式で久々に両親に会った夫が、自分と親の関わりや親同士の関係性、そしてその中で自分がどのように育ってきたかについて回想するというものであり、社会問題が背景として描かれつつも、前の二部作と比べても非常にドメスティックかつ内省的、抑うつ的な傾向がより強い。

ここで重要な点がある。日記帳には、「私が嘘を入力すると、さらなる嘘が上塗りされて記録されるのだ」といった記述や、日記に書かれている「私」自身もこの日記に書かれている私という人間が理解できなかったといった記述がなされている。つまり、この日記帳自体が、はじめから「信頼できない語り手（あるいはテクスト）」であると宣言されているのだ。そして、嘘とは具体的になにか、そしてなぜこの日記帳が使用されたのかといった疑問は、物語の結末に至っても解決されない。この日記帳が父親、ひいては祖父から継承されたものであること、父親が日記帳を解読することで祖父の行いを理解しようとしていたこと、そして父親と同じ運命を辿ることの無いよう強く願っていたはずの夫が、事故により父親と同じ運命を辿ってしまうことが暗示されるに過ぎない。

また、なぜこの日記帳が換字式によって暗号化されているのか、なぜエニグマを模しているのかといった謎も解決されることはない。日記帳が自らの脳内に秘匿され、改変されながら作り上げられてきた自らの記憶や、否定しながらも逃れられない父祖から受け継いだ本性などの暗喩であり、日記帳の解読もまた他人の内面を理解しようとする試みであろうといった推理は可能なものの、それが真実であるかどうかはゲーム内では明示されることはない。

つまり、このゲームは分割された謎として提示される細かいパズル＝暗号の解決によって物語は進行していくものの、パズルがなぜ存在し、なぜ解かれなければならないのかという謎が物語全体とどう接続しているのかが意図的に隠されているのだ。よって、先程の定義でいえばこのゲームは「本格推理ゲーム」ではないということになる。前二作の完成度から考えるに、本作はあえて本格推理ゲームの枠組みから離れようとしていると考えるべきであり、その意味で、本作は「変格推理ゲーム」と呼ぶべきなのだろう。

前二作に比べ、本作は低い評価を受けることが多い。それは、ドメスティックな物語であることに加え、本格推理の枠組みから外れることでプレイヤーに納得感と爽快感を与えない物語構成になっているからだ。しかし、このような変格作品が生まれてくることそのものが、本格推理ゲームの方法論がスタンダードになっていることを逆説的に示しているのではないか。その意味で、本作は、三部作の他の作品に劣らず重要である。

この三部作にシステム上で共通するポイントとして挙げられるのが、やはり「謎の分割」だ。『Replica』におけるモザイクアプローチの連続、『Legal Dungeon』における書類の穴埋めと尋問の連続、『The Wake』における暗号解読の連続と、分割された形で提示された謎を解決し続けることで大きな謎へとアプローチするという枠組み自体は共通してスタンダードなものであるといえる。だが、その内容の差異によって、実際のゲームシステム、そして物語体験は大きく変わりうる。これがゲームという表現形式の幅広さの一端であり、同時にSOMIというゲームクリエイターの作家性の幅広さの一端でもある。

3. おわりに

さて、ここまで見てきたように、本格推理ゲームとはプレイアビリティの面から評価され、発展した面が大きい。つまり、ゲームであるが故に「攻略」が必要とされ、プレイヤーに解かれることが可能な程度の謎が必要とされ、ある程度長いプレイ時間が想定されるゲームにおいて物語に継続的に没入させるために謎の「分割」が発明され、スタンダードとして定着していく、というシステムの技法的な進化の産物として捉えることができる。

そして、本格推理小説がそうであるように、生み出された一定の形式の枠組みの中においてどのような試行錯誤によって面白さが創出されるのか、そしてときにはどのようにして枠組みから逸脱した作品が生まれるのか、その営み自体がジャンルフィクションの醍醐味であるだろう。そして、罪悪感三部作からもわかるように、ゲームというジャンルはそのアーキテクチャの性質上、枠組みが比較的逸脱あるいは拡張されやすい作りになっている。

何よりも、形式性と物語が高度に一致しうるからこそ、ミステリは誕生以来二世紀近くにわたりジャンルとして隆盛してきたのだ。その点で、様々な発明により形式性と物語を一致させようとし続けてきた本格推理ゲームがミステリのサブジャンルとして、今後どのように発展し、進化を遂げるのか、継続して注目していく必要があるだろう。

「本格推理ゲーム」とは、いままさに形作られつつある新しい革袋なのだ。

＊1　あるいは探偵小説であっても同じことであり、ここでは定義論的な区別を行わない。

＊2　以下、この論考における「ゲーム」とは「デジタルゲーム」を指す。

＊3　ファミコン等の移植作ではコマンド選択方式になった。

＊4　なお、選択肢によりテキストが変わっていくという仕様そのものはデジタルゲームの専売特許ではない。むしろ歴史的にはゲームブック等の媒体がすでに作り出していた方式を、デジタルゲームが取り込んだという流れである。特に本格ミステリの文脈においては、山口雅也『13人目の探偵士』がゲームブックとして出版され、後年ストーリーをほぼそのままにデジタルゲーム化されている。一方で、ゲームブックが「ゲーム」ブックと呼称されているという事実が、この仕様が「ゲームならでは」であることの証左でもある。

＊5　これらの行為は、いわゆるモザイクアプローチと呼ばれる現実に行われているクラッキング手法でもある。

あとがきに代わる四つのエッセイ、あるいはミステリの未来に向けて

蔓葉信博

1. 本書の目的

少なくない読者があとがきから本を読む、という話を聞いたことがある。かくいう私も同じである。そのため、簡潔に本書の経緯や狙いなどを述べておきたい。

『現代ミステリとは何か　二〇一〇年代の探偵作家たち』という大胆なタイトルであるが、企画当初は気鋭のミステリ作家の論集を編むというものであった。仮タイトルも「新進気鋭ミステリ作家論集」というものだったはずである。原稿もある程度集まってきたタイミングで、さて正式な本書のタイトルをどうするかという段になると、すでに気鋭のミステリ作家のインタビュー本が刊行され、仮タイトルの方向では難しいことになった。[*1] 作家論集的という意味合いのタイトル

では似てしまうため、別の切り口を考えねばならない。そこで、あらためて取り上げた作家の名前を見返してみれば、これは現代ミステリの縮図のようだなとひらめき、このタイトルとした次第である。そのため、本書は「現代ミステリとは何か」を真正面からひとつずつ論証していくかたちの本ではない。しかし、新鋭ミステリ作家をひとりひとり検証していった結果として、現代ミステリという地平が見渡せるようにはなっているはずだ。

では、あらためて現代ミステリとはなんであろうか。まえがきの「二〇一〇年代ミステリの小潮流、あるいは現代ミステリの方程式」では現代ミステリに至るまでの系譜を辿った上で、二〇一〇年代に台頭したミステリの傾向を「ライトミステリ」「特殊設定ミステリ」「異能バトルミステリ」「新社会派ミステリ」の四つの小潮流にまとめている。各論考でそれぞれの小潮流に関する記述も見られるが、一方でこうした簡潔なまとめではこぼれ落ちるものがあることに気がつくはずだ。むしろ、そうなることで現代ミステリの複雑さが伝わればよいと考えている。

とはいえ、それでも現代ミステリの形式的な定義は必要であろう。それぞれの論考の枝葉を大胆に切り落とし、共通項を見出して、仮に定義づけるとするならば「現代ミステリとは、既存のミステリの形式や題材を更新しつつ、ジャンル外の諸要素も取り入れて現代に受け入れられるよう積極的に表現された、新本格ミステリ以降の新しいミステリ」といえるだろうか。各論考を読み終えていただければ、「更新」「ジャンル外の諸要素」「積極的に表現」といった言葉選びの意味を理解いただけると思う。

はたしてそのような目論見通りの各論になっているかは、読者諸氏のご判断に委ねたい。

2. 本書の想定読者

本書の主な想定読者は、ごく一般的なミステリファンであるか、またはミステリジャンル自体に関心を持つ人と考えている。ミステリファンの多くは、評論の文体や論述には不慣れであると考え、他の評論書よりは読みやすいよう配慮をして編集した。専門的な用語には説明を足すよう促し、またいわゆる「ネタバレ」も最小限にしたうえ、致し方なくネタバレする場合はあらかじめ注意喚起の文言を添えている。たとえばミステリのガイドブックを読み終えたあとに、ジャンル内の視点だけではなく、より多面的な分析や新たな発想を求めている読者の期待には応えられていると思う。

またミステリのファンではないが、ミステリジャンルに関心がある層にも、現在のミステリシーンの第一線をひた走る作家たちの展開や、作家らが抱えるテーマや論点、新しい技法について細かく説明している。ミステリのガイドブックほど網羅しているわけではないが、シーンの全体をつかむために本書を使うことも可能だろう。またミステリをはじめ各種エンターテインメントの現代的作品を考えるための補助線とするのもありえるかもしれない。

さらに第三の候補として、ミステリの創作を志す人たちに、ぜひ手にとっていただきたいと考えている。本書の特色は既存のガイドブックにはない切り口だ。ミステリプロパーであるのは筆者を含め一部で、半分以上はそうではない。たとえば批評家の杉田俊介や社会学者・片上平二郎などの専門的な論点や、SFプロトタイピングという新概念を提唱するSF評論家・宮本道人などの提言は、ミステリジャンルにはない視点を提供してくれることだろう。ミステリプロパー側にしても、ミステリジャンルに縛られた提言をしているわけではない。

実作者の創作経験に根付いたアドバイスは、創作を志すものにとって大いに参考になる。しかし、新しいものを生み出すとき、既存の方法論だけではうまくいかないことは往々にしてある。そうした創作のヒントとして、ジャンル内外とりまぜた本書の論点を参照してほしい。注意してほしいのは既存の方法を軽んじているわけではないということだ。基本は大切である。先達の偉業を学び、それをなぞらえ自分のものとする。創作に限らず、あらゆる営みの基本ではある。ただ基本のその先はそうではない。創作とは最終的には孤独な作業で、何が役立つのかはわからないものである。現代社会的なテーマ、新しい表現方法、奇抜なアイデアなどと挙げてみること自体は簡単ではあるが、具体的に作品の骨格を決め、肉付けをするのは自分だからだ。

ミステリジャンルは、すでに一八〇年以上の歴史がある。多くのことはすでに過去の作品で行われてきている。とはいえ、現在でも既存のミステリの意匠をアレンジしたり、ほかのジャンルのアイデアを借用したり、最先端技術を作中に取り入れたりなど、多くの作家が工夫をこらしている。特殊設定ミステリというアイデアも、旧来のSFミステリのエッセンスに工夫をこらした結果といえるはずだ。

そうした切磋琢磨のなかで、さらなる創作を目指すために、既存のアドバイスにはないアイデアを、本書が導きだすことができればこれ以上の幸いはない。

3. 本書に関する若干の補足

本書は限界研の探偵小説論集としては三冊目となる。執筆陣は私ほか中堅メンバーが前回も論考やコラムを担当しているが、その後に入会したメンバーも加わり、リフレッシュした内容になっているはずだ。また、今回は限界研会員の他に、二名のゲスト参加者を招いている。別途プロフィールがあるとはいえ、ここで簡単に紹介しておきたい。

ゲスト参加者の坂嶋竜、孔田多紀はふたりとも二〇一八年八月に公募をはじめたメフィスト評論賞の選考委員賞受賞者である。坂嶋竜は同評論賞の法月賞を受賞、孔田多紀は同評論賞・円堂賞を受賞している。おふたりには私からゲスト参加の相談を申し上げ、快諾いただいた。

そのメフィスト評論賞のメイン賞を受賞した琳は、その相談よりも先に別途限界研の正規会員となり、執筆陣に加わっている。とはいえ琳の参加以前から、ゲスト参加者は検討していたため、三名がそろったことは偶然が重なった結果なのである。[*2] たとえば私が最初からミステリ評論の未来を案じて計画的に参加を打診したように見えるが、事実はそうではない。そうであるべきだったと今なら考えるわけで、この偶然にはとても感謝している。また、今回より限界研の新会員として片上平二郎、詩舞澤沙衣の二名も論考を担当いただいた。参加いただいた五氏、また長く研究をともにする既存会員にも深く感謝の言葉を記したい。

限界研では、この評論書を執筆するにあたり、しつこく続く新型コロナウイルス感染症の社会変化のなか、長期にわたる勉強会を重ねて互いの論考を討議した。限界研の過去の探偵小説論とも遜色のない出来栄えでないかと自負している。

また論考対象として選ばれたミステリ作家については、編集長である私、蔓葉が選んだ上で、会の討議をもって決定されている。ミステリ小説の「面白さ」や「新規性」といった価値判断もあるが、ミステリシーン全体が持つ多様性を示すことに軸足を置いた結果のつもりだ。しかし、取り上げられるべき作家が他にもいたのではという異論はあるかと思う。実際、予定していた数名の作家論は諸事情でとりやめとなった。ほかにも女性ミステリ作家が斜線堂有紀と深緑野分だけであること、ほぼ国内作家ばかりで海外ミステリの考察がほぼないこと、小説分野に偏っており映画や漫画といった他ジャンルへの考察に乏しいなどの批判は甘んじて受けるよりほかない。そのほとんどは編集長たる私の実力不足によると自覚はしている。

しかしながら、それでも十名の新進気鋭のミステリ作家の論考を通じて、これまでのミステリ評論にはない視点や、現代ならではの新しい切り口、なにより現代ミステリの楽しさを考えるきっかけをお渡しできるものと信じている。

4．本書の先を歩むあなたに

本書を読み終えているならば、ミステリシーンの地平をぼんやりとながら見渡すことができるだろうし、それの先にある現代社会のさまざまな有様に思いを馳せることができると思う。

そのうえで、さらなる道案内として十冊の本をここでは紹介したい。前半五冊はミステリ評論として、後半五冊は広い意味での創作論として選んでいる。

◆江戸川乱歩『幻影城』

ミステリ評論の基本というべき一冊。数々の論者がミステリの定義を参照する「探偵小説の定義と類別」や、探偵小説芸術論争に対する提言「一人の芭蕉の問題」など最重要論考が収められている。読了後はできれば『続・幻影城』も手にとってほしい。こちらも数々のミステリ作家が参考にした「類別トリック集成」が収められているからだ。トリック重視が続く日本のミステリシーンは、この呪縛に今も絡め取られているからだといってもあながち言い過ぎともいえまい。

◆松本清張『松本清張推理評論集 -1957-1988』

社会派の雄であり、また日本文化への鋭い提言を記していた松本清張の全集未収録論考をメインにまとめた一冊。まえがきにも記した「新本格推理小説全集に寄せて」もそうであるが、ミステリの生存戦略を真剣に考えていた松本清張の熱い息吹を確認できる。清張による定番の論考集であった『黒い手帖』との比較もおすすめしたい。

◆島田荘司『本格ミステリー宣言』

新本格ミステリの最大の助力者であり、指導者的立場でもあった島田荘司による論考集。綾辻行人らのデビュー推薦文を兼ねた本格ミステリ論や、「幻想と現実」の対立軸による本格ミステリの大胆な分析などを収めている。また警察組織の具体的な解説など実作者ならではの資料への目配りもあり、この本を片手にミステリを志す若者は少なくなかったはずである。今の読者だと古い情報などもあるが、歴史的意義は絶大で、そのエッセンスはまだまだ参考になるはずだ。

◆笠井潔『物語のウロボロス　日本幻想作家論』

新本格ミステリの理論形成の多くは笠井潔によって確立されたことは「探偵小説論」三部作や「ミネルヴァの梟」シリーズなどからも明らかであろう。その数々のミステリ批評の中でも本書は幻想小説と探偵小説の呼応関係を紐解くとともに「観念」という概念で時代精神を見事に削り出していく。笠井批評の初期作であるがゆえに、その核となる論理構造は比較的理解しやすく入門書的におすすめしたいが、それでも簡単に読み通せるわけではないことも記しておきたい。

◆千街晶之『水面の星座 水底の宝石 ミステリの変容をふりかえる』
本書は恐ろしい数の「ネタバレ」への注意喚起とともに、犯人やトリックを明かすことで、通常では敵わないであろう深い考察へと読者を導く。さらに恐ろしいのは本格ミステリ論でありながら、幻想小説論とも読み直せる独自の論述観点である。しかし、島田荘司と笠井潔も同様の視点を持っていたことは右記にあるとおりであり、その意味ではむしろ正統な本格ミステリ論といえるはずだ。こちらを読み通せたならば、同じく「ネタバレ」注記のある福井健太『本格ミステリ鑑賞術』との比較も有益だろう。

◆エドムント・フッサール『ヨーロッパ諸学の危機と超越論的現象学』
現象学の創始者・フッサールの晩年の長編論考であり、「数の理念化」により失ってしまった「生活世界」を取り戻すすべを模索している。第二次世界大戦への危機意識が現代社会批判を通じて提示されており、小松左京も学生時代にこの論考をノートに写し記すほどのめり込んだというエピソードがある。行き詰まったこの現代だからこそ、あらためて読み直されてほしい一冊だ。

◆オリビエーロ・トスカーニ『広告は私たちに微笑みかける死体』
一九八〇年代後半から二〇〇〇年まで、服飾メーカー・ベネトンの広告キャンペーンを手掛けていたトスカーニによる、広告表現についてのエッセイ集。戦死した兵士が着ていた血まみれのシャツとズボンを写した広告ポスターはあまりにも有名だろう。そうした大胆な表現は多くの批判と、さらに大きな称賛を集めた。今も続く人種差別や排外主義など、多くの社会問題に対し、資本主義側から痛烈に批判する姿勢は社会派ミステリにも通じるものがあり、現在でも多くのことを学べるはずである。美術表現と社会性に関しては、山本浩貴『現代美術史　欧米、日本、トランスナショナル』も大いに参考になるはずだ。

◆飯田一史『ベストセラー・ライトノベルのしくみ　キャラクター小説の競争戦略』
新本格ミステリからユースカルチャーの地位を実質譲り受けたライトノベル。漫画と同じように大量生産、大量消費されていくライトノベルのなかで、いかにベストセラーを生み出すことができるか、経済的・マーケティング的観点から分析していく。こうした方法論はミステリの分析にも十分適用できるはずである。『ウェブ小説30年史　日本の文芸の「半分」』などといった飯田の考察は創作シーンやその社会背景を理解するための最適な参照軸といえるはずだ。

◆武田徹『日本ノンフィクション史　ルポルタージュからアカデミック・ジャーナリズムまで』

事件を記録するという観点でいえば、ミステリとノンフィクションは兄弟のような関係といっていいのではないか。ヤミ金事件を作品化した高木彬光『白昼の死角』など実在の事件をモチーフにしたミステリは数多い。ノンフィクションが持つ創作性について、鋭い批判を加えつつ、現代のノンフィクションの明日を模索している本書からミステリの今後を占うことも可能だろう。

◆藤津亮太『アニメと戦争』

戦争を描いたアニメーションを、第二次世界大戦のさなかから現在まで丁寧に分析する。アニメという表現形式でできることを丹念に紐解くとともに、視聴者の変化をアニメから見出していく。アニメ受容史から日本文化も照らし出す射程の広い評論である。表現の違いはあれど、ミステリも殺人というテーマで物語を紡ぐゆえに重要な指摘を見つけることができるはずだ。

後半五冊はやや私の趣味が出ているものの、ジャンル内とジャンル外の両方の力学を念頭に置き続けることは、思索のバランスとしてよい結果を生むものと信じている。他にも映画におけるミステリ（千街晶之編『21世紀本格ミステリ映像大全』）、漫画におけるミステリ（福井健太『本格ミステリ漫画ゼミ』）、キャラクター論（小田切博『キャラクターとは何か』）や映画論（杉田俊介『戦争と虚構』、渡邉大輔『新映画論　ポストシネマ』）など参考にしてほしい評論はたくさんある。さらにいうならメフィスト評論賞を掲載する特設サイト[*3]には法月綸太郎と円堂都司昭とが選んだ十冊のおすすめ評論が掲載されている。そのサイトで選ばれた評論書は私のおすすめする十冊とは被らないよう配慮して選んだので、余力のある読者は両氏が推挙する評論書も参考にしていただきたい。

最後にAIによる背景画ですばらしいイラストを今回も描いていただいた西島大介氏、限界研書籍の装幀を長く担当いただいている奥定泰之氏、厳しい出版状況のなか、限界研を温かく見守っていただき、本書の刊行に尽力いただいた南雲堂編集部の星野英樹氏には、この場で深くお礼申し上げたい。

暗い話題が多い昨今、明るく楽しいエンタメではなく、硬めのミステリ評論を手にとっていただいた読者の方々に本書がなにかしら得られるものであれば幸いである。

＊1　若林踏『新世代ミステリ作家探訪』光文社　二〇二一年

＊2　琳、坂嶋竜、孔田多紀のそれぞれの受賞評論は「メフィスト　２０１９ VOL.3」（講談社、二〇一九年）に収録されている。

＊3　講談社ＢＯＯＫ倶楽部「ｗｅｂメフィスト」法月綸太郎・円堂都司昭　おすすめ評論
http://kodansha-novels.jp/mephisto/criticism/recommended/

国内探偵小説年表

［二〇〇九年～二〇二二年］

	主な探偵小説	主な出来事
二〇〇九 （平成二一年）	一月、柚月裕子『臨床真理』 十月、相沢沙呼『午前零時のサンドリヨン』 十月、綾辻行人『Another』 十一月、円居挽『丸太町ルヴォワール』	一月、オバマ、史上初となる黒人の米大統領に就任。 五月、裁判員制度開始。 七月、「脳死を人の死」とする改正臓器移植法成立。 八月、衆院選で民主党圧勝、社民・国民新党との連立政権。
二〇一〇 （平成二二年）	一月、中山七里『さよならドビュッシー』 二月、梓崎優『叫びと祈り』 七月、森川智喜『キャットフード』 九月、東川篤哉『謎解きはディナーのあとで』	四月、殺人罪などの公訴時効が廃止。 九月、証拠物件のフロッピー内データ改竄で検事逮捕。 十一月、中国漁船と巡視船の衝突動画がYouTubeに流出。 十一月、ウィキリークスが米国外交機密文書を公表。
二〇一一 （平成二三年）	三月、三上延『ビブリア古書堂の事件手帖』 三月、高野和明『ジェノサイド』 五月、城平京『虚構推理　鋼人七瀬』 九月、長沢樹『消失グラデーション』	三月、東日本大震災発生、福島第一原子力発電所事故へ。 四月、福島第一原発より二〇km圏内、立入禁止区域に。 六月、LINEサービス開始。 七月、地上テレビ、地上デジタル放送に移行。
二〇一二 （平成二四年）	三月、宮内悠介『盤上の夜』 三月、友井羊『僕はお父さんを訴えます』 四月、知念実希人『誰がための刃 レゾンデートル』 八月、芦沢央『罪の余白』 十月、青崎有吾『体育館の殺人』	二月、東京スカイツリー完成。五月より営業開始。 四月、渋谷ヒカリエ、営業開始。 九月、尖閣諸島の国有化。 十月、PCのネット遠隔操作による殺害予告事件報道。 十二月、衆院選、民主党惨敗。自公連立政権へ交代。

二〇一三 （平成二五年）	二月、森川智喜『スノーホワイト』 二月、葉真中顕『ロスト・ケア』 四月、周木律『眼球堂の殺人』 六月、長岡弘樹『教場』 八月、青崎有吾『水族館の殺人』 九月、梓崎優『リバーサイド・チルドレン』 十月、深緑野分『オーブランの少女』	三月、東京メトロのほぼ全線でネット利用が可能に。 四月、大胆な金融緩和策を日銀が策定。 六月、スノーデンによる米・国家安全保障局の内部告発。 六月、いじめ防止対策推進法の成立。 七月、参議院選挙で自民党大勝によりねじれ国会解消。 十二月、特定秘密保護法の成立。 十二月、改正生活保護法、生活困窮者自立支援法成立。
二〇一四 （平成二六年）	三月、米澤穂信『満願』 八月、下村敦史『闇に香る嘘』 八月、麻耶雄嵩『さよなら神様』 九月、早坂吝『○○○○○○○○殺人事件』 十月、西尾維新『掟上今日子の備忘録』 十月、葉真中顕『絶叫』 十月、白井智之『人間の顔は食べづらい』	一月、STAP細胞不正事件。 二月、プレイステーション4発売開始。 三月、「笑っていいとも」放送終了。 四月、消費税、五％から八％に引き上げ。 四月、韓国で旅客船セウォル号が沈没。 六月、IS（自称イスラム国）建国宣言。 九月、香港にて雨傘革命運動開始。
二〇一五 （平成二七年）	一月、降田天『女王はかえらない』 六月、円居挽『キングレオの冒険』 八月、深緑野分『戦場のコックたち』 八月、呉勝浩『道徳の時間』 九月、井上真偽『その可能性はすでに考えた』 九月、白井智之『東京結合人間』 十二月、青崎有吾『アンデッドガール・マーダーファルス1』	一月、ISの日本人殺害動画公開。 三月、北陸新幹線、長野・金沢区間開業。 四月、Apple Watch発売開始。 九月、集団的自衛権の限定的行使を可能にする安保法成立。 十月、マイナンバー制度開始。 十一月、渋谷区・世田谷区で同性パートナーシップ制度開始。 十一月、パリで同時多発テロ、ISが犯行声明を発表。

二〇一六 (平成二八年)	一月、青崎有吾『図書館の殺人』 三月、陸秋槎『元年春之祭』(邦訳・二〇一八年) 七月、井上真偽『聖女の毒杯』 八月、森川智喜『トランプソルジャーズ』 十月、白井智之『おやすみ人面瘡』 十月、市川憂人『ジェリーフィッシュは凍らない』	四月、熊本地震発生。 五月、ヘイトスピーチ対策法成立。 六月、女性の再婚禁止期間、百日に短縮する改正民法成立。 六月、イギリスEU離脱決定。 七月、相模原市障害者施設にて連続殺人事件発生。 十一月、米大統領選にて、トランプ当選。
二〇一七 (平成二九年)	二月、斜線堂有紀『キネマ探偵カレイドミステリー』 四月、陸秋槎『当且仅当雪是白的』 (邦訳『雪が白いとき、かつそのときに限り』・二〇一九年) 六月、阿津川辰海『名探偵は嘘をつかない』 十月、今村昌弘『屍人荘の殺人』	二月、森友学園への国有地売却疑惑。 二月、金正男、マレーシア空港で毒殺される。 六月、テロ等準備罪など改正組織犯罪処罰法成立。 六月、性犯罪を非親告罪化するなどの改正刑法成立。 十月、映画プロデューサー告発から世界的に#MeToo運動。
二〇一八 (平成三〇年)	九月、深緑野分『ベルリンは晴れているか』 九月、岡崎琢磨『夏を取り戻す』 十月、阿津川辰海『星詠師の記憶』 十一月、伊吹亜門『刀と傘 明治京洛推理帖』 十二月、白井智之『お前の彼女は二階で茹で死に』	三月、森友学園国有地売却に関し、財務省の文書改竄疑惑。 六月、東海道新幹線の車内にて殺傷事件発生。 七月、「新潮45」掲載の杉田議員記事に批判集中、九月に休刊。 九月、北海道胆振東部地震発生。一時、道内全域が停電。 十月、トルコのサウジアラビア総領事館にて記者殺害事件。
二〇一九 (平成三一年 /令和一年)	二月、今村昌弘『魔眼の匣の殺人』 三月、浅倉秋成『教室が、ひとりになるまで』 四月、陸秋槎『文学少女対数学少女』(邦訳・二〇二〇年) 九月、阿津川辰海『紅蓮館の殺人』 十月、方丈貴恵『時空旅行者の砂時計』	五月、皇太子徳仁、天皇即位。令和と改元。 七月、京都アニメーション放火殺人事件。 九月、台風十五号、千葉県を中心に甚大な被害を与える。 十月、消費税、八%から十%に引き上げ。 十二月、カルロス・ゴーン、レバノンへ密出国。

二〇二〇 （令和二年）	二月、城戸喜由『暗黒残酷監獄』 二月、紺野天龍『錬金術師の密室』 七月、五十嵐律人『法廷遊戯』 八月、斜線堂有紀『楽園とは探偵の不在なり』 八月、白井智之『名探偵のはらわた』	一月、中国武漢で新型コロナウイルス感染症発生。 二月、アメリカとタリバンが和平合意。 四月、新型コロナウイルスで緊急事態宣言。 五月、黒人暴行死に対する抗議デモ、全米に拡大。 七月、東京都を除き、Go Toトラベル開始。
二〇二一 （令和三年）	一月、榊林銘『あと十五秒で死ぬ』 二月、阿津川辰海『蒼海館の殺人』 四月、羽生飛鳥『蝶として死す 平家物語推理抄』 四月、潮谷験『スイッチ 悪意の実験』 九月、桃野雑派『老虎残夢』 十一月、逢坂冬馬『同志少女よ、敵を撃て』	一月、トランプ大統領支持者による米国会乱入事件。 一月、米大統領選にて、バイデン当選。 五月、愛知県知事リコール、署名偽造疑惑発覚。 七月、東京オリンピック開幕。 八月、全国規模の集中豪雨で、土砂崩れなどが多発。 九月、ウーバーイーツ、徳島県などに進出で全国利用可に。
二〇二二 （令和四年）	二月、鴨崎暖炉『密室黄金時代の殺人』 六月、結城真一郎『#真相をお話しします』 八月、荒木あかね『此の世の果ての殺人』 九月、夕木春央『方舟』 九月、白井智之『名探偵のいけにえ』	二月、ロシア軍によるウクライナ軍事侵攻開始。 四月、成年年齢が十八歳となる。 七月、安倍晋三元首相、選挙演説中に銃殺される。 八月、旧統一教会と関係していた政治家に批判が集中。 十月、一ドル＝一五〇円を超え、物価上昇が問題に。

参考文献：中村政則・森武麿編『年表 昭和・平成史 新版』岩波書店（二〇一九年） 神田文人・小林英夫編『増補完全版 昭和・平成現代史年表』小学館（二〇一九年） 平凡社編『完全版 昭和・平成史年表』平凡社（二〇一九年） ＮＨＫ公式サイト「平成30年の歩み」（https://www3.nhk.or.jp/news/special/heisei/chronology/）

著者略歴

蔓葉信博　つるば・のぶひろ

東京都生まれ。ミステリ批評家。日本推理作家協会、本格ミステリ作家クラブ、探偵小説研究会、変格探偵小説研究会に所属。ミステリ誌「ジャーロ」、図書新聞などに評論、書評を寄稿するほか、探偵小説研究会編「本格ミステリ・ベスト10」では「国内本格」座談会を長く担当する。好きなミステリは竹本健治『匣の中の失楽』。

Twitter:@tsuruba

孔田多紀　あなた・たき

一九八六年生まれ。同志社大学法学部卒。在学中はミステリ研究会に所属。「蘇部健一は何を隠しているのか?」でメフィスト評論賞円堂賞。好きなミステリは大塚篤子『海辺の家の秘密』。

Twitter:@taki_anata

片上平二郎　かたかみ・へいじろう

東京都生まれ。社会学者（専門は主に理論社会学、現代文化論）。著書に『アドルノという社会学者』、『「ポピュラーカルチャー論」講義』（ともに晃洋書房）。好きな推理小説は島田荘司『眩暈』、麻耶雄嵩『夏と冬の奏鳴曲』。

Twitter:@katakami

坂嶋竜　さかしま・りゅう

一九八三年岩手県生まれ。筑波大学図書館情報専門学群卒業。「誰がめたにルビを振る」でメフィスト評論賞法月賞を受賞し、「メフィスト2019 Vol.3」に掲載。主な活動には「横丁カフェ」にてWeb書評の連載、「本の雑誌二〇二一年八月号」掲載の法月綸太郎10選「スメルズ・ライク・クイーン・スピリット」などがある。また、Youtubeにて「文庫大研究」と題し、杉江松恋と二人で月ごとに文庫オリジナル作品を紹介している。好きなミステリは綾辻行人『霧越邸殺人事件』。

Twitter:@wonde_RS

詩舞澤紗衣　しぶさわ・さい

二〇一五年東京女子大学現代教養学部人間科学科言語科学専攻卒。大学在学中は、新月お茶の会に所属。好きなミステリは『夏と冬の奏鳴曲』『少年検閲官』『クドリャフカの順番』。

杉田俊介　すぎた・しゅんすけ
批評家。ミステリ関係の批評文として、「迷子猫的な脱構築のために」（法月綸太郎『怪盗グリフィン対ラトウィッジ機関』講談社文庫解説）、「笠井潔入門、一歩前」（笠井潔『転生の魔』講談社文庫解説）、「ミステリとポストモダン」（「ジャーロ」二〇二二年五月号）など。いつかちゃんとした笠井潔論と法月綸太郎論を書きたい。若い頃に影響を受けたミステリはスワニスワフ・レム『捜査』。
Twitter:@ssugita

竹本竜都　たけもと・りゅうと
佐賀県生まれ。テレビドラマ・映画助監督。インターネットカルチャーウォッチャー。フリーランスの立場を利用し、一年の半分ほど働かずに日々インターネットとゲームに勤しんでいる。学問的・専門的バックグラウンド：特になし。主な寄稿先に「ユリイカ」「ジャーロ」等。好きなミステリは竹本健治『匣の中の失楽』。
Twitter:@noobie@siberia

藤井義允　ふじい・よしのぶ
一九九一年生まれ。現代文学を中心とした評論を寄稿。雑誌「小説トリッパー」に現代文学評論「擬人化する人間―脱人間主義的文学プログラム―」を連載。編著に『東日本大震災後文学論』。好きなミステリは舞城王太郎『ディスコ探偵水曜日』、最近だと井上真偽『その可能性はすでに考えた』。
Twitter:@fujiiy_1

宮本道人　みやもと・どうじん
科学文化作家。東京大学大学院情報理工学系研究科特任研究員、慶應義塾大学理工学部訪問研究員、変人類学研究所スーパーバイザー。四社（〆、BIOTOPE、グローバルインパクト、T.K.Science）顧問。単著に『古びた未来をどう壊す？』、編著に『SFプロトタイピング』『SF思考』など。一九八九年生、博士（理学、東京大学）。好きなミステリは『さらば、愛しき鉤爪』。
Twitter:@dohjinia

琳　りん
日本推理作家協会会員。本格ミステリ作家クラブ会員。変格ミステリ作家クラブ会員。「『都市伝説パズル』と後期クイーン的問題」で第一回日本推理作家協会70周年書評・評論コンクール受賞。「ガウス平面の殺人――虚構本格ミステリと後期クイーン的問題――」で第一回メフィスト評論賞受賞。敬愛するミステリ小説は若竹七海『スクランブル』。
Twitter:@quantumspin

現代ミステリとは何か

二〇一〇年代の探偵作家たち

2023年2月27日　第1刷発行

[編　　者]　限界研

[編　　著]　蔓葉信博

[著　　者]　孔田多紀／片上平二郎／坂嶋竜／詩舞澤沙衣／杉田俊介／竹本竜都／藤井義允／宮本道人／琳

[発 行 者]　南雲一範

[装　　画]　西島大介

[装　　丁]　奥定泰之

[校　　正]　株式会社鷗来堂

[発 行 所]　株式会社南雲堂

東京都新宿区山吹町361　郵便番号162-0801
電話番号（03)3268-2384　ファクシミリ（03)3260-5425
URL http://www.nanun-do.co.jp　E-Mail nanundo@post.email.ne.jp

[印 刷 所]　図書印刷株式会社

[製 本 所]　図書印刷株式会社

ISBN 978-4-523-26611-2 C0095

限　界　研

変化を続けるデジタルゲームのあり方を二〇一〇年代を中心に論考し、
ゲームがどうあろうとしているのか、そして考える！

プレイヤーはどこへ行くのか

デジタルゲームへの批評的接近

［編］限界研
［編著］竹本竜都／宮本道人
［著］北川瞳／草野原々／小森健太朗／蔓葉信博／冨塚亮平／西貝怜／藤井義允／藤田祥平／藤田直哉

四六判並製　三三六ページ
定価二七五〇円（本体二五〇〇円＋税）

ビジュアル・コミュニケーションにとどまらないゲーム性を持ち始めたデジタルゲーム。

スマホゲームやゲーム実況など先鋭化と大衆化しながら拡散していくゲーム世界でゲームとプレイヤーの関係はどう変化していこうとしるのかを批評的に考察する

限　界　研

ビジュアル・コミュニケーション

動画時代の文化批評

飯田一史　海老原豊　佐々木友輔　蔓葉信博　竹本竜都
冨塚亮平　藤井義允　藤田直哉　宮本道人　渡邉大輔

定価 2,530 円（本体 2,300 円＋税）

「ポスト iPad」や「ポスト YouTube」の視覚的イメージの文化事象が、ジャンル定義、ビジネスモデル、創造性……などなど、あらゆる局面においてそれまでとは違う、大きな変化にさらされている。より柔軟で多様な視点から、今日の視覚文化の見せるさまざまな動きを俯瞰的にすくいとる視覚文化批評。

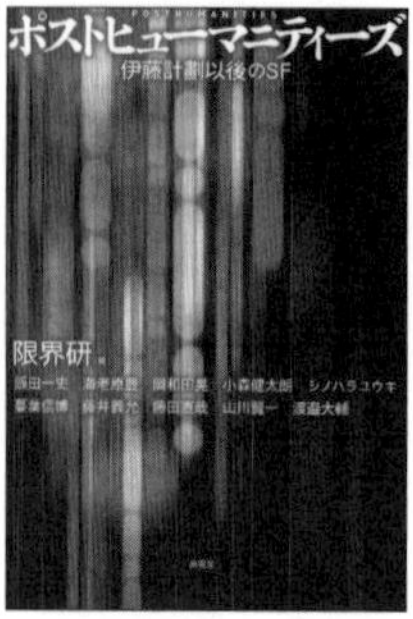

ポストヒューマニティーズ

伊藤計劃以後の SF

飯田一史　海老原豊　岡和田晃　小森健太朗　シノハラユウキ
蔓葉信博　藤井義允　藤田直哉　山川賢一　渡邉大輔

定価 2,750 円（本体 2,500 円＋税）

〈日本的ポストヒューマン〉を現代日本 SF の特質ととらえ、活況を呈する日本 SF の中核を担う作家の作品を中心に論考する。現代 SF を理解することは、「われわれ」が何であり、何になろうとしているのか、その手探りの最先端を知ることになるだろう。

21世紀探偵小説

ポスト新本格と論理の崩壊

飯田一史　海老原豊　岡和田晃　笠井潔　小森健太朗
蔓葉信博　藤田直哉　渡邉大輔

定価 2,750 円（本体 2,500 円＋税）

ポスト新本格への道筋を示すミステリ評論 !!
新本格ミステリ勃興から 25 年。今では退潮傾向にあるといわれる本格ミステリの歴史をひもとき、現在の本格ミステリの置かれている状況を分析。

批評集団

サブカルチャー戦争

「セカイ系」から「世界内戦」へ

笠井潔　小森健太朗　飯田一史　海老原豊　岡和田晃
白井聡　蔓葉信博　藤田直哉　渡邉大輔

定価 2,750 円（本体 2,500 円＋税）

なぜハリウッド映画には手ブレカメラの作品が増えたのか?
9・11 以降、アニメや映画などに描かれる「戦争」はどう変わったのか?混迷する 2010 年代を撃ち抜く評論書

社会は存在しない

セカイ系文化論

笠井潔　小森健太朗　飯田一史　岡和田晃　小林宏彰
佐藤心　蔓葉信博　長谷川壤　藤田直哉　渡邉大輔

定価 2,750 円（本体 2,500 円＋税）

ゼロ年代批評の総決算／いま、新たな「セカイ系の時代」が始まる。

また、セカイ系的な「リアル」を最も身近に体感してきた若手論者たちを中心した初めての本格的なセカイ系評論集。

探偵小説の クリティカル・ターン

笠井潔　小森健太朗　飯田一史　蔓葉信博
福嶋亮大　前島賢　渡邉大輔

定価 2,750 円（本体 2,500 円＋税）

時代をリードする若手作家にスポットをあてた作家論、ジャンルから探偵小説を読み解くテーマ論の二つの論点から二十一世紀の探偵小説を精緻に辿り、探偵小説の転換点を論考する !!

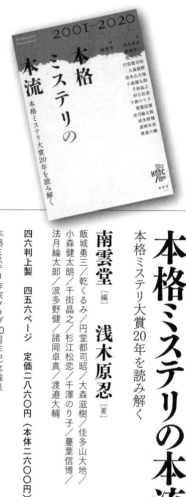